SARKOZY-KADHAFI

Du même auteur

Quand le Maroc sera islamiste
(avec Nicolas Beau)
La Découverte, 2006

La Régente de Carthage
(avec Nicolas Beau)
La Découverte, 2009

Le Roi prédateur
(avec Éric Laurent)
Seuil, 2012; Points, 2012

CATHERINE GRACIET

SARKOZY-KADHAFI

Histoire secrète d'une trahison

ÉDITIONS DU SEUIL
25, bd Romain-Rolland, Paris XIVe

ISBN 978-2-02-110262-8

www.seuil.com

Pour Noé.

AVANT-PROPOS

« J'ai été torturé par des Français en Libye »

« Je m'appelle Tahar et j'ai été torturé à l'électricité par des Français à Tripoli. C'était en pleine guerre de Libye. J'ai été arrêté dans la capitale le 19 septembre 2011 à 10 heures du matin alors que je marchais dans le centre-ville. On m'a passé les menottes et mis un sac noir en tissu sur la tête. Ça puait. On m'a emmené en voiture dans un hôtel de luxe en bord de mer, à Gargaresh, Tripoli, un hôtel qui servait de prison.

« Au bout de vingt minutes, j'ai été tabassé à coups de poing, de pied, de crosse de pistolet. Puis, on m'a ramené à mon domicile, dans le quartier Salah Eddine, au centre de Tripoli. Ma maison a été fouillée de fond en comble, saccagée. On [1] m'a volé beaucoup d'argent liquide, une télévision, des ordinateurs Toshiba. Puis, de retour à l'hôtel, j'ai été enfermé dans une chambre pendant soixante-douze heures sans boire ni manger. J'ai de nouveau été tabassé, à coups de ranger cette fois.

« La nuit, vers 2 ou 3 heures du matin, les gardes sortaient les prisonniers sur la plage. On était nombreux : entre quatre cents et cinq cents. Ils nous faisaient ramper et nager sur le sable. Ça les faisait rire, les salauds.

1. Tahar désigne un certain O. comme l'homme qui aurait ordonné son arrestation. Toujours selon Tahar, c'est lui aussi qui, avec ses trois frères, aurait procédé à son interrogatoire. Il aurait en cela été assisté par un certain M. ainsi que par son frère, A.

« Tous les jours, quinze ou seize personnes étaient exécutées, comme ça, froidement, devant tout le monde. J'avais l'impression qu'elles n'étaient pas choisies au hasard.

« Puis les interrogatoires ont débuté, chaque matin, entre 9 et 10 heures, dans une chambre d'hôtel. Ils étaient tantôt menés par des Français, tantôt par des Qataris. Comment je savais qu'ils étaient français ? Parce que je parle le français comme vous pouvez le constater, parce que les gardiens de la prison me l'ont dit et parce qu'ils parlaient en français avec certains gardes. Les Qataris, eux, étaient faciles à reconnaître : ils avaient des pin's aux couleurs du Qatar.

« Côté français, il y avait deux hommes et une femme, qui n'était pas toujours là. Elle était habillée en civil, avait les cheveux noirs, la peau blanche, mesurait environ 1,65 m. C'est elle qui préparait le matériel d'enregistrement : micro, caméra… Ah oui, les interrogatoires étaient filmés. Les deux hommes changeaient. Je veux dire que ce n'étaient pas toujours les mêmes.

« Ceux que j'ai vus étaient habillés en civil et avaient entre 35 et 45 ans. Il y en avait un qui portait souvent des lunettes de soleil et parfois des espadrilles et un jogging. Il avait une croix tatouée sur le pouce. Dans la rue, je l'aurais pris pour un clochard. Au début, les questions étaient générales : Où travailles-tu ? As-tu aidé Kadhafi ? Qui sont les personnes venues aider Kadhafi ? Tu connais Saadi, Seïf el-Islam, Moatassim ou Khamis Kadhafi ? Ce sont les fils du colonel Kadhafi. Un des Français cherchait absolument à savoir qui étaient les étrangers qui descendaient à l'hôtel Corinthia et Bab el-Bahr, à Tripoli.

« Puis les Français ont commencé la torture. À l'électricité et à la matraque électrique. Ils me mettaient pieds nus dans une flaque d'eau et envoyaient le courant. De plus en plus fort. J'ai été torturé vingt fois à l'électricité. Les Qataris, eux, me faisaient la torture du poulet rôti.

« Français et Qataris posaient les mêmes questions. Si ma réponse divergeait, c'était l'électricité. Les questions sont devenues plus précises de la part des Français : Où les missiles sont-ils stockés ? Où sont les armes chimiques ? On m'a aussi demandé à quels étrangers Kadhafi avait donné de l'argent. J'ai été libéré le 27 octobre 2011, avec obligation de me présenter à un contrôle tous les trois jours. Tu parles ! Le soir même, j'étais en Tunisie. »

C'est justement à Tunis que j'ai rencontré Tahar et recueilli son témoignage. La petite soixantaine vive et alerte, il peine à raconter ce sale visage de la guerre de Libye. Une guerre décidée et voulue par Nicolas Sarkozy, qui a monté la coalition internationale. Et qui s'est officiellement déroulée du 15 février au 23 octobre 2011, se soldant par le lynchage de Mouammar Kadhafi le 20 octobre 2011.

Formé à la dure et kadhafiste convaincu, Tahar reste pudique sur les souffrances endurées pendant les séances de torture. « Si j'ai survécu à ça, alors je survivrai à tout. » En guise d'explication, il glisse une feuille de papier. C'est un certificat médical qu'il a pris soin de faire établir en Tunisie, au cas où il déciderait de porter plainte contre la France. Le verdict est formel : « Des cicatrices de plaies cutanées multiples au niveau du dos et au niveau des faces antérieures des deux jambes. Une hernie inguinale gauche dont l'apparition a coïncidé avec l'agression. »

Brûlée par des soldats qataris

À Tunis, j'ai également rencontré Zohra Mansour, une intime de Mouammar Kadhafi qu'elle a fidèlement servi pendant plus de trente ans. À l'époque, cette femme à la poignée de main énergique et à la démarche militaire inspirait la crainte au personnel de Bab Azizia, l'ancienne forteresse de Kadhafi à Tripoli… Il faut dire qu'elle était l'une des responsables des amazones, les gardes du corps femmes du colonel dont, hormis certaines réellement entraînées au combat, beaucoup servaient d'esclaves sexuelles au dictateur.

En toute logique, Zohra Mansour préfère parler de ses fonctions diplomatiques officielles au sein du ministère libyen des Affaires étrangères. Plus précisément, elle travaillait au service qui s'occupait de la France, ce qui explique sans doute qu'elle soit francophone et connaisse les coulisses si spéciales des relations entre Paris et Tripoli…

Aujourd'hui, ses yeux sombres, aux aguets, trahissent son angoisse d'être repérée. Il lui faut de longues minutes avant de commencer à raconter son histoire. « C'est que moi, je l'ai bien connu le Guide. Je suis entrée à son service en 1977. Comme garde du corps. La dernière fois que je l'ai vu, c'était le soir du 15 août 2011. » Soit une semaine avant la chute de Tripoli. Au plus fort des combats, Mouammar Kadhafi l'avait envoyée contrôler des stocks de munitions disséminés aux quatre coins de la capitale libyenne.

Elle idolâtre son Guide au point d'en occulter les travers, les bouffées délirantes, son addiction à la cocaïne et, surtout, son obsession pour les femmes. De cela, elle refuse net de parler, arguant qu'il s'agit de « mensonges et d'inventions occidentales ». Pourtant, tard un soir, Zohra me téléphonera, à Paris, pour me demander de lui ramener, lors d'un prochain voyage en Tunisie, l'ouvrage d'Annick Cojean, *Les Proies*[1].

À travers le témoignage poignant de Soraya, qui raconte comment elle a été enlevée pour être livrée au colonel Kadhafi, qui l'a violée à de multiples reprises, la journaliste du *Monde* relate dans un livre le destin tragique de ces jeunes vierges « ouvertes » par l'ogre Kadhafi.

Zohra préfère, elle, raconter ce que les Qataris, qui étaient présents en nombre sur le sol libyen pendant la guerre, lui ont fait endurer après qu'elle eut été capturée. Son témoignage recèle des zones d'ombres. « J'ai été emprisonnée pendant trois mois, jusqu'au 1er septembre 2011. J'ai été brièvement détenue dans une prison de Tripoli, où j'ai vu des Français, mais emmenée dans une ferme à Misrata. Les Qataris se sont occupés de moi, m'ont brûlée partout avec des cigarettes, battue… Ils dépouillaient les prisonniers de tout ce qu'ils avaient sur eux : argent, bijoux, vêtements… J'ai payé 15 000 dinars tunisiens pour sortir… »

Elle ne s'attarde pas sur les sévices endurés, préférant mettre l'accent sur les biens matériels qu'on lui a volés. Mais son regard et sa tête, qu'elle secoue pour éloigner les images qui resurgissent, en disent long sur ce qu'elle a réellement subi.

Au fur et à mesure de mes rencontres avec Zohra, je découvre qu'elle connaît la France et apprécie Paris. Elle a accompagné Mouammar Kadhafi lorsqu'il est venu dans la capitale française en 2007, invité par Nicolas Sarkozy. Elle a aussi assisté à de discrètes réunions à Tripoli et Paris au sujet de l'avion de chasse Rafale et du nucléaire.

Comme Tahar, comme tous les kadhafistes rencontrés pour

1. *Les Proies* d'Annick Cojean a été publié chez Grasset en 2012.

les besoins de cette enquête, Zohra voue à Nicolas Sarkozy, « ce traître », dit-elle, une haine farouche.

Comment en est-on arrivé là ?

Pourquoi une intime du colonel Kadhafi, que les diplomates français saluaient avec respect, a-t-elle été torturée par la soldatesque qatarie ?

Pourquoi, en 2011, Nicolas Sarkozy a-t-il entrepris de renverser un dictateur devant lequel il avait déroulé le tapis rouge, à Paris, quatre ans plus tôt ?

Pourquoi Tahar aurait-il été torturé à la gégène par des Français ?

Que penser des questions de ses tortionnaires sur l'argent libyen empoché par des « étrangers » ? De celles qui voulaient lui faire dire où se trouvaient Kadhafi et ses fils ? Impossible de ne pas faire le rapprochement avec les soupçons de financement illicite qui pèsent sur la campagne présidentielle de Nicolas Sarkozy en 2007.

C'est le cheminement des relations franco-libyennes, de l'arrivée au pouvoir du colonel Kadhafi, en 1969, jusqu'au revirement de Nicolas Sarkozy, en 2011, que ce livre raconte.

Avec un parti pris. Celui de ne pas traiter les différents épisodes de la guerre de Libye proprement dite, pour mieux concentrer l'enquête sur la corruption, les financements politiques, les ventes d'armes et la diplomatie secrète.

Pour les besoins de cette enquête, qui s'est étendue sur huit mois, j'ai rencontré très exactement soixante-douze personnes. Dont certaines que j'ai vues ou auxquelles j'ai parlé plus d'une dizaine de fois. Dans leur très grande majorité, ces sources sont de nationalité française ou libyenne. Parmi elles figurent aussi des Libanais.

Pour ce qui concerne les Libyens, j'ai décidé d'emblée de

m'orienter vers ceux que l'on appelle les kadhafistes. Il faut entendre par là ces hommes et ces femmes qui ont servi le régime du colonel Kadhafi, parfois au plus près du Guide, qui ont combattu, aussi, pendant la guerre. J'ai, en effet, vite acquis la conviction que les nouvelles autorités de Tripoli, ainsi que les anciennes forces du Conseil national de transition (CNT), disposaient somme toute de peu d'informations et encore moins de documents relatifs aux relations franco-libyennes dans ce qu'elles ont de plus secret : la corruption.

Très vite aussi, je me suis heurtée à la réalité de la guerre : nombre de kadhafistes sont décédés et beaucoup ont retourné leur veste. Ceux-ci ne parlent pas ou, pire, vous mettent à l'occasion sur de mauvaises pistes. Sciemment, car leur survie en dépend… Les autres ont fui en Algérie, en Tunisie, en Égypte, au Niger ou en Afrique du Sud. Les plus importants sont ciblés par une notice rouge d'Interpol (avis de recherche international). Les plus rusés sont parvenus à changer d'identité et circulent librement grâce à de faux papiers. Dans ce climat où la paranoïa côtoie la trahison, toute la difficulté a consisté à identifier la bonne filière, c'est-à-dire celle qui mène à ceux qui savent. Notamment pour ce qui concerne l'éventuel financement de la campagne présidentielle de 2007. J'y suis parvenue. Ce qui me permet aujourd'hui de révéler des informations inédites concernant Nicolas Sarkozy et Mouammar Kadhafi.

Du côté des Français, les choses ont été infiniment plus simples. J'ai d'ailleurs été surprise d'essuyer peu de refus d'entretiens, même si certaines personnalités ont préféré s'exprimer sous couvert d'anonymat. Avocats, hauts fonctionnaires, diplomates, agents de renseignement, militaires, politiques de droite comme de gauche, hommes d'affaires, consultants, intermédiaires, industriels, universitaires… Du temps où le colonel Kadhafi régnait en Libye, on n'imagine pas le nombre de personnes d'influence qui ont fait le voyage de Tripoli – ou qui suivaient à la loupe les dossiers franco-libyens. La plupart d'entre eux n'éprouvent ni remords ni gêne d'avoir gagné de l'argent – et parfois beaucoup d'argent – en travaillant avec le régime du colonel Kadhafi. Pas plus qu'ils ne sont troublés par sa disparition. Une façon d'être, en somme.

I

Aux origines du mal

1

La scène fondatrice

Nous sommes en novembre 1973. Mouammar Kadhafi est au pouvoir depuis quatre ans. Il entame une visite de deux jours en France et loge à l'hôtel Plaza Athénée, avenue Montaigne, à Paris.

Le président Georges Pompidou est déjà très malade – il décédera cinq mois plus tard –, et c'est le Premier ministre, Pierre Messmer, qui est chargé d'accueillir le jeune chef d'État.

Mouammar Kadhafi est attendu à 15 heures à l'hôtel Matignon. Martial de La Fournière, conseiller technique au cabinet du Premier ministre, se tient sur le perron. Il est accompagné de Michel Roussin, alors commandant militaire de l'hôtel Matignon. Les journalistes de l'ORTF patientent dans un coin de la cour. Tout le monde fume en attendant le fougueux colonel.

Mais Kadhafi est en retard…

Martial de La Fournière rejoint son bureau pour passer plusieurs coups de fil. Toujours pas de Kadhafi. L'information tombe bientôt, et c'est la stupeur : Mouammar Kadhafi refuse de se déplacer à Matignon et estime que c'est à Pierre Messmer de se rendre au Plaza Athénée !

Le Premier ministre refuse net. Ce serait l'humiliation. Mais après quinze minutes, l'impensable survient : Pierre Messmer change d'avis et décide de rejoindre Kadhafi.

À Matignon, c'est le branle-bas de combat. Martial de La Fournière hurle dans les étages : « Le Premier accepte d'y aller ! Allez, il faut y aller ! »

Pierre Messmer monte dans sa DS, accompagné de son aide de camp. Les journalistes sont entassés à la va-vite dans trois voitures. Direction, le Plaza !

Le récit de ces événements, je le dois à Jean-François Probst, alors conseiller au service de presse de Matignon. « Toute honte bue, ce jour-là, le Premier ministre a été baiser la babouche du colonel Kadhafi. Messmer l'Africain [1] ! » commente-t-il.

1. Rencontre avec Jean-François Probst, le 9 novembre 2012.

2

Vite, des armes pour le colonel !

Éric Desmarest a la mémoire des dates et des faits qui ont jalonné sa longue carrière dans la diplomatie, puis le conseil en « affaires sensibles », comme il aime à le dire. Diplômé de l'ENA, promotion Jean Jaurès (1969), gaulliste convaincu, il a notamment été le directeur de cabinet du ministre des Affaires étrangères Jean-Bernard Raimond (mars 1986-mai 1988). Il s'exprime comme on attend qu'un diplomate le fasse : posément, ses mains soignées entourant un genou, prenant le temps d'écouter son interlocuteur. Sa voix est mesurée, ses mots choisis.

Prolixe, Éric Desmarest le devient quand il relate les conditions dans lesquelles il a croisé l'Histoire et ses protagonistes. Il a été servi avec Mouammar Kadhafi qui, on s'en souvient, renversa le roi Idriss Ier le 1er septembre 1969. « J'étais entré au Quai d'Orsay trois mois plus tôt, le 1er juin 1969. C'était à la direction économique. J'étais en charge des affaires d'armement. J'ai eu à m'occuper quasi de suite de la Libye. C'était à la demande du colonel Kadhafi, qui voulait immédiatement des armes et souhaitait prendre ses distances avec les Anglo-Saxons. Mais, à l'époque, nous ne savions rien des Libyens ! Tout juste que Kadhafi avait pour modèle Nasser[1]. »

Éric Desmarest se souvient aussi que le jeune colonel était

1. Entretien avec Éric Desmarest, le 4 décembre 2012.

fasciné par la Révolution française et par Napoléon. Et qu'il savait que le général de Gaulle avait fait preuve d'indépendance dans ses positions concernant la Palestine. « Mais une question majeure de confiance politique se posait », poursuit-il. La période d'essai imposée au colonel Kadhafi par les Français sera toutefois de très courte durée : trois mois. À peine le temps de la réflexion...

C'est en effet dès le mois de décembre 1969, soit moins de quatre-vingt-dix jours après la révolution de Mouammar Kadhafi, que la France conclut un contrat d'armement avec la Libye. Et pas n'importe lequel : cent dix avions de chasse Mirage, qui devaient être livrés avant 1974. « C'est Michel Debré, alors ministre de la Défense, qui a convaincu Georges Pompidou qu'il fallait travailler avec Kadhafi. Je me souviens qu'avec Serge Boisdevaix, alors conseiller diplomatique, nous allions discrètement chercher le commandant Jalloud, le numéro deux libyen, à Orly, pour le mener au ministère de la Défense », raconte Éric Desmarest. « Kadhafi a tout de suite voulu des chasseurs et avait conscience du savoir-faire français en la matière. Suivront, plus tard, douze patrouilleurs fabriqués en Normandie et trente-huit Mirage F1. »

Le Bourget-Tripoli devient une ligne régulière

Dans les allées du pouvoir parisien, la cause kadhafiste progresse à grande vitesse – la promesse de ce nouvel Eldorado fait naître aussi bien des vocations d'intermédiaires –, comme s'en souvient un autre gaulliste, Jean-François Probst, dont il vient d'être question[1]. Tout au long de sa carrière politique,

1. Jean-François Probst a notamment été secrétaire général du groupe RPR au Sénat auprès de Charles Pasqua, conseiller au cabinet du maire de Paris,

ce spécialiste des arcanes de la Françafrique aura eu le temps d'apprécier les turpitudes de certains caciques du RPR, puis de l'UMP…

Comme Éric Desmarest, il livre volontiers ses souvenirs. Il entame sa carrière au service de presse de Matignon, alors occupé par Pierre Messmer, puis par Jacques Chirac. « Dès 1972, des politiques français commencent à s'enticher de Kadhafi. Certains avaient déjà le nez pétrolier… Il faudra néanmoins attendre 1975 pour que Le Bourget (aviation privée)-Tripoli devienne une ligne régulière[1] », s'exclame-t-il avec cet humour empreint d'un certain cynisme qui le caractérise.

« Puis en mars 1976, Jacques Chirac, alors Premier ministre, se déplace en Libye. Officiellement, on allait y développer le tourisme et les relations bilatérales. Officieusement, on voulait y vendre des armes, du "matériel sensible" comme on dit dans le jargon. On se disait que c'était "pétrole contre armes" », poursuit, sans états d'âme, Jean-François Probst.

Les années soixante-dix sont donc marquées par l'euphorie, pour ce qui concerne les relations entre la France et la Libye. En 1977, 9 % des importations libyennes proviennent de France[2]. Les industriels de l'armement se frottent les mains tant le jeune colonel est avide. « On fabriquait des avions pour les Libyens, on formait leur personnel… C'était des commandes inespérées et les ventes d'armes françaises augmentaient de façon exponentielle grâce à Kadhafi », s'enthousiasme encore Éric Desmarest.

Jacques Chirac, directeur de la campagne de Michèle Alliot-Marie pour la présidence du RPR en 1999, et conseiller de Jean Tiberi, maire de la capitale. Il est aujourd'hui consultant international auprès de chefs d'entreprises et de chefs d'État africains.

1. Entretien avec Jean-François Probst, le 9 novembre 2012.

2. « France-Libye : 40 ans de relations tumultueuses », www.vie-publique.fr.

Les relations commerciales entre les deux pays sont alors relativement saines : autrement dit, elles ne sont pas encore noyautées par les intermédiaires qui feront la pluie et le beau temps des années plus tard, sous Nicolas Sarkozy. « Concrètement, Kadhafi parlait avec notre ambassadeur en Libye, Guy Georgy, et lui disait ce qu'il voulait acheter. Guy Georgy a joué un rôle décisif pendant les six années de sa mission en Libye et, par la suite, a gardé la confiance du colonel Kadhafi pendant près de vingt-cinq ans », précise Éric Desmarest.

Kadhafi met le feu à l'ambassade de France

L'idylle franco-libyenne sera pourtant de courte durée. En janvier 1980, le président tunisien Habib Bourguiba en appelle aux Français après que l'armée libyenne a mené une action contre le gouvernement tunisien à Gafsa. Paris dépêche alors, en Tunisie, des avions de transport, des hélicoptères Puma et des conseillers militaires[1].

La réplique libyenne ne se fait guère attendre. En février 1980, l'ambassade de France à Tripoli est incendiée par des manifestants tandis que le centre culturel de Benghazi est attaqué. Pour marquer sa mauvaise humeur, Paris rappelle son ambassadeur. « Après nous avoir cramé une ambassade, Kadhafi a commencé à jeter de l'huile sur le feu partout en Afrique ! » s'exclame Jean-François Probst.

Les tensions cristallisent autour du conflit qui oppose bientôt la Libye et le Tchad d'Hissène Habré pour le contrôle de la bande d'Aozou, de 1978 à 1987. Pour soutenir le gouvernement tchadien déstabilisé par Kadhafi, la France intervient

1. *Ibid.*

militairement lors des opérations Manta puis Épervier. Par prudence, les Français suspendent les contrats d'armement. En mai 1981, le tout nouveau gouvernement socialiste fait savoir qu'aucun contrat de ce type n'a été signé depuis mai 1979 et que la signature de tout nouveau contrat dépendra du retrait des troupes libyennes du Tchad.

Pourtant, malgré la guerre, la diplomatie reprendra vite le dessus, avec ses jeux d'ombres. Comme le rappelle Jean-François Probst dans une chronique parue en 2007, le président François Mitterrand, « subjugué par la même politique pro-arabe du Quai d'Orsay, cette fois-ci recommandée par le ministre des Relations extérieures Claude Cheysson et par ses conseillers Roland Dumas, Jacques Attali et Hubert Védrine, rencontra Kadhafi en 1982 et lui serra la main à Chypre. Quelque temps plus tard, le jeune Premier ministre Fabius s'offusquait que le président Mitterrand ose recevoir le dictateur polonais, sous l'emprise, lui, de l'URSS, l'homme aux lunettes noires, comme Kadhafi aujourd'hui, le sinistre Jaruzelski[1] ».

La Libye devient un État terroriste

En 1986, Kadhafi devient incontrôlable et fait basculer son pays dans le terrorisme d'État. Trois attentats majeurs contre des intérêts occidentaux sont attribués à la Libye.

Le premier survient le 5 avril 1986 à la discothèque La Belle, à Berlin-Ouest. Cet établissement est notoirement fréquenté par des soldats des Nations unies. Trois personnes sont tuées et 230 autres blessées, parmi lesquelles 79 Américains.

1. Jean-François Probst, « Rama est maussade mais raisonnable », *Marianne*, 12 décembre 2007.

La deuxième attaque frappe, le 21 décembre 1988, le vol 103 de la Pan Am, qui assure la liaison Londres-New York. L'avion explose au-dessus du village de Lockerbie, en Écosse, et 270 personnes trouvent la mort.

La troisième attaque touche la France et vise un DC10 de la compagnie UTA. Le 19 septembre 1989, le vol UT-772, qui relie Brazzaville à Paris avec une escale à N'Djamena, au Tchad, explose en plein vol au-dessus du désert du Ténéré, au Niger, tuant 170 passagers et membres d'équipage.

« Nous avons enfin compris que Kadhafi était une personne fantasque, grisée par les moyens que lui donnait le pétrole et animé d'un messianisme visant à changer le monde. » Le verdict d'Éric Desmarest, qui avait quitté ses fonctions de directeur de cabinet du ministre des Affaires étrangères un an avant l'attentat contre le DC10, est sans appel. Pour autant, Paris choisit de ne pas couper tous les ponts avec le colonel Kadhafi. Contrairement aux États-Unis, alors présidés par Ronald Reagan.

En représailles à l'attentat commis contre la discothèque La Belle, le président américain décide en effet de bombarder Tripoli et Benghazi le 15 avril 1986. Quarante et un civils libyens sont tués, dont la fille adoptive de Kadhafi, et près de deux mille personnes sont blessées.

Bien que directement visée par une attaque terroriste, la France n'a pas autorisé les bombardiers américains à survoler son territoire. Une trahison aux yeux de Washington, qu'Éric Desmarest, alors au Quai d'Orsay, explique en ces termes : « Les Américains n'avaient pas de mandat de l'ONU et l'on considérait qu'il s'agissait d'une opération illégale du point de vue du droit international. Ni plus ni moins. Les Espagnols, non plus, n'ont pas accordé le survol de leur territoire. » La nuit du bombardement américain, on n'en suivra pas moins, au Quai, le déroulé minute par minute.

« Le 14 avril 1986 au matin, le secrétaire général de l'Élysée, Jean-Louis Bianco, et le chef d'état-major particulier m'ont rejoint dans mon bureau, et je les ai amenés voir le ministre, poursuit Éric Desmarest. L'heure était grave car nous pensions que les bombardements seraient pour la nuit suivante. Ce qui fut le cas. J'ai tenu le ministre informé tout au long de l'opération. Il y a eu un consensus complet entre le président et le gouvernement en ce tout début de la cohabitation… »

Les Américains mettent le paquet : 300 tonnes de bombes larguées en vingt minutes de raid[1]. Dix-huit F111 ont quitté leur base, au Royaume-Uni, et ont été ravitaillés au-dessus de l'Atlantique pour contourner les interdictions de survol française et espagnole, avant d'être rejoints au large de la Libye par seize appareils de l'US Navy.

Les premières bombes ont impacté le sol libyen à 2 heures du matin le 15 avril 1986. Quelques heures plus tard, la télévision libyenne montrera quinze secondes d'images de Kadhafi en entretien avec l'ambassadeur d'URSS à Tripoli. Le Guide arbore alors un turban blanc sur la tête, entretenant ainsi les spéculations sur une éventuelle blessure.

Kadhafi veut des missiles Crotale malgré l'embargo

Les années quatre-vingt-dix seront marquées par l'embargo aérien et militaire décrété en avril 1992 par les Nations unies. Par cet acte, la communauté internationale sanctionne le refus de la Libye de collaborer aux différentes enquêtes sur les attentats terroristes des années quatre-vingt.

1. Journal télévisé d'Antenne 2 du 15 avril 1986, présenté par Claude Sérillon.

Pendant cette parenthèse de dix ans dans les relations franco-libyennes, un vendeur d'armes décide de partir à l'assaut du marché libyen, sans attendre la levée des embargos. Son nom : Bernard Cheynel. Aujourd'hui âgé de 70 ans, l'homme assume pleinement son métier d'intermédiaire en armement et a roulé sa bosse partout où l'on peut vendre des canons : l'Iran des ayatollahs, l'Algérie, le Liberia, l'Inde, le Pakistan, où il aura traité directement avec l'ex-Premier ministre Benazir Bhutto. La liste des États concernés est longue. En Europe, Bernard Cheynel a notamment vendu dix-sept hélicoptères Cougar à la Hollande.

Les tribulations libyennes de Bernard Cheynel commencent en 1997. La France entre à nouveau en cohabitation, et le président Chirac nomme Lionel Jospin comme Premier ministre.

Cheynel ne connaît personne à Tripoli mais peut compter sur deux puissants parrains : Benazir Bhutto, qui adore Kadhafi, et l'ambassadeur de France en Libye, Guy Georgy, ébloui par le fougueux colonel au point de lui consacrer une biographie, *Kadhafi, le Berger des Syrtes*[1]. « J'ai donc tapé au Guide avec le parrainage de Bhutto et Georgy. C'est là que je découvre que Kadhafi a un problème : il craint de se refaire bombarder comme en 1986. Il m'a dit : "J'ai des Crotale, des missiles sol-air de Thomson, mais ils ne sont plus en état. J'en ai dix-sept." »

Bernard Cheynel, qui flaire la bonne affaire, se précipite alors chez Thomson-CSF, dont les activités militaires allaient être regroupées sous l'enseigne Thales à partir de décembre 2000. Le couperet tombe : « On respecte l'embargo. » Pas pour bien longtemps…

Un jour, miracle de l'Histoire, le leader sud-africain Nelson

1. Paris, Flammarion, 1998.

Mandela se rend à Tripoli, où le colonel Kadhafi lui déroule le tapis rouge. Nous sommes au mois d'avril 1997. Bernard Cheynel sait que l'Afrique du Sud est un important fabricant d'armes et va y proposer ses services. « Les Sud-Africains possèdent alors une licence pour fabriquer et réparer, pour eux, des missiles Crotale. Mon idée est la suivante : faire remettre en route les Crotale libyens par les Sud-Africains, qui leur fourniraient en prime des munitions. Elle est pas belle la vie ? » À ceci près que Thomson-CSF opte pour la politique de l'autruche : « Ils m'ont dit de me démerder », peste Cheynel.

Le marchand d'armes prend alors son bâton de pèlerin et s'en va monter un réseau en Afrique du Sud. Tout seul. « C'est ce que je préfère dans le métier, monter un réseau. » Il jette son dévolu sur la société Kentron, filiale du grand missilier sud-africain Denel. « Après, j'ai fait savoir à Kadhafi qu'il serait intéressant pour lui de demander à Nelson Mandela qu'il lui refile des Crotale. » Le tour est joué, pense-t-il.

Cheynel n'oublie pas pour autant que, s'il navigue en eaux troubles, il bat néanmoins pavillon tricolore. Et se couvre auprès des services français. « Je les ai prévenus : vous aurez des commandes de pièces détachées en provenance d'Afrique du Sud. C'est pour la Libye. »

Puis, il attend le feu orange de Lionel Jospin… qui arrivera bientôt. « Parce qu'il s'agissait de matériel de défense et non d'agression. C'est la seule explication que je vois. »

C'est donc un Bernard Cheynel « couvert » qui organise la visite des Sud-Africains de Denel en Libye. L'occasion de constater de visu le piètre état dans lequel se trouvent les dix-sept missiles Crotale de Kadhafi. « Les SudAfs ont atterri à Djerba, en Tunisie, puis on a fait la route ensemble jusqu'à Tripoli dans des Cadillac noires envoyées par les Libyens. Ce sont les Sud-Africains qui me rémunéraient, mais cela préparait le terrain pour Thomson, devenu entre-temps Thales, pour quand l'embargo sur les armes serait levé ! »

D'après les comptes rendus de l'une des réunions entre gradés libyens, responsables de Denel et Bernard Cheynel, qui s'est tenue à Tripoli les 24 et 25 janvier 1999, l'intermédiaire ne se prive pas de proposer de nombreux matériels sud-africains aux Libyens : hélicoptères Rooivalk, missiles air-sol Mokopa, missiles Ingwe… On ne se refait pas.

Hélas pour lui, l'affaire capote rapidement pour des raisons de politique intérieure sud-africaine. En juin 1999, Thabo M'beki est élu président et succède à Nelson Mandela. L'Afrique du Sud amorce un virage nettement plus atlantiste. « Sur pression des États-Unis, M'beki a donné ordre de stopper les Crotale. Ça m'a coûté 70 000 euros de frais de voyage pour rien », jure un Bernard Cheynel encore chagrin.

L'intermédiaire le savait très certainement : il pouvait opérer en toute tranquillité depuis février 1999. C'est que le gouvernement français n'aura pas attendu 2004 et la levée de l'embargo sur les armes par l'Union européenne pour commencer à discuter armement avec le régime de Mouammar Kadhafi. Comme l'a révélé une enquête du journaliste Guillaume Dasquié, publiée sur le site internet Owni [1], Thomson CSF/Thales a commencé à négocier une modernisation des systèmes électroniques des Mirage F1 achetés autrefois à la France, et ce dès février 1999. Avec l'autorisation du gouvernement de Lionel Jospin.

C'est le même gouvernement de gauche qui, dans ses derniers mois à Matignon, autorise Seïf el-Islam, le fils du colonel Kadhafi, à se rendre en France. Son avion se pose à

1. Guillaume Dasquié, « Paris, l'arme secrète de Kadhafi », owni.fr, 4 mars 2011.

Orly le 26 février 2002, où il est discrètement accueilli par l'ambassadeur de France en Libye.

Pour une visite « officiellement non officielle[1] », le programme de Seïf el-Islam est bien chargé : inauguration du rétablissement d'une liaison aérienne entre Paris et Tripoli, une conférence à l'IFRI (Institut français des relations internationales), une exposition d'une vingtaine de ses toiles à l'Institut du monde arabe… « Je me souviens que le thème de son exposition était "Le désert n'est pas silencieux". C'était figuratif, très varié. Puis il y a eu une grande réception à l'hôtel de Crillon, à laquelle se sont rendus de nombreux artistes et sportifs. À cette époque, la droite comme la gauche se bousculaient pour fréquenter Seïf el-Islam », se souvient un témoin qui a participé à la visite française du fils Kadhafi.

DC10 d'UTA :
la France laisse les victimes négocier seules

Ce réchauffement des relations franco-libyennes qui n'ose pas dire son nom est ralenti par un dossier chargé d'émotions, et donc sensible pour l'opinion publique. Celui du DC10 d'UTA. Gardiens de la mémoire de leurs proches assassinés, un petit collectif s'est formé pour tenter d'obtenir des Libyens qu'ils ouvrent des négociations en vue de l'indemnisation des familles des victimes. Il se compose de Guillaume Denoix de Saint Marc, dont le père était dans l'avion, de son épouse Emmanuelle et de son cousin Valéry Denoix de Saint Marc, avocat. Rejoints par de nombreuses familles de victimes, ils

1. Guillaume Denoix de Saint Marc, avec la collaboration de Candice Bal, *Mon père était dans le DC10…*, Paris, Éditions Privé, 2006.

formeront bientôt le collectif "Les familles du DC10 UTA en colère!". Au nez et à la barbe de l'association SOS Attentats, dirigée par la volcanique Françoise Rudetzki et représentée par l'avocat chiraquien Francis Szpiner.

Au moment où Guillaume Denoix de Saint Marc tente de convaincre les ayants droit des personnes tuées dans l'attentat de négocier avec la Libye, Francis Szpiner le contacte pour lui faire une étonnante proposition: devenir son avocat pour négocier avec les Libyens. Il offre également d'amener Françoise Rudetzki à changer de position et de la convaincre d'être partie prenante dans les pourparlers. Guillaume Denoix de Saint Marc décline poliment. «Je ne voulais surtout pas travailler avec celui qui ne représentait pas seulement SOS Attentats, mais aussi (et surtout) Jacques Chirac: jamais je n'aurais su quels intérêts, de ceux des familles des victimes du DC10, de Françoise Rudetzki ou de l'État, il s'apprêtait à défendre.»

Tout au long de l'année 2003, le collectif "Les familles du DC10 UTA en colère!" négocie avec les Libyens, à travers la Fondation de Seïf el-Islam Kadhafi. Ce choix – politique – permet à l'État libyen de ne pas apparaître en première ligne, même si personne n'est dupe. Laborieuses, les négociations se concluront le 9 janvier 2004 par la signature d'un accord de dédommagement d'un million de dollars par famille de victimes. Presque jusqu'au bout, les pourparlers se seront déroulés dans l'indifférence des autorités françaises, d'abord soucieuses de renouer avec Tripoli.

Comme dans toutes les négociations internationales impliquant intérêts d'État et sommes d'argent importantes, plusieurs initiatives parallèles voient le jour. L'une d'entre elles recevra l'aval du président Chirac et du directeur du renseignement de la DGSE de l'époque, Alain Juillet.

Engagée fin 2003, il s'agit de l'intervention d'un improbable trio franco-tchadien emmené par Tamara Acyl, l'une des filles adoptives du colonel Kadhafi et fille du ministre tchadien des Affaires étrangères assassiné, Ahmat Acyl. À ses côtés, figurent l'homme d'affaires Pierre Bonnard, qui dirige alors la Chambre de commerce française pour les pays du Proche et du Moyen-Orient, ainsi que le journaliste de télévision Stéphane Ravion.

En octobre 2003, Tamara Acyl, qui se trouve à Paris, fait un bond en entendant à la télévision le président Chirac menacer la Libye de « conséquences » si un accord n'était pas conclu « dans les temps » avec les familles des victimes du DC10 d'UTA. Le chef de l'État se trouve alors au Maroc et s'exprime dans le cadre d'une conférence de presse. « Je suis allée dire à mon ami Pierre Bonnard que, si j'étais Chirac, j'enverrais quelqu'un voir Kadhafi pour lui dire ce que la France veut une bonne fois pour toutes afin de régler cette affaire », se souvient-elle[1]. La machine est lancée.

Un ami et associé de Bonnard, Stéphane Ravion, contacte alors Alain Juillet à la DGSE. Les deux hommes lui proposent que Tamara Acyl joue les émissaires. « Pierre est revenu vers moi et m'a demandé si j'étais prête à partir en Libye. En fait, Alain Juillet avait téléphoné à Maurice Gourdault-Montagne, le conseiller diplomatique de Chirac, qui a appelé le président au Maroc. Chirac a donné son feu vert pour que je sois l'émissaire de la France sur ce coup », poursuit-elle.

Mais Tamara Acyl refuse ! « Cela faisait des années que Moussa Koussa, le patron des services de renseignement extérieur libyens, et Bachir Saleh, le directeur de cabinet de Kadhafi, qui étaient tous deux intoxiqués par le président tchadien Idriss Déby, m'accusaient d'appartenir à la DGSE. Ils

1. Entretien avec Tamara Acyl, le 15 février 2013.

faisaient ça pour me nuire. Accepter cette mission aurait apporté de l'eau à leur moulin. » C'est finalement Pierre Bonnard qui se rend à Tripoli.

Tamara Acyl téléphone alors à Bachir Saleh, le directeur de cabinet du colonel Kadhafi, pour qu'il reçoive le Français. Elle lui parle en langage codé pour éviter les écoutes : « Le baba de là où je suis veut régler l'affaire de l'oiseau. » Le baba désigne Jacques Chirac et l'oiseau le DC10 d'UTA.

« Pierre Bonnard est parti en Libye, mais, une fois sur place, m'a téléphoné en me disant que Bachir Saleh ne l'avait pas reçu, alors que le rendez-vous était calé. » La fille adoptive du Guide téléphone alors à un ami et lui demande de conduire Bonnard devant Bab Azizia, la forteresse de Kadhafi où Bachir Saleh travaille. « J'ai ensuite appelé Saleh, qui a osé me dire qu'il pensait que je lui faisais une blague. Je l'ai enguirlandé à distance et lui ai dit de recevoir tout de suite la personne qui se trouvait devant Bab Azizia. » Ce qui fut fait, car Saleh a ensuite appelé Kadhafi sur le téléphone rouge qui a donné son aval pour envoyer des émissaires à Paris…

Mouammar Kadhafi tiendra sa promesse puisque, dans les quarante-huit heures, son interprète personnel, Moftah Missouri, et Bachir Saleh arrivent en France. « Mais Bachir Saleh n'a pas téléphoné à Alain Juillet de la DGSE ou à Pierre Bonnard en arrivant à Paris. Non, il a téléphoné à son ami Michel de Bonnecorse, qui dirigeait la cellule Afrique de l'Élysée. Ce sont ensuite ces deux-là qui ont traité de l'affaire entre eux. » Pierre Bonnard se souvient, amer, que Bachir Saleh s'est en réalité employé à torpiller cette initiative parallèle qui avait reçu l'aval du président Chirac. Pour lui, la France et la Libye auraient pu se réconcilier plus tôt. « Lors de mon passage à Tripoli, un plan avait été élaboré avec Moussa Koussa. Nous voulions arranger une rencontre entre Jacques Chirac et le colonel Kadhafi, à Tunis, lors du premier sommet 5+5 [1], qui s'est tenu les 6 et 7 décembre 2003. Rien de cela n'est arrivé [2]. »

C'est le moins que l'on puisse dire. Lors de l'ouverture du sommet, les deux chefs d'État se sont ostensiblement ignorés, Mouammar Kadhafi allant jusqu'à refuser d'applaudir le discours de son homologue français.

Lorsque, quelque temps plus tard, Tamara Acyl reviendra à Tripoli, le colonel Kadhafi lui demandera ce qu'elle veut pour la remercier du travail accompli. « Inviter des investisseurs français à venir en Libye », répond-elle du tac au tac. C'est ce qui s'appelle renvoyer élégamment l'ascenseur à ses amis Pierre Bonnard et Stéphane Ravion, qui se sont effectivement rendus en Libye pour essayer d'y faire des affaires. En vain. Le trio se heurtera à de multiples reprises à Bachir Saleh qui prendra un malin plaisir à leur savonner la planche. En février 2005, Tamara Acyl quittera définitivement la Libye, non sans avoir dit ses quatre vérités à Mouammar Kadhafi et Bachir Saleh.

Quel aura été en définitive l'impact de ce circuit parallèle sur l'accord conclu entre la Libye et les familles des victimes du DC10 d'UTA ? Difficile de le dire. La seule certitude est que cet accord financier autorisait un nouveau départ pour les relations franco-libyennes. Et ouvrait la voie à une visite historique : celle de Jacques Chirac en Libye.

1. Le dialogue 5+5 a pour objectif d'encourager la coopération régionale entre dix pays de la Méditerranée occidentale qui sont situés en Europe et au Maghreb.

2. Entretien avec Pierre Bonnard, le 10 décembre 2012.

3

« Le temps est superbe dans le ciel et dans nos cœurs »

L'embargo européen sur les ventes d'armes à la Libye est levé le 14 octobre 2004. Il est censé donner un coup d'envoi à la normalisation des relations diplomatiques, mais surtout commerciales, entre Paris et Tripoli. D'avance, les milieux industriels français se frottent les mains. Toutes les conditions seront bientôt réunies pour signer de juteux contrats !

L'espoir est d'autant plus vif qu'un vent de bonnes nouvelles souffle alors en provenance de Tripoli : le colonel Kadhafi apprécie la politique arabe de Jacques Chirac ainsi que son « indépendance » à l'égard des États-Unis. Le Guide attend même de pied ferme le président français en Libye pour fêter les retrouvailles entre les deux pays. « Petite précision : Kadhafi avait d'abord insisté pour venir à Paris. Jacques Chirac a refusé à cause des infirmières bulgares et du médecin palestinien qui étaient toujours détenus. Kadhafi a alors beaucoup insisté pour que nous nous rendions en Libye », rappelle, un sourire madré aux lèvres, Michel de Bonnecorse, l'ancien conseiller du président Jacques Chirac et chef de la cellule Afrique de l'Élysée de 2002 à 2007[1].

Au désespoir des milieux économiques, la visite de Jacques

1. Rencontre avec Michel de Bonnecorse, le 25 janvier 2013.

Chirac est maintes fois annoncée pour aussitôt être… reportée. Les esprits s'échauffent : y aurait-il un complot ? Au sein des entreprises d'armement, des consultants bien introduits évoquent dans des notes écrites « la présence dans l'entourage du président français d'un lobby anti-relations franco-libyennes proche du lobby pro-relations américano-anglo-libyennes ». Ce lobby serait même « actif depuis plusieurs années pour essayer de diminuer l'influence de la France au Maghreb et aurait déjà prouvé son efficacité en Algérie et au Maroc ».

Le coup de poignard de Gerhard Schröder

Pendant que Jacques Chirac tergiverse, les industriels français ne peuvent qu'assister, dépités, aux efforts déployés par leurs concurrents anglo-saxons qui se taillent la part du lion dans le nouvel Eldorado libyen. Les Américains ont rouvert à la hâte leur consulat à Tripoli et, depuis, des délégations de sénateurs, d'envoyés spéciaux et de représentants de grandes entreprises effectuent un va-et-vient permanent. Cerise sur le gâteau, le président Bush, en pleine croisade contre le terrorisme, annonce bientôt qu'il autorise l'achat, par des sociétés américaines, de pétrole libyen ainsi que la reprise des vols entre les deux pays.

Tony Blair, le Premier ministre britannique, est, de son côté, à la manœuvre pour se positionner comme la courroie de transmission entre la Libye, les États-Unis et l'Europe. Parfait pour damner le pion aux Français, toujours empêtrés dans leurs hésitations. À ce titre, Tony Blair se précipite sous la tente de Mouammar Kadhafi dès la fin du mois de mars 2004.

L'Italien Silvio Berlusconi, vieil allié et ami de Kadhafi, comme lui amateur de bunga bunga, n'est pas en reste. Il fait à deux reprises le voyage de Tripoli et, au grand dam de Londres, clame être à l'origine de la levée de l'embargo européen. Même le roi Juan Carlos d'Espagne se met à appeler Kadhafi toutes les semaines, tandis que le Premier ministre espagnol, José Maria Aznar, se déplace à Tripoli.

Enfin, les Allemands n'hésitent pas à ruser, eux aussi, pour doubler les Français. En juin 2004, Jacques Chirac devait s'arrêter à Tripoli, en rentrant de Turquie. L'escale libyenne sera annulée à la demande du chancelier allemand Gerhard Schröder. Ce dernier argue du devoir de « solidarité » auquel serait soumis l'ami français. C'est que le contentieux avec les Libyens lié à l'attentat contre la discothèque de Berlin n'est pas réglé. En revanche, Gerhard Schröder ne verra aucun inconvénient à se programmer en catimini une visite à Tripoli à la mi-octobre 2004… Soit un mois avant celle de Jacques Chirac.

« Cheynel, on vous embarque ! »

Les séances d'explications françaises avec les Libyens menaçant de tourner au psychodrame, le propre fils de Mouammar Kadhafi, Seïf el-Islam, décide de se rendre à Paris pour accélérer les préparatifs du déplacement du président.

Ce voyage donne lieu à une truculente anecdote qui se déroule en coulisses. Elle met en scène le vendeur d'armes Bernard Cheynel, actif en Libye depuis la fin des années quatre-vingt-dix. Il la raconte lui-même[1]. « En août 2004, Seïf el-Islam doit débarquer discrètement en France pour rencontrer Chirac. Tout était bien ficelé : il devait arriver au Bourget, y être accueilli par le sherpa de Chirac, Maurice Gourdault-Montagne, qui

1. Rencontre avec Bernard Cheynel, le 12 février 2013.

l'emmènerait très discrètement rencontrer le président. Je devais bien sûr accueillir aussi Seïf, mais au moment de quitter Deauville, où j'habite, voilà que les condés locaux me passent les menottes. Oui, les menottes ! Cheynel, on vous embarque ! Une histoire de fous : ils pensaient que j'avais monté une escroquerie aux assurances après que le haras de ma mère avait brûlé ! J'ai eu beau leur dire que non seulement cet incendie était un pur accident mais que, surtout, j'étais attendu au Bourget, ils n'en ont pas cru un mot. Cheynel, on vous embarque ! » Un fâcheux contretemps, qui n'empêchera pas Seïf el-Islam d'être dignement accueilli en France.

Le Darfour et les gros contrats au programme de la visite de Chirac

La visite de Jacques Chirac en Libye a finalement lieu le 24 novembre 2004. L'événement est d'autant plus symbolique que c'est la première fois qu'un chef d'État français en exercice pose le pied en Libye depuis l'indépendance du pays, en 1951. D'une durée de vingt-quatre heures, cette visite est en réalité davantage une escale. Jacques Chirac doit ensuite poursuivre sur Ouagadougou, au Burkina Faso, pour assister à un sommet de la Francophonie.

Michel de Bonnecorse, l'ancien conseiller Afrique du président, se plaît à rappeler qu'il était aux premières loges lors de cette visite, avant d'en résumer les enjeux. De son point de vue, « Chirac a été en Libye pour parler affaires africaines. Rappelez-vous que la guerre au Darfour avait déjà fait cent mille morts. Chirac a aussi été en Libye pour les gros contrats. Mais ça, c'était Maurice Gourdault-Montagne, qui était très copain avec Bachir Saleh, le secrétaire particulier du Guide, qui gérait ». C'est donc avec flegme que Michel de Bonnecorse fait soudain diversion quand l'entretien évolue en direction des histoires de gros sous.

Si l'homme partage volontiers ses souvenirs françafricains, il marque, sur la Libye, de prudents silences au cours desquels ses yeux fixent un point imaginaire. Le brouhaha du café de la rue Clerc, dans le VIIe arrondissement de Paris, où il aime rencontrer les journalistes, ne le distrait pas. Pas plus que le petit chien vêtu d'un manteau noir qui essaie de grimper sur ses genoux. Puis la machine redémarre. Précise, tranchante.

« En 2004, nous étions arrivés à un tournant dans nos relations avec Mouammar Kadhafi. Pendant trente ans, il avait voulu manger une partie du Tchad et, au moment du Darfour, avait viré de notre côté et soutenu Idriss Déby qui nous a aussitôt prévenus. C'était intéressant pour nous ! On a pu ensuite surfer sur l'inquiétude de Kadhafi à l'égard du président Omar Béchir du Soudan. Parce qu'il ne voulait pas que la guerre du Darfour se rapproche de la Libye, Kadhafi avait intérêt à avoir face à lui un Idriss Déby qu'il connaissait et qui lui était favorable. C'est-à-dire redevable. »

Michel de Bonnecorse est néanmoins lucide sur le fauteur de trouble que demeure le Libyen. « Il était le protecteur d'un futur État touareg. Il leur a fourni des armes et de l'argent. Les présidents du Burkina Faso et du Mali me prévenaient : "Vous, les Français, vous devriez regarder ce que fait Kadhafi avec les Touaregs. Il vient de créer un consulat à Kidal, au Mali, doté de plein de gens. Il veut faire de Kidal une plateforme pour aider à une autonomie touareg." L'intérêt de Kadhafi était de devenir le chef de l'Afrique noire. Lorsqu'il a vu que ça ne marchait pas, il s'est créé une clientèle autour de lui et a voulu que les chefs touaregs soient ses vassaux. »

Conclusion cynique de Michel de Bonnecorse : « On voyait

Kadhafi comme quelqu'un qui accroissait le désordre en Afrique. Il s'agissait donc pour nous de le contrôler, par exemple pour appuyer Idriss Déby au Tchad. Il s'agissait au fond de limiter son pouvoir de nuisance. »

Fantasmes pétroliers

Les médias qui couvrent alors abondamment la visite du président français à Tripoli en retiennent surtout les enjeux économiques. Consternation ! La France s'est laissé distancer par ses principaux concurrents. Sa part de marché en Libye atteint péniblement 6,3 %, contre 6,9 % pour le Royaume-Uni, 7,4 % pour le Japon, 11,2 % pour l'Allemagne, et jusqu'à 22 % pour l'Italie, l'ancienne puissance coloniale[1].

Mais, l'espoir fait vivre. La « nouvelle » Libye nage alors dans les pétrodollars et le pays multiplie les projets dans des secteurs rentables comme les télécoms, les transports et l'électricité. Mais surtout, la Libye regorge de pétrole et de gaz : 47 milliards de barils (soit 1,7 million de barils par jour) de pétrole et 54 000 milliards de pieds cubes (30 pieds cubes = 1 mètre cube) de gaz restent à exploiter[2]. De quoi donner le tournis aux pétroliers occidentaux.

Pourtant, au final, la récolte de la vingtaine de patrons accompagnant le chef de l'État est plutôt mince. Comme le rappelle *Les Échos*, aucun contrat n'a été signé. C'est tout juste si « cinq accords-cadres techniques et administratifs ont été conclus avec les autorités libyennes : l'un sur le tourisme,

1. Didier Samson, « Chirac rend visite à Kadhafi », www.rfi.fr, 24 novembre 2004.

2. *Ibid.*

l'autre par EADS, un autre avec Thales, un autre avec Vinci et, enfin, entre les universités de Poitiers et de Tripoli[1] ».

De surcroît, Jacques Chirac a été contraint de se plier au folklore imposé par Mouammar Kadhafi à ses hôtes occidentaux. À ceux qu'il veut humilier, disent les mauvaises langues. D'abord la visite des débris de sa maison, bombardée par les Américains en 1986, où l'on marche à même les gravats érigés en reliques témoignant de la « barbarie occidentale ». Puis la visite sous la tente – un grand classique du colonel –, plantée pour l'occasion sur une pelouse piétinée par un troupeau de chameaux affolés...

C'est sous cette tente bédouine que Jacques Chirac prononcera des paroles d'une platitude inouïe, alors que la visite est, elle, historique. « Le temps est superbe... dans le ciel... et dans nos cœurs[2]. » Drapé dans son burnous marron, le Guide se contentera, de son côté, de porter la main au cœur. Il sait qu'il tient les Français, trop avides de contrats.

Alexandre Djouhri débarque en Libye

Une petite anecdote survenue lors de la visite de Jacques Chirac est passée inaperçue. Elle annonce pourtant la nouvelle page qui s'ouvre avec la Libye, celle du règne des intermédiaires, des agents, des consultants internationaux, des négociateurs de l'ombre et autres « apporteurs d'affaires ». Un basculement qui, pour le chiraquien Jean-François Probst, a débuté à l'époque où Édouard Balladur était Premier ministre (1993-1995). « C'est à ce moment que les services secrets et les industriels ont fait

1. Jacques Hubert-Rodier, « Libye : Jacques Chirac ouvre la voie aux entreprises françaises », *Les Échos*, 26 novembre 2004.

2. Journal télévisé de 20 heures de France 2, présenté par David Pujadas, 24 novembre 2004.

la politique étrangère de la France. Le contrat démocratique est rompu ; pas les espérances de business. »

L'agent de Thales en Libye, Bernard Cheynel, se souvient très bien que Jacques Chirac avait emmené avec lui à Tripoli deux invités déjà inséparables : « MM. Henri Proglio et Alexandre Djouhri. » Le premier était le PDG du groupe Veolia. Le second était, à l'époque, inconnu du grand public et travaillait dans l'ombre du clan des chiraco-villepinistes. Il était notamment proche de Dominique de Villepin et de Maurice Gourdault-Montagne, le sherpa de Jacques Chirac qui avait alors la haute main sur les contrats stratégiques. Comme nous le verrons bientôt, il rallierait les sarkozystes le moment venu. Dans le courant de l'année 2004, on relève tout de même quelques articles de presse qui mentionnent le nom d'Alexandre Djouhri, affirmant qu'il possède 8 % de Veolia. Proglio qualifie alors ces informations de « fable délirante »[1].

Prompt à défendre son pré carré libyen où il est à tu et à toi avec les gradés, c'est donc un Bernard Cheynel atterré mais impuissant qui assiste à l'introduction officielle d'Alexandre Djouhri en Libye. Par le chef de l'État en personne ! « Chirac présentait Djouhri et Proglio à tous les Libyens en les recommandant chaleureusement. Il faut travailler avec eux, hein ? Ils sont bien. Ils ont toute ma confiance. »

Cheynel en est convaincu, « Chirac a ensuite présenté Djouhri à Seïf el-Islam, puis l'homme de l'ombre a fait saute-mouton jusqu'à rencontrer Bachir Saleh avec qui il s'est lié ». Hélas, Alexandre Djouhri ne confirme ni n'infirme cette version : il n'accorde pas d'interview[2].

1. Vincent Lamigeon, « La vérité sur le mystérieux Alexandre Djouhri », *Challenges*, 22 mars 2012.

2. En 2011, Alexandre Djouhri a envoyé au *Nouvel Observateur* un droit de réponse indiquant : « Ni en 2004 ni à aucun moment, je n'ai fait "partie"

Patrick Ollier joue des coudes à Tripoli

Un autre homme compte faire fructifier ses bonnes relations avec le régime de Mouammar Kadhafi, maintenant que le Guide est redevenu fréquentable. Il s'agit de Patrick Ollier, compagnon de la ministre de la Défense, Michèle Alliot-Marie, député UMP et fondateur en 2003 du groupe d'amitié France-Libye à l'Assemblée nationale.

L'homme se montre très dynamique, mais aussi très secret sur ses voyages en Libye, comme le confiera des années plus tard un autre député UMP, Didier Julia, au quotidien *Libération*. « Il conduisait ses opérations sans nous en parler. [...] Il ne souhaitait pas associer les parlementaires. Et quand on lui en parlait, il était très évasif. [...] Chaque fois qu'il y avait un accord en vue avec le ministère de la Défense, c'était Patrick Ollier qui s'en occupait[1]. »

Manifestement, cet activisme intrigue puis déplaît en haut lieu. Comme l'a révélé le site web Mediapart en 2011[2], un rapport de la DST signale, en juillet 2005, que le groupe Thales a demandé au cabinet d'intelligence économique Kroll d'enquêter sur Patrick Ollier et « de supposées commissions libyennes » à son profit. Patrick Ollier avait proposé à Thales de « jouer le monsieur "bons offices" » pour accélérer la signature d'un contrat de matériel de signalisation pour les aéroports

---

de la délégation de patrons qui accompagnait le président Jacques Chirac en Libye. »

1. Karl Laske, « Patrick Ollier, l'ami très personnel du régime libyen », *Libération*, 24 février 2011.

2. Fabrice Arfi, Mathilde Mathieu et Martine Orange, « Quand une officine enquêtait sur les amitiés libyennes de Patrick Ollier », Mediapart, 18 février 2011.

libyens alors ensablé. Selon Mediapart, Thales aurait décliné l'offre. L'affaire n'est pourtant pas nouvelle.

En mars 2005 déjà, un article de *France Soir* mentionnait ce dossier ainsi que l'enquête de Kroll, sans toutefois donner le nom de l'officine. Dans la foulée, le PDG de Thales, Denis Ranque, sera sommé de publier un démenti concernant l'existence de cette enquête…

Pour ce spécialiste de l'intelligence économique aux penchants chiraquiens, et qui, par voie de conséquence, voit alors la main des sarkozystes partout, cette affaire survenue en plein scandale Clearstream est un coup monté destiné à affaiblir Michèle Alliot-Marie, alors ministre de la Défense. « Sous Jacques Chirac puis Nicolas Sarkozy, les négociations des affaires de Défense ont progressivement glissé vers l'Élysée, au détriment du ministère de la Défense. Michèle Alliot-Marie a voulu conserver son pré carré sur les contrats. Elle gênait. Dans l'affaire de Kroll, les dates sont trop concomitantes et correspondent au moment où l'on voit arriver Ziad Takieddine et Alexandre Djouhri sur la Libye. »

Clairement partisane, cette analyse a toutefois le mérite de signaler la guerre des réseaux qui sévit dès 2005 en Libye. La logique de ces réseaux, qui travaillent sur des contrats bien sûr, mais aussi sur des questions de diplomatie secrète, est simple : un intermédiaire fait le lien entre un dignitaire libyen et des politiques français. Avec, en ligne de mire, la présidentielle de 2007.

II

La guerre des réseaux

4

Le réseau du facilitateur Souheil Rached

Cet homme est une énigme. Pas une photo de lui sur internet. Pas une ligne à son propos dans la presse. À peine son nom, Souheil Rached, est-il mentionné deux fois sur Google. Tout d'abord par une écrivaine anglo-américaine qui le remercie de l'avoir aidée, en 1984, dans l'écriture d'un livre consacré à l'OLP, l'Organisation de libération de la Palestine. Contactée par mail à la mi-décembre 2012, Helena Cobban a manifestement perdu le contact et ne souhaite guère s'étendre sur le sujet : « J'ai remercié Souheil pour des raisons personnelles et ne suis pas sûre de savoir où il vit aujourd'hui. Tripoli ? »

La seconde mention du nom de Souheil Rached sur internet remonte à 1982. Elle concerne un documentaire britannique intitulé « Les déshérités. Une histoire des Palestiniens au Liban », sur lequel il a travaillé comme caméraman. C'est cet élément précis – le fait que Souheil Rached a été journaliste – qui permet de débloquer d'autres témoignages.

« Bien sûr, Souheil Rached ! Si c'est lui, c'est un chrétien palestinien que j'ai connu quand il était caméraman, avec carte de presse s'il vous plaît. Un type bien et intelligent. À l'époque, il portait une barbe fine et des lunettes rondes. Je sais qu'il est venu aux Libyens tardivement, vers 1987 ou 1988, par un canal palestinien. Après, il a géré les affaires en France de Moussa Koussa, le patron des services secrets libyens. C'est à ce moment que sa trace se perd », se souvient, amusé, ce journaliste libanais.

Ce diplomate français, lui aussi, se souvient de Souheil Rached. « J'ai travaillé avec lui bien après qu'il se soit mis au service de Moussa Koussa. Je crois me souvenir qu'au tout début il était au FPLP [Front populaire de libération de la Palestine, d'obédience marxiste], mais c'est à vérifier. Il est devenu ce que l'on appelle un facilitateur, soit le niveau bien au-dessus de l'intermédiaire. Il jouissait d'une certaine considération de la part de la France comme de la Libye. En fait, il avait la confiance des deux parties, et c'est en cela que nous l'utilisions. Il savait mettre de l'huile dans les rouages. » Pour cet autre témoin, avocat, « c'est quelqu'un de séduisant et de fin, qui parle bien, qui présente bien ».

Peu à peu, miracle, un profil s'esquisse. « Souheil est un homme de taille moyenne, à la barbe plutôt blanche, taillée à l'iranienne. Il s'habille très simplement. Cheveux poivre et sel, la soixantaine. C'est un vrai homme de l'ombre », décrit cet ancien responsable d'un service secret français.

En définitive, beaucoup de gens liés aux dossiers franco-libyens ont connu Souheil Rached. Mais tous s'expriment sous couvert d'anonymat. Non par peur, comme c'est le cas pour Alexandre Djouhri, mais autant par respect pour le personnage que pour éviter de se retrouver associé à de hasardeux dossiers de la France-Libye… On n'est jamais trop prudent.

Quand Souheil Rached fréquentait le trésorier de l'ANC

Une autre source française lève une autre partie du voile qui entoure cet intrigant personnage. Grâce aux Libyens, Souheil Rached a pu déployer ses talents de facilitateur sur tout le continent africain. « S'il se plaît aujourd'hui à jouer les *deus ex machina* sur l'Afrique du Sud, Rached n'est vraiment entré en contact avec les Sud-Africains qu'en 2008, lors de la campagne orchestrée par le parti de l'ANC pour virer le président Thabo M'beki. Ce qui fut d'ailleurs fait de façon fort peu élégante à trois mois de la fin de son mandat. M'beki est alors remplacé par Jacob Zuma, que Kadhafi avait soutenu financièrement par le biais d'Abdallah Senoussi, qui s'occupait aussi des relations politiques avec les pays africains. Comme on dit dans notre jargon, Souheil Rached a "traité" le trésorier de l'ANC, Mathews Phosa. » Une affirmation qui reste à vérifier.

Outre son talent pour dealer avec les puissants de ce monde, Souheil Rached doit beaucoup de son entregent à son patron libyen, Moussa Koussa. Ce dernier n'est pas n'importe qui, surtout au milieu des années 2000.

En 2007, le journaliste François Soudan dresse de lui un portrait sans concession dans *Jeune Afrique*, qui mettra l'intéressé en fureur. « Issu d'une famille modeste, boursier et titulaire d'un master's degree de l'université américaine du Michigan (1978), il commence sa carrière dans les services spéciaux comme responsable de la sécurité des ambassades libyennes en Europe du Nord. À ce titre, il supervise la traque des "chiens errants" – les opposants en exil –, dont une demi-douzaine sont abattus entre 1979 et 1982. Début 1980, Koussa monte en grade : il est nommé secrétaire du bureau de la Jamahiriya à

Londres (en d'autres termes, ambassadeur). Pas pour longtemps. Le 12 juin de cette même année, sur les marches de la représentation libyenne à St James Square, il affirme sans ciller à des journalistes que les Comités révolutionnaires sont déterminés à poursuivre leur chasse meurtrière sur le sol britannique. Quatre jours plus tard, il est expulsé[1]. »

L'homme accède à la gloire dans les années quatre-vingt-dix lorsqu'il est, d'une part, nommé responsable des services de renseignement extérieurs et, d'autre part, placé en première ligne par le Guide pour gérer le retour de la Libye sur la scène internationale. Koussa s'apprête alors à exécuter froidement les desiderata du patron et traite avec la CIA et le MI6 britannique sans états d'âme. « C'est lui qui, jusqu'en décembre 2003, pilotera les équipes d'agents spéciaux américains et britanniques venus en Libye évaluer, puis détruire, le stock d'armes chimiques et bactériologiques ainsi que les centrifugeuses acquises à grands frais par le colonel. C'est lui aussi qui balancera à la CIA – sur ordre de son chef – la liste complète des fournisseurs et intermédiaires de l'arsenal libyen[2] », écrit François Soudan.

« Moussa Koussa discutait des opposants libyens avec Sarkozy et des infirmières bulgares avec Guéant »

De par ses fonctions, Moussa Koussa se rend régulièrement à Paris. « Je l'ai rencontré plusieurs fois. Il s'intéressait beaucoup à l'Afrique », se souvient Michel de Bonnecorse, l'ancien chef de la cellule Afrique de l'Élysée de 2002 à 2007. Le diplomate a

1. François Soudan, « Moussa Koussa, l'arme fatale de Kadhafi », *Jeune Afrique*, 19 août 2007.
2. *Ibid.*

en tête la banalité délibérée de leurs discussions: « On parlait de la Centrafrique. Il défendait Ange-Félix Patassé et, au moment où il a été renversé par le général François Bozizé, en 2003, les Libyens nous ont demandé de le défendre. On leur a répondu, non sans humour, qu'on n'avait pas l'habitude d'envoyer des soldats pour protéger un palais vide. » Pour apprécier la réponse française, il faut savoir que Bozizé a fait son coup d'État alors que Patassé était en voyage au Niger...

« On parlait aussi de la Côte d'Ivoire. Je lui disais de ne pas intervenir dans le conflit ivoirien. On avait des échos que Kadhafi distribuait de l'argent. C'était un homme calme, assez british. Peu bavard. On échangeait sur des banalités, tout en sachant qu'en cas de coup dur, nous serions là, tous les deux. C'est ce dont nous voulions nous assurer lors de ces rencontres », continue Michel de Bonnecorse.

Le « Monsieur Afrique » de Jacques Chirac se souvient aussi que « plus tard, Moussa Koussa est allé voir Nicolas Sarkozy et Claude Guéant au ministère de l'Intérieur. Il parlait avec Sarkozy des opposants libyens en Europe, et avec Guéant des infirmières bulgares. Koussa rendait également visite au patron de la DGSE, Pierre Brochand ». Comme à celui de la DST, Pierre de Bousquet de Florian.

Bref, un homme parfaitement introduit en France, où l'on apprécie d'abord ses talents d'« orfèvre » en matière de lutte antiterroriste.

Moussa Koussa est également amené à traiter des dossiers concernant la mauvaise conduite de la progéniture de Mouammar Kadhafi. Ainsi, en septembre 2006, il se rend à Paris pour y rencontrer le directeur de la DGSE puis celui de la DST.

C'est qu'il y a un problème: Hannibal Kadhafi, fils de son père au tempérament particulièrement bagarreur, veut obtenir un visa Schengen pour la France... où il a laissé de bien mauvais souvenirs aux policiers. Ceux-ci n'oublient pas, en effet, qu'en 2004, Hannibal s'était amusé à remonter l'avenue des Champs-Élysées à vive allure et à contresens, avant d'envoyer ses gardes du corps se battre avec les policiers qui tentaient de l'interpeller. Le fils Kadhafi ne sera ni inquiété ni poursuivi pour ce comportement de voyou.

Cette fois, l'affaire est plus grave. Hannibal a été condamné, en 2005, par la justice française, à quatre mois de prison avec sursis : il a tabassé sa compagne, enceinte, puis s'en est pris à la police et au Samu venus secourir la jeune femme…

Lorsque Moussa Koussa vient plaider la cause du turbulent rejeton à Paris, le dossier empoisonné remonte au plus haut niveau. D'abord transmis au directeur de cabinet de la ministre de la Défense, Michèle Alliot-Marie, il atterrit à Matignon… qui l'expédie aussi sec à l'Élysée avec la mention « urgent ».

C'est donc au final Jacques Chirac qui tranchera : Hannibal Kadhafi ne foulera pas le sol français. Le sherpa de Chirac, Maurice Gourdault-Montagne, ordonne en personne au ministre des Affaires étrangères, Philippe Douste-Blazy, de demander à l'ambassadeur de France à Tripoli de refuser le visa à Hannibal Kadhafi. Le motif évoqué ne fait pas dans la langue de bois : « Indésirable en France pour poursuite par la justice pour faits divers. »

La DCRI, fan de Souheil Rached

« Quant à Souheil Rached, il venait souvent avec Moussa Koussa. Ce dernier parlait en arabe et Souheil traduisait. Il se tenait bien en retrait », se souvient Michel de Bonnecorse.

À force de suivre comme son ombre le patron des services extérieurs libyens, le facilitateur multiplie les contacts côté français. « Rached était très apprécié de la DCRI, nettement moins par la DGSE qui n'a toutefois pas rechigné à l'utiliser, notamment au Niger », raconte la source française mentionnée plus haut.

Il se dessine peu à peu que chaque service secret français possède son canal libyen : Abdallah Senoussi pour la DGSE, et Moussa Koussa pour la DST qui deviendra la DCRI. Cette dernière dépendant de la place Beauvau, c'est donc en toute logique que Nicolas Sarkozy, ministre de l'Intérieur de juin 2005 à mars 2007, et Claude Guéant, qui travaillait déjà auprès de lui, ont tissé des liens précieux avec un Moussa Koussa alors au fait de sa puissance. Ainsi qu'avec Souheil Rached, qui réside à cette époque en France. Était-ce d'ailleurs son facilitateur que Koussa venait voir régulièrement à Nice dans la seconde partie des années 2000 ? Quoi qu'il en soit, l'espion libyen n'hésitait pas alors à interrompre une réunion pour s'envoler séance tenante pour Nice, où il ne restait parfois que deux heures…

Ziad Takieddine est jaloux

Les canaux français dont profite le tandem Koussa/Rached ne sont manifestement pas du goût de l'intermédiaire franco-libanais Ziad Takieddine, qui travaille avec les sarkozystes. Et pour cause ! Côté libyen, Takieddine mise sur Abdallah Senoussi… qui dirige le renseignement militaire.

Pour tenter d'affaiblir Moussa Koussa, Takieddine multiplie les notes assassines à l'adresse des sarkozystes.

Ainsi, à la suite d'une visite en Libye début 2006, il rédige une note qui traite du « problème » Moussa Koussa. Son tort ? « Se faire passer pour l'homme clé des relations entre les deux pays. » Pire, selon l'intermédiaire, Moussa Koussa jouerait « un rôle très néfaste, nuisible tant pour la crédibilité d'Abdallah Senoussi que pour l'image de la Libye, et nocif pour la réalisation des projets ». Comment ? En tenant des « propos relativement négatifs sur Senoussi, laissant penser que Kadhafi ne le soutient pas tellement et ne le considère que parce qu'il est le chef de la première tribu et son beau-frère ». Et Takieddine de prôner une solution radicale : « l'écarter des affaires avec la France »...

Souheil Rached resurgit en Afrique du Sud

L'intermédiaire devra toutefois ronger son frein jusqu'en 2009, année où Moussa Koussa sera un peu mis à l'écart en devenant ministre des Affaires étrangères, laissant les services à Abdallah Senoussi. Et lorsque Koussa fera défection en mars 2011, il n'appartient plus au premier cercle de collaborateurs du colonel Kadhafi. C'est fidèle à lui-même, sans scrupule ni regret, qu'il atterrit à Londres le 30 mars 2011, après une escale à Tunis.

Selon des sources françaises, les Anglais l'auraient en quelque sorte chipé aux Français alors que Moussa Koussa devait s'installer en France pour quelque temps. Certaines sources libyennes, de leur côté, affirment au contraire que les Français ont « laissé mariner Koussa au moins vingt-quatre heures sans donner de nouvelles, avant de le laisser tomber ». Des histoires de services secrets...

Trois mois plus tard, en juin 2011, un reporter du journal britannique *The Telegraph*[1] le retrouve dans le lobby de l'hôtel Four Seasons de Doha, au Qatar. L'homme a troqué ses cos-

1. Richard Spencer, « Moussa Koussa retrouvé au Qatar », *The Telegraph*, 27 juin 2011.

tumes à l'occidentale contre une gandoura de couleur crème et un bonnet blanc. Ses lunettes sur le nez, il tue le temps à lire le journal ou à tapoter sur son iPad. Moussa Koussa est entouré d'une garde rapprochée qui forme un bouclier humain autour de lui aussitôt que le journaliste anglais l'aborde pour lui demander une interview. « Je suis trop occupé pour parler maintenant », lui répond alors Moussa Koussa. Un mensonge éhonté : quelques minutes plus tôt, il lisait le journal.

Son ancien bras droit, Souheil Rached, semble mener une vie autrement plus palpitante. Toujours selon la même source française, son dernier fait d'armes connu consiste à avoir tenté d'exfiltrer l'un des fils de Kadhafi, Saadi. Ce dernier était arrivé au Niger pendant la guerre, avec le feu vert de Nicolas Sarkozy qui l'avait volontairement laissé quitter la Libye. « Souheil a essayé de faire partir Saadi pour l'Afrique du Sud. Les Sud-Africains ont même envoyé un avion à cet effet, mais Saadi a été reconnu *in extremis* avant d'embarquer, ce qui a fâché les Nigériens. »

Depuis, Souheil Rached se fait discret. Et, fidèle à son habitude, il n'accorde aucune interview aux journalistes qui le sollicitent sur son portable français. Un point en commun avec Alexandre Djouhri, qui possède lui aussi son réseau libyen.

5

Le réseau de « monsieur Alexandre »

En mars 2011, ce patron s'exclamait la main sur le cœur : « La Libye, c'est Alexandre Djouhri ! » Avant de baisser le ton : « Et je vous conseille de ne pas trop enquêter sur lui. »

Alexandre Djouhri, ou le secret le mieux gardé de la République. Cet homme d'affaires d'origine algérienne, plus exactement kabyle, a évolué pendant des années au cœur du pouvoir sans que personne le sache. En y mêlant business, politique et diplomatie parallèle. Ses terrains de chasse : l'Afrique, Djibouti, l'Arabie saoudite, la Libye bien sûr et, plus récemment, la Russie…

Dans son ouvrage *La République des mallettes*[1], Pierre Péan retrace avec force détails et anecdotes l'incroyable parcours de ce quinquagénaire prénommé Ahmed, devenu Alexandre puis « monsieur Alexandre ». Des cités de Sarcelles aux palaces de la capitale. Du Milieu parisien au cœur de la République. Chiraquien puis sarkozyste. Ami de Dominique de Villepin et de Bernard Squarcini, l'ancien patron (sarkozyste) de la DCRI. Proche de Maurice Gourdault-Montagne puis de Claude Guéant, respectivement conseiller diplomatique de Jacques Chirac et secrétaire général de l'Élysée sous Nicolas Sarkozy.

1. Pierre Péan, *La République des mallettes. Enquête sur la principauté française de non-droit*, Paris, Fayard, 2011.

L'homme d'affaires, qui refuse le qualificatif d'intermédiaire et fuit les médias comme la peste, a connu plusieurs vies. Il est surtout un surdoué du réseautage et a su faire son miel des guerres fratricides de la droite.

Longtemps à tu et à toi avec l'oligarchie au pouvoir, « monsieur Alexandre » se fait plus discret depuis le départ de Nicolas Sarkozy. Ce qui ne veut pas dire qu'il soit au chômage, bien sûr. Aux anciens de Kadhafi qui le contactent parfois pour lui demander des conseils, qu'il accorde avec gentillesse, il affirme que, merci, tout va bien pour lui. Au sujet de la Libye, il dit refuser de travailler avec l'actuel gouvernement libyen « qui ne restera pas ». Il confie également que son « vrai » ami libyen est Bachir Saleh, l'ancien directeur de cabinet de Mouammar Kadhafi et, surtout, l'ex-responsable du LAP, le Libyan African Investment Portfolio, un fond souverain doté de 8 milliards d'euros.

« Elle ne va pas nous foutre un poivron chaud dans le cul, celle-là ! »

Son envol en Libye, nous l'avons vu, Alexandre Djouhri le doit à Jacques Chirac, qui l'avait emmené dans ses bagages en novembre 2004, lors de sa visite officielle à Tripoli. Il est toutefois fort probable que l'homme d'affaires ait eu un aperçu de ce pays complexe un peu plus tôt, lors des négociations engagées pour indemniser les familles des victimes du DC10 d'UTA.

En effet, son vieil ami Francis Szpiner, avocat de la Chiraquie et franc-maçon assumé, conseille alors, on s'en souvient, l'association SOS Attentats, présidée par Françoise Rudetzki. Celle-ci a été imposée par les autorités françaises à la table des négociations avec les Libyens et, à ce titre, Szpiner prend part à la fin des pourparlers. Il rend compte à Dominique de Villepin, ministre des Affaires étrangères.

Lorsqu'un accord d'indemnisation des victimes est enfin trouvé, il est, dans un premier temps, signé par les Libyens et le collectif « Les familles du DC10 UTA en colère ! ». Pas par SOS Attentats ni par Françoise Rudetzki. Lorsque de Villepin le découvre, il s'exclame dans ce langage de charretier qu'il affectionne aussi : « Elle ne va pas nous foutre un poivron chaud dans le cul, celle-là ! Appelez-moi Szpiner[1]. » L'avocat signera à la place de la présidente de SOS Attentats.

Dominique de Villepin, Francis Szpiner. Les deux hommes sont des amis intimes d'Alexandre Djouhri…

Dans certains des documents de travail de l'homme d'affaires Ziad Takieddine, qui ont été remis à la justice dans le cadre du volet financier de l'affaire de Karachi, figure une note dont l'auteur n'est pas identifié. Elle concerne Alexandre Djouhri et n'a jamais été publiée. On y apprend qu'avec ses compères Francis Szpiner et l'ancien juge Alain Marsaud, le trio aurait œuvré à une tentative d'arrestation d'Abdallah Senoussi, le chef du renseignement militaire libyen.

Senoussi est un gros poisson pour les Français : il a été condamné par contumace à la perpétuité pour l'attentat contre le DC10 d'UTA.

L'homme, qui est aussi le beau-frère du colonel Kadhafi, a besoin de se faire soigner en Italie, officiellement pour un cancer. Plus précisément, en ce second mandat de Jacques Chirac, il doit se rendre dans une clinique de Milan. Le premier à obtenir l'information est un agent de la DGSE. Selon cette note, le

1. *Mon père était dans le DC10…*, *op. cit.*

tuyau remonte aussitôt au directeur de cabinet du ministre de la Défense. Lequel directeur alerte Maurice Gourdault-Montagne, le conseiller diplomatique du président de la République qui, à son tour, informe le trio Szpiner-Djouhri-Marsaud. Toujours selon ce document, ce serait ensuite Alexandre Djouhri qui aurait prévenu le juge Jean-Louis Bruguière, en charge de l'instruction du DC10 d'UTA, de l'arrivée imminente sur le sol européen d'Abdallah Senoussi. C'est une occasion inespérée de l'attraper.

La justice italienne est aussitôt mise en alerte. Cherchant comme d'habitude à mettre de l'huile dans les rouages, Djouhri serait intervenu auprès de l'Élysée pour éviter tout blocage dans l'exécution du mandat d'arrêt international par l'Italie. En vain. Mais des années plus tard, l'ancien ministre des Affaires étrangères libyen, Abderrahmane Chalgam, confirmera que Senoussi s'était bien rendu en Italie. Il racontera même dans ses mémoires qu'« un jour, alors qu'il se faisait soigner sous un faux nom dans une clinique de Milan, la police italienne a manqué de lui mettre le grappin dessus[1]... ».

Grands contrats : la méthode Djouhri

Alexandre Djouhri met à son profit son entregent politique pour essayer de se positionner sur certains contrats avec la Libye. Ou plutôt, comme on peut le lire dans la lettre *Intelligence Online*[2], « Alexandre Djouhri a été imposé par l'Élysée pour "accompagner" de grands contrats d'armement au Maghreb et au Moyen-Orient ».

1. Youssef Aït Akdim, « Libye : Abdallah Senoussi, l'homme des basses besognes », *Jeune Afrique*, 2 avril 2012.

2. « La valse d'un intermédiaire de l'Élysée », *Intelligence Online. Le monde du renseignement*, n° 523, 12 mai 2006, www.intelligenceonline.fr.

C'est dans ce contexte polico-affairiste que, sous Jacques Chirac, Djouhri se retrouve parachuté comme intermédiaire dans la vente de douze Airbus à une compagnie aérienne libyenne[1]. Bien que Djouhri n'ait pas – ou si peu – contribué à cette vente, il réclame une commission de 12,8 millions d'euros ! Son culot fait encore jaser dans les couloirs d'EADS où, notamment par l'intermédiaire du service Compliance, on a déployé des trésors d'imagination pour ne pas lui verser un centime.

L'affaire traîne tant et si bien que Claude Guéant tentera de débloquer la situation au profit de Djouhri en bombardant de SMS la direction d'EADS. SMS qui feront le tour de l'entreprise.

En interne, deux versions cohabitent quant à l'issue de cette histoire. Celle qui affirme que Djouhri aurait finalement obtenu gain de cause, et celle qui, au contraire, tient que la commission aurait été détournée au sein de l'entreprise. Le patron d'EADS, Louis Gallois, a fermement démenti tout versement d'argent… ce qui n'est pas incompatible avec la seconde version.

Payé ou pas, cela n'empêche pas Alexandre Djouhri de voir son nom associé à d'autres scandales. C'est le cas en 2008, chez Alstom, alors dirigé par le très sarkozyste Patrick Kron. À l'époque, l'affaire fait grand bruit dans les cercles d'initiés. Le directeur des affaires internationales d'Alstom, Bruno Cotté, est brutalement limogé. Stupeur et tremblement. Que s'est-il passé ? On subodore un problème avec Alexandre Djouhri. L'affaire concerne le projet du métro d'Alger. Comme il est de coutume dans les gros contrats, car cela aide à l'emporter, Alstom propose de sous-traiter localement quelques parties du projet. C'est le cas du volet BTP du métro, qui pourrait être

1. *Ibid.*

confié à l'Égyptien Orascom Construction Industries, alors en cours chez le président Abdelaziz Bouteflika et ses frères. Patatras, voilà qu'Alexandre Djouhri surgit dans le dossier[1]. Cela se passe mal. Patrick Kron préférera sacrifier prudemment Bruno Cotté, le patron de l'international. Sans doute a-t-il estimé qu'il l'avait suffisamment prévenu qu'il ne voulait aucun ennui, ni avec Alexandre Djouhri ni avec Ziad Takieddine lors de son recrutement…

Djouhri le chiraquien contre Takieddine le sarkozyste

Après ce détour par Alger, revenons en Libye. On y retrouve la trace d'Alexandre Djouhri dans le courant de l'année 2005… au cœur d'une note de son rival, Ziad Takieddine.

En 2005, Alexandre Djouhri joue toujours dans la cour des chiraquiens, aux côtés de Maurice Gourdault-Montagne, qui a encore la haute main sur les contrats. Ziad Takieddine, lui, est du côté des sarkozystes. Et déjà, la tension entre les deux clans, cette guerre fratricide des droites, s'exacerbe en vue de la présidentielle de 2007. Avec une même obsession des deux côtés : assécher toute source de financement possible du clan adverse.

En avril 2005, Takieddine se rend à Tripoli et, à son retour, rend compte par écrit d'une importante réunion qu'il y a eue avec Abdallah Senoussi, Seïf el-Islam et le fils de Senoussi, tué pendant la guerre de 2011.

Dans son compte rendu, l'intermédiaire sarkozyste désigne chacun des participants à la réunion par leurs initiales : AS

1. En 2013, Alexandre Djouhri avait fait savoir par voie de presse qu'il n'avait joué « aucun rôle dans le départ d'un cadre dirigeant d'Alstom ».

pour Abdallah Senoussi, S el I pour Seïf el-Islam, MK pour Mouammar Kadhafi. Les absents se voient attribuer de bien peu élégants sobriquets : « Chichi » pour Chirac, « le kabyle » pour Alexandre Djouhri et « la clique » pour le clan des industriels chiraquiens. Obsédé par Djouhri, avec qui il a déjà eu maille à partir, Takieddine est persuadé que l'homme d'affaires leur sert d'intermédiaire en Libye et essaie de le doubler.

À la lecture de cette note, qui n'a jamais été publiée, on comprend que Ziad Takieddine se sent suffisamment en confiance avec les sarkozystes pour se laisser aller à quelques familiarités de langage. Il s'y vante d'avoir savonné la planche à son ennemi Djouhri et annonce avec délectation que celui-ci serait devenu tricard à Tripoli. « Une longue conversation a eu lieu avec AS et le fils de MK, S el I, sur le sujet du "kabyle" et son rôle avec "la clique". Ceci s'est soldé par une interdiction de rentrée, de séjour ou d'occupation de dossiers avec ou pour la Libye », écrit-il.

Alexandre Djouhri a-t-il réellement été *persona non grata* en Libye à la fin du règne des chiraquiens ? Difficile de l'affirmer avec certitude, mais, à partir de la mi-2005, sa trace se perd dans les sables libyens. On ne la repère à nouveau qu'en 2007, après l'élection de Nicolas Sarkozy…

De la « clique » à la « firme »

Entre-temps, au printemps 2006, un événement a bouleversé les affaires de « monsieur Alexandre ». Il est contraint de rallier avec armes et réseaux le camp des sarkozystes, qui le soupçonnent d'avoir trempé dans l'affaire Clearstream. La paix est péniblement signée en avril 2006, lors d'un déjeuner secret qui réunit à l'hôtel Bristol Alexandre Djouhri, Nicolas

Sarkozy, Claude Guéant et Bernard Squarcini, alors préfet délégué à la sécurité à Marseille. Deux ans plus tard, Sarkozy aurait eu ce mot assassin à l'égard de Djouhri : « S'il n'était pas venu à Canossa, il aurait reçu une balle entre les deux yeux[1]. » C'est toujours mieux que de se vider de son sang sur un croc de boucher…

Ce déjeuner a été organisé par Bernard Squarcini, une vieille connaissance de Djouhri. Les deux hommes se fréquentent depuis les années quatre-vingt-dix, comme le racontent les journalistes Olivia Recasens, Didier Hassoux et Christophe Labbé dans *L'Espion du président*[2]. En 1996, « Djouhri aurait même sauvé la tête de Squarcini réclamée par le Premier ministre Alain Juppé ». En cause ? « Une bombinette déposée par des indépendantistes corses, qui avait explosé devant la mairie de Bordeaux. » Squarcini, alors numéro deux des Renseignements généraux, avait été accusé d'avoir manqué de flair. Djouhri aurait alors intercédé en sa faveur auprès de Dominique de Villepin, secrétaire général de l'Élysée, faisant du futur patron de la DCRI un obligé.

Il ne faudra pas s'étonner lorsque, près de dix ans plus tard, en décembre 2005, Bernard Squarcini lui renverra l'ascenseur en produisant une invraisemblable attestation de moralité et de bonne conduite en faveur de son ami : « Je, soussigné Bernard Squarcini, déclare établir la présente en faveur de M. Alexandre Djouhri, inconnu au service de traitement des infractions constatées et ne faisant l'objet d'aucune inscription au casier judiciaire. […] Rien de défavorable n'a pu être démontré

1. Renaud Lecadre, « Djouhri Lascar devenu grand », *Libération*, 14 septembre 2011.

2. Olivia Recasens, Didier Hassoux et Christophe Labbé, *L'Espion du président. Au cœur de la police politique de Sarkozy*, Paris, Robert Laffont, 2012.

concernant l'intéressé, aucun élément lié au terrorisme, grand banditisme ou blanchiment n'a pu être mis en exergue[1] »...

Par la suite, Bernard Squarcini jouera même les entremetteurs pour « monsieur Alexandre ». C'est le cas chez Thales, comme le raconte cette source alors très bien introduite chez l'industriel et qui s'est retrouvée mêlé à cette intrigue bien malgré elle. « Le numéro deux de Thales avait refusé de recevoir Alexandre Djouhri. Par intermédiaire interposé, Bernard Squarcini m'a demandé d'en toucher un mot au numéro deux en question, que je connais bien. Je suis revenu avec une réponse négative. » Squarcini, qui dirigeait déjà la DCRI, s'écriera alors : « Eh bien puisqu'il le prend comme ça, je vais le convoquer ! » Il n'en fut rien, bien sûr.

L'ami libyen de Djouhri à la tête de 8 milliards d'euros

Que fait Alexandre Djouhri en Libye jusqu'à l'élection de Nicolas Sarkozy à l'Élysée en mai 2007 ? Mystère. En revanche, son ami Bachir Saleh, qui dirige le cabinet de Mouammar Kadhafi et dont on ne sait pas exactement à quelle date il a connu Djouhri, connaît, lui, une rapide ascension au sein du pouvoir kadhafiste. En 1998, le colonel le choisit comme l'un de ses directeurs de cabinet. « À l'origine, Saleh était un fonctionnaire du ministère des Affaires étrangères sans envergure. Il ne faisait pas partie des proches de Kadhafi », estime l'homme d'affaires Pierre Bonnard, qui a eu maille à partir avec lui à plusieurs reprises depuis qu'il a participé à une médiation secrète dans le cadre du dossier du DC10 d'UTA.

1. Renaud Lecadre, « Les mystères de Djouhri, conseiller proche de l'Élysée », *Libération*, 1er novembre 2006.

« Le Guide ne contrôlait pas autant de choses qu'on voulait bien le dire… Du moment que Bachir remplissait les missions qu'il lui confiait, il ne se souciait pas du reste. Bachir faisait plus ou moins ce qu'il voulait et était assez malin pour ne pas dépasser son pré carré et ne pas empiéter sur ceux des fils Kadhafi. »

Toujours selon l'homme d'affaires, qui était alors associé au journaliste de télévision Stéphane Ravion, le directeur de cabinet de Kadhafi ne se gênait pas, néanmoins, pour défendre ses propres intérêts. L'histoire qu'il raconte, et qu'il a vécue, remonte à 2004. « Nous avions rencontré le colonel Kadhafi le 19 avril et avions fait venir en Libye notre client pakistanais, Sadruddin Hashwani. Il dirigeait alors le Hashoo Group et appartient à une très grande famille qui possède notamment les hôtels Marriott au Pakistan. Il s'agissait de construire un hôtel cinq étoiles et un complexe de bureaux, avec un centre commercial, à l'est de Tripoli. Deux mois plus tard, tout était fini. Avec son fils, qui était installé à Genève, Bachir Saleh a récupéré l'opération. Pour cela, il a passé un message limpide à notre client : "Si vous continuez avec Bonnard et Ravion, vous pouvez oublier la Libye." »

Si, pour Pierre Bonnard, Bachir Saleh a surfé sur l'affaire du DC10 d'UTA pour ferrer ses contacts français, c'est surtout à partir de 2006 qu'il prend son envol. Comme le rappelle François Soudan, qui a consacré à ce « kaddafomane » un portait édifiant dans *Jeune Afrique*, pendant la guerre de Libye, c'est à ce moment que le Guide le nomme à la tête du Libya Africa Investment Portfolio (LAP). Ce fonds d'investissement est doté de 8 milliards d'euros…

L'effet est immédiat. « La compagnie aérienne Afriqiyah, le distributeur Oil Libya, l'opérateur Green Networks, plusieurs banques de développement, l'étrange Fondation Teresys basée à Saint-Martin, la chaîne d'hôtels Laico et le très opaque LAP

Suisse SA tombent ainsi dans son escarcelle[1]. » Bachir Saleh devient alors le messager de Mouammar Kadhafi en Afrique et ailleurs. « De passage à Paris en décembre 2007, l'Élysée de Nicolas Sarkozy, où officie Claude Guéant, l'accueille en grande pompe. Tout comme les patrons d'Airbus, d'Arianespace, de Lafarge, de Total et de quelques autres grands groupes[2]. » Alexandre Djouhri ne saurait être bien loin…

Pour autant, les contrats des grands groupes français n'aboutissent pas avec les Libyens. Cet ancien responsable de la DGSE ne mâche pas ses mots. « Que les choses soient claires. Je n'ai jamais vu Alexandre Djouhri sur la Libye. Je ne l'ai pas vu sur la remise en état des avions Mirage de Kadhafi, ni sur la vente des Rafale, ni sur Sagem, ni sur la surveillance maritime. » Et pour mieux se faire comprendre, il répète : « En matière de business, je n'ai jamais vu arriver Alexandre Djouhri sur la Libye. Il faut dire qu'il a une fâcheuse tendance à se mettre en avant comme en Algérie alors que c'était Pierre Falcone[3] qui était au cœur de tout. Et pas Djouhri, qui disait qu'il était partout. Sur l'Algérie, le contact de Djouhri était le général Larbi Belkheir[4], qui était en perte de pouvoir et s'apprêtait à prendre ses fonctions d'ambassadeur d'Algérie au Maroc. »

Et cet autre détracteur d'Alexandre Djouhri d'ajouter, perfide, au sujet de l'homme d'affaires : « Il y a un autre dossier

1. François Soudan, « Libye : Béchir Salah Béchir, le dernier kaddafomane », *Jeune Afrique*, 1er juillet 2011.

2. *Ibid.*

3. En 2009, Alexandre Djouhri serait intervenu en faveur de Pierre Falcone dans l'affaire de l'Angolagate.

4. Le général Larbi Belkheir a été ambassadeur d'Algérie au Maroc de 2005 à son décès, en 2010. Ancienne éminence grise du régime algérien, et homme clé des relations franco-algériennes avec le général Smaïn Lamari, lui aussi décédé, il avait été progressivement mis sur la touche par le clan (civil) du président Abdelaziz Bouteflika.

où Djouhri était présenté comme un intermédiaire clé : c'est celui de l'avion Rafale en Libye. C'est faux. J'étais présent lorsque Saadi Kadhafi, le fils du Guide qui s'occupait des Forces spéciales et qui était censé être le client, a dit qu'il ne voulait pas que Djouhri intervienne sur ce dossier. » Peut-être, en revanche, que si le Rafale avait été bel et bien vendu, l'homme d'affaires en aurait récolté les bénéfices... Ce qui aurait immanquablement alimenté le mythe Djouhri sur les contrats, permettant ainsi à l'homme d'affaires de mieux damer le pion au troisième réseau à l'œuvre en Libye, à la veille de l'élection de 2007 : celui de Ziad Takieddine.

6

Le réseau Takieddine au service de la Sarkozie

L'irruption de l'intermédiaire sarkozyste Ziad Takieddine dans le jeu de quilles franco-libyen n'est pas passée inaperçue. « C'est le moins que l'on puisse dire[1] ! » proteste le vendeur d'armes Bernard Cheynel. Actif en Libye depuis la fin des années quatre-vingt-dix, on l'a dit, cet homme haut en couleur a largement eu le temps de monter un réseau de correspondants locaux qui lui remontent de précieuses informations.

C'est dans ce contexte qu'il a recueilli de la bouche de ses différentes sources libyennes l'incroyable récit du débarquement du Franco-Libanais[2]. Récit qu'il partage aujourd'hui en roulant des yeux, encore sous le coup de l'incroyable assurance dont a fait preuve Ziad Takieddine.

« Un jour, les Libyens m'ont appelé au secours. Un Libanais venait de débouler à Tripoli. Il avait été voir l'ambassadeur de France, Jean-Luc Sibiude, qu'il avait connu lorsque ce dernier était consul à Los Angeles. Et là, voilà qu'il sort une soi-disant lettre du ministre de l'Intérieur Nicolas Sarkozy.

1. Rencontre avec Bernard Cheynel le 12 février 2013.

2. J'ai rencontré Ziad Takieddine le 7 mai 2013. Excepté le paiement d'argent à des Français par la Libye après le début de la guerre de 2011, pour lequel il cherche des informations, l'intermédiaire n'a souhaité s'exprimer sur aucun des sujets franco-libyens le concernant. Dommage.

– La fameuse lettre que tout le monde cherche et qui est censée prouver que Ziad Takieddine aurait bien été mandaté par Nicolas Sarkozy en Libye ? C'est bien ça ?

– Évidemment que c'est ça ! D'après mes sources libyennes, cette lettre disait en substance : "Je recommande chaleureusement Ziad Takieddine, un homme d'affaires franco-libanais…". »

Sur le coup, Bernard Cheynel peine à croire à cette histoire et court vérifier l'information auprès de l'un de ses contacts, Mustapha Zarti, qui était à la fois le bras droit du ministre du Pétrole, Choukri Ghanem [1], et l'homme lige de Seïf el-Islam Kadhafi. Mustapha Zarti lui confirma l'existence de la lettre [2]. Tout comme le correspondant de Thales en Libye, Basha Agha, avec qui Cheynel travaille, et dont le frère est l'aide de camp d'Abdallah Senoussi.

Se rappelant sans doute que, ce jour-là, son business libyen en a pris un coup, Bernard Cheynel laisse choir ses deux bras sur les accoudoirs de son fauteuil. « Takieddine a montré cette lettre à l'ambassadeur de France, et s'est ensuite débrouillé pour rencontrer Abdallah Senoussi. »

C'est là justement que s'est joué le coup de maître de l'intermédiaire franco-libanais : aussi invraisemblable que cela puisse paraître, le beau-frère du colonel Kadhafi cherchait par tous les moyens à être blanchi par la justice française dans l'affaire du DC10 d'UTA. « Takieddine lui a dit que Nicolas Sarkozy pourrait résoudre son problème. » La voix de Bernard Cheynel

1. Son corps sera retrouvé à Vienne, flottant dans le Danube, le 29 avril 2012. Après la guerre, Choukri Ghanem s'était réfugié en Autriche.

2. En octobre 2006, le journaliste Jean Guisnel interrogeait des proches de Nicolas Sarkozy au sujet de cette lettre. Leur réponse a été : « Nous sommes au courant de cette assertion, mais cette prétendue lettre n'existe pas. Si un tel document a été présenté, c'est un faux ! » Citation parue dans l'ouvrage de Jean Guisnel, *Armes de corruption massive*, Paris, La Découverte, 2011.

monte dans les aigus: « Mais le pire est que Senoussi l'a cru et a téléphoné au général Abderrahmane, le patron des achats militaires, pour qu'il soit reçu! »

Plus tard, Cheynel obtiendra confirmation d'Abdallah Senoussi en personne: « Takieddine est venu avec une lettre de Nicolas Sarkozy. Et si Sarkozy est président, je suis sauvé. » Le tour était joué, et Senoussi, ferré.

Évidemment, Ziad Takieddine n'allait pas en rester là. Vite, il lui faut avancer ses pions, c'est-à-dire parler contrats entre la future France sarkozyste et la Libye. Dassault, Sagem... Les noms de certains industriels français fusent devant des Libyens médusés. Bernard Cheynel se souvient très bien d'une discussion qu'il a eue à ce sujet avec le général Essid, qui présidait alors aux achats militaires libyens. « Il m'a dit: "Ça m'inquiète, il ne sait rien des contrats et des négociations en cours. Il parle de Dassault, de Thales. Il dit: 'Moi, je suis avec le bon Dieu en France. Ces petits industriels, ces petits chefs sont aux ordres du président. Qu'est-ce qu'on fait Bernard?'" »

Cheynel le reconnaît volontiers: « Quand j'ai appris ça, j'ai pété un câble. J'ai foncé aux Invalides, à Paris, voir Alain Juillet. » Après avoir dirigé le Renseignement à la DGSE, Alain Juillet avait été nommé, fin 2003, haut responsable chargé de l'intelligence économique au Secrétariat général de la défense nationale (SGDN). À ce titre, il avait un œil sur les négociations des grands contrats avec la Libye. Et assistait à la guerre entre chiraquiens et sarkozystes pour le partage du gâteau.

La suite, c'est toujours Bernard Cheynel qui la raconte. « Juillet est tombée des nues quand je lui ai raconté pour Takieddine. Il a été voir Maurice Gourdault-Montagne, le conseiller diplomatique de Jacques Chirac, qui a prévenu le président. » Petit silence... « D'après les retours que j'ai eus, Nicolas Sarkozy aurait été convoqué au Château et aurait répondu en substance: "Mais enfin, vous connaissez les Libanais… Je n'ai jamais fait une lettre pareille. Vous en avez une copie ?" » À ce jour, la fameuse lettre n'a pas été retrouvée. Certains l'ont même ardemment cherchée dans les décombres du régime de Mouammar Kadhafi, pendant la guerre. En vain. Au fond, la question est de savoir si la lettre qu'a exhibée Ziad Takieddine en Libye a été signée de la main de Nicolas Sarkozy ou si l'intermédiaire l'a fabriquée lui-même pour faciliter son introduction à Tripoli…

Ziad Takieddine noyaute la Sarkozie

En Libye, Ziad Takieddine a agi avec l'aisance des gens bien nés. Lui-même ne se prive pas de rappeler qu'il descend d'une illustre famille libanaise. Dans son autobiographie [1], il se présente en des termes flatteurs. « Je suis né en 1951 à Baakline, dans le nord du Liban, d'une famille druze qui a compté et compte encore bien des serviteurs prestigieux de ce pays. » Il égrène la longue liste de ses illustres aïeux. Le père, Mounir, directeur général du ministère de la Défense, gouverneur du Liban Nord, ambassadeur ; l'oncle Bahige, pénaliste de renom, député de la région du Chouf et plusieurs fois ministre…

Ses premières armes professionnelles, Ziad Takieddine les fait dans la publicité, puis le conseil. Il s'installe en France dès 1981, acquiert la nationalité française cinq ans plus tard. Mais c'est surtout comme directeur de la station de ski Isola 2000 qu'il s'affirme, étoffe son carnet d'adresses et fait la connaissance de François Léotard… qui allait devenir ministre de la Défense.

Dans les années quatre-vingt-dix, Ziad Takieddine se lie progressivement avec la garde rapprochée de Nicolas Sarkozy.

1. Ziad Takieddine, *L'Ami encombrant*, Paris, Éditions du Moment, 2012.

D'abord avec Nicolas Bazire, qui a été le directeur de cabinet d'Édouard Balladur puis son directeur de campagne pour la présidentielle de 1995, aujourd'hui numéro deux du groupe de luxe LVMH. Resté proche de Nicolas Sarkozy, Nicolas Bazire a été mis récemment en examen dans le volet financier de l'affaire Karachi. Comme Ziad Takieddine.

L'intermédiaire se rapproche aussi de Thierry Gaubert, également mis en examen dans le même dossier, qui a connu Nicolas Sarkozy du temps de Neuilly, avant de tomber en disgrâce auprès de Cécilia à la toute fin des années quatre-vingt-dix.

Bernard Cheynel se souvient que Thierry Gaubert ne ménageait pas sa peine pour présenter du monde à Ziad Takieddine. « Il m'a proposé plusieurs fois de le rencontrer. Ne sachant pas quoi en penser, j'en ai parlé à mes amis dans l'armement. Leur réponse fut sans appel : "Fuyez, Bernard !" »

En 2001, Ziad Takieddine se lie à Brice Hortefeux et Jean-François Copé, qui ont, tous deux, été photographiés en vacances aux côtés de l'intermédiaire. Les clichés sont parus dans Mediapart à l'été 2011, provoquant un scandale[1].

Claude Guéant, Ziad Takieddine affirme l'avoir connu en 2002. À son initiative. « J'ai appelé le cabinet du ministre de l'Intérieur pour lui demander un rendez-vous. Mon objectif était de lui parler des relations entre la France et l'Arabie Saoudite, qui étaient interrompues. Je lui ai demandé s'il était au courant d'un contrat très important baptisé Miksa[2], qui était

1. Fabrice Arfi et Karl Laske, « Le financier secret qui met en danger le clan Sarkozy », Mediapart, 10 juillet 2011.

2. D'un montant initial de 7 milliards de dollars, le contrat Miksa visait à fournir à l'Arabie Saoudite du matériel de surveillance et de protection de ses frontières. Il provoquera un affrontement homérique entre chiraquiens et sarkozystes. En décembre 2003, Jacques Chirac dessaisira brutalement Nicolas Sarkozy du dossier alors que ce dernier, ministre de l'Intérieur,

gelé. À partir de là, nos relations sont devenues très régulières », confiait-il au quotidien *Libération* en 2011[1].

À force d'intriguer, Ziad Takieddine finit par rencontrer Nicolas Sarkozy. Il affirme l'avoir vu à deux reprises en 2003. C'est en tout cas ce qu'il a expliqué le 24 novembre 2011 au juge Roger Le Loire, qui enquête avec le juge Renaud Van Ruymbeke sur le volet financier de l'affaire Karachi. Il a déclaré avoir demandé « à Philippe Seguin, que je ne connaissais pas, de m'obtenir un rendez-vous avec M. Sarkozy, en sa présence et en la présence de Thierry Dassault, qui était un collègue à moi dans les conseils d'administration d'une société qui s'appelle Gemplus pour sauver cette société d'une prise de contrôle des Américains. On a parlé de ça, il m'a vraiment expliqué qu'il ne pouvait rien ».

Toujours selon les dires de Takieddine devant le juge, la seconde rencontre avec Nicolas Sarkozy aurait eu lieu la même année, « pour traduire un coup de fil, un dimanche après-midi, entre lui et le ministre de l'Intérieur d'Arabie Saoudite, concernant le contrat Miksa en présence de Claude Guéant qui m'avait emmené chez le ministre pour que je puisse traduire ».

Selon le témoignage de ce membre de l'entourage de Nicolas Sarkozy, si Takieddine a effectivement travaillé main dans la

---

devait signer le contrat en Arabie Saoudite. Le président était convaincu que les sarkozystes allaient se constituer une cagnotte pour la présidentielle de 2007. En juillet 2011, Mediapart publia des documents comptables tendant à montrer que Ziad Takieddine « devait toucher en 2003 des commissions occultes d'un montant de 350 millions d'euros dans le cadre d'un marché d'armement avec l'Arabie Saoudite »... Et que « les fonds devaient être versés, sous l'autorité de Nicolas Sarkozy, via une société contrôlée par le ministère de l'Intérieur ».

1. Éric Decouty, « Miksa : frontières troubles en Arabie », *Libération*, 1er octobre 2011.

main avec Guéant, les relations avec Sarkozy lui-même auraient été plus compliquées. « Lorsqu'Édouard Balladur était Premier ministre, Sarkozy n'avait pas voulu rencontrer directement Ziad Takieddine », se souvient-il. Il a, manifestement, changé d'avis par la suite.

Nicolas Sarkozy part au pied levé au Maghreb

Lorsque Nicolas Sarkozy est ministre de l'Intérieur pour la première fois – en jargon sarkozyste, on dit que c'est sa période Beauvau 1 – c'est-à-dire entre mai 2002 et mars 2004, il travaille sur deux dossiers impliquant potentiellement la Libye. Il s'agit de la lutte contre l'immigration clandestine et de celle contre le terrorisme.

Sur le premier front, il s'agit de faire face aux conséquences de la fermeture, en 2002, du camp de Sangatte, situé dans le Nord-Pas-de-Calais, où des migrants s'entassent dans des conditions épouvantables, et qui a entraîné une réorganisation des filières d'immigration : elles transitent dorénavant par la Libye.

Entre 2002 et 2004, la lutte contre le terrorisme est marquée par les attentats de Casablanca (le 16 mai 2003) et de Madrid (le 11 mars 2004). Signe que l'heure est grave, juste après les attaques au Maroc, Nicolas Sarkozy entame au pied levé une tournée au Maghreb, en compagnie de Michel Gaudin, alors directeur général de la police nationale (DGPN).

Inévitablement, la question du rôle que doit tenir la Libye dans la lutte contre le terrorisme est posée. Pour les Français, les services libyens ont fait leurs preuves en la matière, en réglant le problème salafiste chez eux. Surtout, ils ne se sont jamais montrés avares d'informations, même s'ils ont toujours préféré les confier aux Tunisiens qui les communiquaient ensuite aux Français. Cette efficacité n'a pas échappé aux responsables de la place Beauvau. C'est que les services spécialisés sont alors confrontés à une réalité nouvelle : de jeunes salafistes français empruntent une filière sahélienne qui transite par la Libye, pour se rendre en Irak et en Afghanistan. Tout laisse à penser que les premiers contacts sérieux entre les sarkozystes, notamment Claude Guéant, et les Libyens, en l'occurrence Moussa Koussa qui dirigeait les services extérieurs de son pays, se sont noués sur ces questions de lutte antiterroriste.

Takieddine propose ses services à la DGSE

Dans l'ombre de Claude Guéant, Ziad Takieddine commence à s'agiter en Libye. Comme il l'a fait quelques années plus tôt avec les Saoudiens, l'intermédiaire déroule de nouveau sa partition avec un certain brio. Il table sur deux registres : la diplomatie parallèle et les contrats.

Au passage, il tente sans vergogne de s'immiscer dans des questions relevant exclusivement des services de renseignement et non d'un intermédiaire.

Ainsi, en avril 2005, Ziad Takieddine se rend en Libye, où il rencontre Abdallah Senoussi, le chef du renseignement militaire, et Seif el-Islam Kadhafi. Il y devise tranquillement d'une visite que pourrait accomplir rapidement le patron de la DGSE, Pierre Brochand[1], en Libye. Au programme des discussions voulues par l'intermédiaire : « la coopération entre les deux "services" », notamment dans la lutte antiterroriste – mais aussi

1. Contacté par téléphone, Pierre Brochand, très courtois, a refusé de s'exprimer sur la Libye.

le souhait des Libyens de « pouvoir envoyer une trentaine de soldats et d'officiers en France » pour y être formés et entraînés, sous l'égide de la DGSE[1]...

Dans le mélange des genres, Ziad Takieddine pousse le bouchon toujours plus loin. En avril 2005, alors que son contact Abdallah Senoussi a confirmé son rôle de « conseiller spécial » auprès des autorités libyennes, l'intermédiaire propose ses services... à la DGSE elle-même. Le renseignement extérieur français ! C'est le site web Mediapart[2] qui a révélé le pot aux roses, et le patron de la DGSE de l'époque, Pierre Brochand, se pince aujourd'hui le nez à la simple évocation du nom de Ziad Takieddine.

Le chasse-mouches de Mouammar Kadhafi

L'intermédiaire ne se contente pas de vouloir faire du renseignement entre Paris et Tripoli. Il joue aussi les Gentils Organisateurs au pays de Kadhafi, en préparant les visites diplomatiques des sarkozystes.

À commencer par celle de Claude Guéant, le 1er octobre 2005. Puis celle de Nicolas Sarkozy, de retour place Beauvau, le 6 octobre 2005[3]. La visite du ministre de l'Intérieur comporte un volet officiel consacré à la lutte contre le terrorisme

1. Ces informations figurent dans les notes de Ziad Takieddine qui ont été remises à la justice dans le cadre du volet financier de l'affaire Karachi.

2. Fabrice Arfi et Karl Laske, « Comment la DGSE a protégé l'émissaire du clan Sarkozy », Mediapart, 24 août 2011.

3. Mediapart a été le premier à publier les lettres de Claude Guéant, Nicolas Sarkozy et Brice Hortefeux aux autorités de la Jamahiriya libyenne. Fabrice Arfi et Karl Laske, « Sarkozy-Guéant : le grand soupçon libyen », Mediapart, 28 juillet 2011.

et l'immigration illégale, et un volet officieux, à savoir une rencontre avec le colonel Kadhafi en personne.

Des deux côtés de la Méditerranée, l'entrevue a laissé de sacrés souvenirs aux témoins directs. Certains d'entre eux les partagent volontiers, permettant ainsi de restituer l'ambiance surréaliste de la rencontre : « Les Français ont attendu très longtemps avant d'être reçus sous la tente par le Guide » ; « Kadhafi était habillé en homme du désert et agitait mollement un chasse-mouches ridicule » ; « C'était l'horreur. Il faisait chaud. On ne comprenait rien à ce que Kadhafi disait car il marmonne plus qu'il ne parle. Les traducteurs transpiraient à grosses gouttes » ; « La discussion était très générale. Nicolas Sarkozy s'emmerdait et voulait vite en finir. Claude Guéant a dû gérer son impatience. Au fond, à ce moment, Sarko se fiche de la Libye » ; « J'ai en tête cette image de Claude Guéant à quatre pattes qui essaie de passer des bouts de papier à Sarkozy ». Une personne présente croit se souvenir que Ziad Takieddine se trouvait en Libye au même moment, mais qu'il évita d'apparaître publiquement aux côtés de la délégation française.

Ziad Takieddine pousse Sagem

En coulisses et dans l'ombre de Claude Guéant. Telle est la place que Ziad Takieddine affectionne. En particulier pour déployer ses talents d'intermédiaire et son activisme insatiable dès qu'il s'agit de contrats. « Je me souviens, raconte ce consultant en armement, qu'un peu avant 2005, au salon du Bourget, il a fait un forcing d'enfer pour devenir le représentant d'Eurocopter en Libye. »

Ziad Takieddine réalise avec Abdallah Senoussi de larges

tours d'horizon des contrats potentiels avec les industriels français. Tout y passe, de la production de billets de banques au *think tank* franco-libyen « Sur la sécurité nationale et la prospérité libyenne » (*sic !*), aux hélicoptères, en passant par la modernisation des avions de chasse… Avec une constance affichée par l'intermédiaire sarkozyste : pousser l'entreprise Sagem sur le devant de la scène libyenne. Quitte à provoquer de violents clashs avec les chiraquiens.

Une affaire en particulier est restée dans les annales de l'armement. Elle se déroule en 2005 et porte sur la rénovation des avions Mirage de l'armée de l'air libyenne. Comme c'est souvent le cas pour ce type de business, un consortium français est créé. Il se compose de différents industriels censés apporter leur pierre à l'édifice : Thales pour l'électronique embarquée, Dassault pour la cellule des avions et Snecma pour les moteurs. Tout ce beau monde s'apprêtait à signer en octobre 2005, à Tripoli, un accord. Mais l'échec était au rendez-vous. C'est qu'emmené par Ziad Takieddine, le PDG de Sagem Défense Sécurité, Jacques Paccard, proposa au dernier moment aux Libyens de moderniser la totalité de leurs avions (les 70 Mirage français, mais aussi les Soukhoï russes) pour les transformer en de véritables machines de guerre. Bref, une rénovation totale de la flotte de chasse libyenne. On était loin, très loin même de la rénovation *light* proposée par Dassault-Snecma-Thales, censée porter sur quelques avions seulement, et qui avait en fait un objectif secret : ne pas trop développer les appareils libyens pour mieux vendre le Rafale…

Avec l'irruption surprise de Sagem, c'est toute cette stratégie qui s'écroula comme un château de cartes. Qu'importe, Ziad Takieddine y croyait dur comme fer. Dans ses notes personnelles, qui ont depuis été remises à la justice, l'intermédiaire franco-libanais y précise même certains arguments de vente, pro-Sagem bien entendu: « Sagem a aujourd'hui 400 avions d'armes en compte (soutien logistique), dont notamment les 120 Mirage de l'armée de l'air pakistanaise ; les services (libyens) peuvent s'assurer auprès de leurs collègues pakistanais du non-alignement et de l'indépendance de Sagem. » Si la modernisation des avions Soukhoï lui semble un objectif atteignable, Ziad Takieddine a conscience que celle des Mirage sera bien plus difficile à obtenir : « Le retrofit[1] des Mirage libyens est moins évident car Dassault rêve de vendre son Rafale », écrit-il.

Bonne intuition. Les chiraquiens, notamment l'Élysée et Matignon, siffleront la fin de la récréation dès le mois de janvier 2006. Alain Juillet, alors responsable à l'intelligence économique et rattaché à Matignon, organise une réunion de cadrage avec les industriels, qui se dépêchent de rentrer dans le rang. Neuf mois plus tard, le PDG de Sagem, Jacques Paccard, sera remercié. À ce moment, une source au sein du groupe Safran, la maison mère de Sagem, glissa au journaliste Jean Guisnel que les choses s'étaient mal passées avec Ziad Takieddine : il « a voulu tout embrasser et pousser le dossier en réclamant une inutile commission de 8 %. Il a fallu le calmer. D'abord doucement, puis moins doucement[2]... ». À l'évidence, la présidentielle de 2007, et ses éventuels financements occultes, n'était plus bien loin. Avec le recul, un des acteurs chiraquiens de premier plan sur ces dossiers estime que « Takieddine, en proposant la modernisation d'une centaine d'avions, avait raison. C'était la stratégie de Dassault, pour vendre le Rafale, qui était mauvaise. Mais, que voulez-vous, avec Chirac, Dassault était intouchable »...

1. Ou réaménagement. Pratique consistant à ajouter de nouvelles technologies ou fonctions à des systèmes plus anciens.
2. Jean Guisnel, *Armes de corruption massives*, *op. cit.*

III

Le financement politique de Nicolas Sarkozy

7

À la recherche des preuves

Le colonel Kadhafi a-t-il financé la campagne présidentielle de Nicolas Sarkozy en 2007 ? Cette question tient en haleine journalistes et magistrats depuis plus d'un an. Les soupçons sont d'ailleurs suffisamment sérieux pour qu'une information judiciaire ait été ouverte en avril 2013, afin que la lumière soit faite sur cette affaire.

Tout au long de mon enquête, j'ai pu observer à quel point nous étions nombreux à chercher les preuves de ce financement. Des confrères journalistes, bien sûr, des avocats, mais aussi des barbouzes qui travaillent pour le compte d'officines privées et pour qui tous les moyens sont bons pour mettre la main sur ces preuves tant convoitées. J'ai également constaté que tous mes interlocuteurs, français comme libyens, affirment, sans la moindre réserve, que, oui, Kadhafi a bien financé la campagne électorale de Nicolas Sarkozy.

Exceptionnellement, le récit qui suit est raconté à la première personne. Je n'y joue jamais avec la vérité et ne fais mystère ni des difficultés rencontrées ni des impasses dans lesquelles j'ai pu parfois me retrouver. Au final, je l'ai dit, j'ai la conviction d'avoir identifié et remonté la bonne filière, celle qui mène aux preuves d'un financement libyen de la campagne de 2007 de l'ancien président. Et d'avoir reconstitué en grande partie le *modus operandi* de ce financement illicite.

J'ai tout simplement commencé ma quête des preuves sur internet. Il s'agissait d'abord de recenser ce qui avait déjà été publié sur l'argent libyen que Nicolas Sarkozy aurait pu percevoir pour sa campagne électorale. L'interview accordée par Seïf el-Islam Kadhafi, le 16 mars 2011, à la chaîne Euronews[1], a tout de suite retenu mon attention. Vêtu d'un pull à col roulé beige, langage belliqueux et index accusateur pointé, « Monsieur fils » insulte Nicolas Sarkozy. « Il faut que Sarkozy rende l'argent qu'il a accepté de la Libye pour financer sa campagne électorale. C'est nous qui avons financé sa campagne, et nous en avons la preuve. Nous sommes prêts à tout révéler. La première chose que l'on demande à ce clown, c'est de rendre l'argent au peuple libyen. Nous lui avons accordé une aide afin qu'il œuvre pour le peuple libyen, mais il nous a déçus. Rendez-nous notre argent. Nous avons tous les détails, les comptes bancaires, les documents et les opérations de transfert. Nous révélerons tout prochainement. »

Je note, toutefois, que le fils Kadhafi n'avance aucun montant, mais qu'il parle tout de même de « comptes bancaires » et d'« opérations de transfert ».

J'apprendrais par la suite que Mouammar Kadhafi, qui a cru jusqu'au bout ou presque que Nicolas Sarkozy ne le trahirait pas, a fortement désapprouvé les déclarations de son fils – et lui a demandé de ne pas immédiatement fournir les preuves de ses dires après cette interview. Une violente prise de bec aurait même opposé le père et le fils en présence d'un garde du corps de ce dernier.

1. Interview réalisée par le journaliste Riad Muasses.

Abdallah Senoussi accuse aussi Nicolas Sarkozy

Un autre dignitaire kadhafiste a fait des déclarations publiques allant dans le sens de celles de Seïf el-Islam. Il s'agit du numéro deux du régime, Abdallah Senoussi, qui était par ailleurs, on s'en souvient, le contact privilégié de Ziad Takieddine.

En août 2011, juste avant de prendre la fuite, Abdallah Senoussi donne une conférence de presse improvisée. Voici ce qu'il dit en parlant du président français : « Il a accepté de travailler avec nous, Libyens, et nous l'avons, en effet, aidé à devenir le président de la France en finançant sa campagne électorale. [...] Sarkozy, quand il est venu visiter la Libye, il a en fait même dit au leader de ce pays que, lui, personnellement, Sarkozy, travaillait dur pour tirer Abdallah Senoussi d'affaire. Et nous avons tous les enregistrements de Nicolas Sarkozy en train de nous faire cette offre douteuse. » Senoussi fait ici allusion à sa fameuse condamnation par contumace à la perpétuité, pour l'attentat commis contre le DC10 d'UTA. Par l'intermédiaire de Ziad Takieddine, les sarkozystes lui avaient effectivement promis de trouver une solution, on s'en souvient aussi.

À ce moment, Abdallah Senoussi accrédite clairement l'hypothèse du financement libyen du président français, mais il n'avance aucun montant. Et encore moins de preuves. Je relève en revanche que, pour son affaire personnelle, Senoussi parle d'enregistrement (vidéo ou audio). Plusieurs sources m'ont confirmé que Kadhafi avait l'habitude de filmer, à l'insu de ses interlocuteurs, ses rencontres avec des officiels. Surtout quand il s'agissait d'Occidentaux. À ce stade de mon enquête, je me dis que si négociations à Tripoli il y a eu en vue d'un éventuel financement de politiques français, les chances qu'une vidéo ait été tournée existent.

J'essaierais de vérifier ce point avec la fille d'Abdallah Senoussi, Sara, lors d'une conversation en anglais d'une vingtaine de minutes sur Skype[1]. Réfugiée au Caire au moment de notre discussion, elle n'est pas informée de l'existence d'une éventuelle vidéo mais affirme que son pays a bien financé la campagne de Nicolas Sarkozy. En revanche, elle précise qu'elle ignore les montants en cause et qu'elle ne détient aucun document concernant cette affaire. Mais elle m'assure qu'elle fera tout son possible pour trouver des éléments. Rien ne viendra jamais de son côté, en dépit de l'envoi de questions très précises de ma part par mail. Très perturbée psychologiquement, Sara Senoussi met toute son énergie à essayer de venir en aide à son père et à sa sœur Anoud, tous deux emprisonnés en Libye. Mais aussi s'assurer d'un lieu d'asile sûr pour sa mère et ses petits frères, encore mineurs.

La bombe Mediapart

Puis, en avril 2012, entre les deux tours de la présidentielle, explose la bombe Mediapart : un document censé émaner des services secrets libyens, et qui prouverait le financement libyen de la campagne de 2007 de Nicolas Sarkozy. Cette note est datée du 10 décembre 2006 et apparaît signée de la main de Moussa Koussa, le chef du renseignement extérieur libyen.

Voici sa traduction, telle qu'elle a été fournie par Mediapart au moment de sa publication :

« En référence aux instructions émises par le bureau de liaison du comité populaire général concernant l'approbation d'appuyer la campagne électorale du candidat aux élections

1. Entretien avec Sara Senoussi le 17 décembre 2012.

présidentielles, Monsieur Nicolas Sarkozy, pour un montant d'une valeur de cinquante millions d'euros.

« Nous vous confirmons l'accord de principe quant au sujet cité ci-dessus, et ce après avoir pris connaissance du procès-verbal de la réunion tenue le 6. 10. 2006, à laquelle ont participé de notre côté le directeur des services de renseignement libyens et le président du Fonds libyen des investissements africains, et, du côté français, Monsieur Brice Hortefeux et Monsieur Ziad Takieddine, et au cours de laquelle un accord a été conclu pour déterminer le montant et le mode de paiement. »

Ce document provoque une déflagration sur la scène politique et médiatique. Nicolas Sarkozy et ses lieutenants, au premier rang desquels Brice Hortefeux, montent en première ligne pour nier et démentir en bloc. Le président (plus pour longtemps), en particulier, le qualifie de « faux » et annonce qu'il porte plainte. Résultat, quarante-huit heures à peine après la publication de la note, le parquet de Paris ouvre une enquête préliminaire pour « faux et usage de faux », « recel de délit » et « publication de fausses nouvelles »... Mediapart ne reste pas les bras croisés et porte plainte à son tour contre Nicolas Sarkozy, pour « dénonciation calomnieuse ».

Deux des personnes citées dans la note font savoir qu'elles ne sont aucunement liées à ce document. Il s'agit de Moussa Koussa, l'ancien chef du renseignement extérieur libyen, qui, depuis son exil au Qatar, affirme que le document est un faux ; et de Bachir Saleh, l'ex-directeur de cabinet de Kadhafi, qui, depuis la France, dit ne pas avoir été le destinataire de ce courrier. Seul Ziad Takieddine, lui aussi cité, estime le document « crédible » tout en précisant... qu'il n'a pas assisté à cette réunion.

Une chose est sûre, ce n'est pas parce que MM. Koussa et Saleh, qui n'ont aucun intérêt à ce que la vérité éclate, déclarent que la note est un faux qu'il s'agit effectivement d'un faux.

D'autres raisons néanmoins permettent de douter de son authenticité. D'abord le fait que l'on imagine très mal Moussa Koussa, maître espion par excellence, prendre sa plume, sur papier à en-tête officiel du pays de surcroît, pour traiter d'un sujet aussi sensible. La logique même des réseaux alors en œuvre en Libye fragilise également la crédibilité de cette pièce.

En effet, s'agissant des affaires françaises, Moussa Koussa travaille avec le Libanais d'origine palestinienne Souheil Rached, et Bachir Saleh avec Alexandre Djouhri. Pourquoi, diable, seul Ziad Takieddine, l'homme d'Abdallah Senoussi de surcroît, aurait-il alors été désigné pour assister à cette réunion ? Cela ne colle pas. Les financements politiques européens ne relevaient d'ailleurs pas en priorité d'Abdallah Senoussi. Un peu plus tard, j'apprendrai en outre que Ziad Takieddine (qui me le confirmera lui-même) remue ciel et terre pour trouver des preuves du financement et convaincre des kadhafistes de venir déposer devant la justice française… Instinctivement, j'ai l'impression qu'il y a méprise sur le Libanais présent. J'acquerrais néanmoins par la suite la conviction qu'il est plus plausible que la somme de 50 millions d'euros a bel et bien fini dans des poches sarkozystes.

Direction : Tunis

L'affaire Baghdadi al-Mahmoudi, du nom de l'ex-Premier ministre libyen emprisonné à Tunis après avoir fui Tripoli, est survenue dans la foulée des révélations de Mediapart. En octobre 2011, cet homme dépressif et terrorisé à l'idée de retourner en Libye aurait affirmé devant un tribunal tunisien avoir supervisé le dossier de financement de la campagne de Nicolas Sarkozy.

Un membre d'une unité d'élite en charge de la protection de la famille Kadhafi me confiera ultérieurement qu'en vertu de sa fonction de Premier ministre, Baghdadi al-Mahmoudi aurait été informé du dossier du financement et aurait peut-être été chargé d'en régler certains aspects pratiques. « Mais il est techniquement impossible qu'il dispose des preuves matérielles du financement. Tout comme les membres de sa famille qui se trouvent en Europe », ajouta-t-il. Une opération commando en Tunisie aurait néanmoins été brièvement envisagée par certains kadhafistes pour le faire libérer, avant que ses commanditaires décident d'y renoncer. L'homme n'appartenait pas au premier cercle des proches de Mouammar Kadhafi.

Je décide néanmoins de me rendre en Tunisie, où Baghdadi al-Mahmoudi a été détenu avant d'être extradé vers la Libye en octobre 2012. Un rapide coup de fil au barreau de Tunis me permet d'obtenir les téléphones portables des principaux avocats de l'ex-Premier ministre. Je me dis qu'ils sont anormalement nombreux et que les dignitaires de l'ancien régime libyen doivent avoir le carnet de chèques très généreux.

J'entreprends d'abord de rencontrer l'auteur d'un petit coup d'éclat médiatique. Quelques jours après que Mediapart eut publié son document, l'avocat Béchir Essid avait organisé une conférence de presse à Tunis. Il y avait déclaré que Baghdadi al-Mahmoudi clamait du fond de sa cellule tunisienne que Kadhafi avait financé la campagne présidentielle de 2007 de Nicolas Sarkozy. Il avait également précisé que le « marché » portait sur 50 millions d'euros (le chiffre donné par Mediapart) et qu'il « a[vait] été conclu par Moussa Koussa sur instruction de Kadhafi ». Mais aussi que « des documents attestant de la transaction exist[ai]ent »[1].

1. « Le Libyen Baghdadi al-Mahmoudi au secours de Mediapart », www.liberation.fr, 3 mai 2012.

Béchir Essid me reçoit à la terrasse d'un palace de Tunis, en bord de mer. Je sais qu'il a été proche du régime de Kadhafi, au point d'avoir été convoqué par la sécurité intérieure tunisienne du temps du président Bourguiba. De petite taille, l'air teigneux et le sourcil perpétuellement froncé, cet ancien bâtonnier multiplie les effets de manche. Et se révèle surtout soucieux de faire la promotion de sa prochaine guerre : réduire en miettes, devant les tribunaux internationaux, toutes celles et ceux qui ont participé à la chute de Mouammar Kadhafi. Rien que cela ! « Je vais porter plainte contre l'OTAN, le Qatar, les Émirats arabes unis, les milices armées, Mustapha Abdejelil, qui est l'ancien président du Conseil national de transition de Libye, contre Nicolas Sarkozy, contre tous les gouvernements qui ont participé [au renversement du régime de Kadhafi] et contre les médias comme Al-Jazeera et contre les gouvernements qui ont laissé entrer des armes en Libye [il vise la Tunisie]... » Avant de partir, Béchir Essid me donne les coordonnées d'un Libyen qui détiendrait des informations, un certain Nacer A. Rendez-vous est pris pour le soir même.

Changement de décor. Nacer me reçoit dans un bar douteux du centre-ville de Tunis. L'atmosphère sent le tabac, l'alcool, le sexe et la sueur. Un rapide coup d'œil à la serveuse dont le décolleté fait loucher un soûlard édenté ne laisse pas de doute : je me trouve dans un bar à putes. Nacer arrive. Pull en cachemire, Ray-Ban et blouson de bonne facture. D'emblée, il affiche sa haine des Français : « Vous nous avez tués. Nous étions chez nous. Si j'ai l'occasion de tuer des Français, de faire exploser un bus de Français, je le ferai. » Sa façon de dire bonjour, sans doute.

Il se dit « fier d'avoir été un homme du régime de Kadhafi » et m'explique qu'« aujourd'hui il est le représentant de la tribu des Warfalla et essaie d'aider les Libyens démunis qui sont réfugiés en Tunisie». Je ne le sens pas du tout. Il exhibe trop vite de prétendus échanges de SMS et sur Skype avec Saadi Kadhafi, l'un des fils du Guide réfugié au Niger. Il a l'air d'ignorer que, pour entrer en contact avec celui-ci, il faut franchir trois filtres...

Au sujet d'un éventuel financement politique de Nicolas Sarkozy par Kadhafi, il dit qu'il «a des choses», mais doit demander l'autorisation de les communiquer à un journaliste. À qui ? Il regarde ailleurs. J'insiste pour savoir ce qu'il a. «Une clé USB avec des documents de la banque Africa [*sic*], des communications entre le parti de Sarkozy et le gouvernement libyen [*sic*] et des vidéos inédites de tortures commises par les soi-disant rebelles.» Tout cela me semble bidon et je me dis qu'il est sur le point d'essayer de me vendre... le document que Mediapart a publié ! Je n'achète ni document ni informations et le lui dis les yeux dans les yeux – qu'il a injectés de sang.

Il me passe alors au téléphone un journaliste tunisien, BA. Au bout du fil, l'homme est passablement excité et me fixe rendez-vous pour le lendemain avec Nacer. Je subodore une arnaque au journaliste, mais me rends néanmoins au lieu convenu, dans le centre-ville de Tunis. Le journaliste me rejoint seul. Trop nerveux pour être honnête, il ne m'inspire que de la méfiance.

«On va faire le rendez-vous avec Nacer dans un appartement à côté. Il a préparé une clé USB.»

«Hors de question. On se voit dans un lieu public.

– Il ne veut pas te voir où il y a du monde.

– Ah bon ? Ça ne lui posait pas de problème hier. Le problème, c'est toi.

– On n'a pas confiance. On a vu des journalistes français, on leur a donné des choses et ils n'écrivent rien.»

L'arrivée de Nacer interrompt cette discussion stérile. Le voilà qui reprend sa litanie anti-française : «Je n'ai pas confiance dans les Français ! Qu'est-ce qui me garantit que vous allez publier ce que je vous donne ? »

J'en ai assez de ces pitres et je me lève pour partir. C'est alors que, soudain, comme au théâtre, un troisième personnage entre en scène. « Je me présente, maître Baccar. » Âgé, affable, le sourire enjôleur et le verbe haut, il me propose de passer à ses bureaux d'ici une heure.

On dirait un gag et je manque m'esclaffer. Ledit bureau est une vaste pièce sale, poussiéreuse et froide, décorée de portraits (écornés) de Mouammar Kadhafi, de drapeaux de la Grande Jamahiriya libyenne et autres fanfreluches à la gloire de feu le Guide. Sur la table de réunion sont empilés des ouvrages (en arabe) sur la Libye, l'Irak, la cause palestinienne et des dizaines de petits autocollants avec des photos de Saddam Hussein et de Mouammar Kadhafi du temps de leur splendeur. J'écoute, d'une oreille distraite, un flot de paroles sur l'injustice de cette guerre, le chaos qui règne en Libye depuis la chute de Kadhafi. Puis j'interromps Me Baccar.

« Qu'en est-il des informations et des documents dont vous m'avez parlé sur la France ?

– J'y viens, j'y viens. »

Bien sûr, il n'y viendra jamais. Parce qu'il n'a rien. Quelques jours plus tard, il me remettra un CD à l'aéroport, au moment où j'embarquais à bord du vol de Tunis Air me ramenant à Paris. « Vous verrez, dedans il y a tout sur la relation entre la Libye et la France. Je vous ai fait une sélection. » Sourires hypocrites. Je ne me précipiterais même pas pour visionner le CD. Il contient d'épouvantables scènes de torture commises par les rebelles sur des kadhafistes.

Je découvrirai par la suite qu'en raison du nombre de réfugiés libyens qui ont séjourné en Tunisie pendant la guerre, ou juste après, leur venir en aide était devenu un sport national.

Moyennant finances, bien sûr. Les cibles les plus prisées de ce lucratif business furent les anciens dignitaires de Kadhafi, qui se terraient à Tunis au lendemain de la chute du régime. Terrorisés à l'idée d'être restitués à la Libye, et déboussolés, ces hommes et ces femmes étaient disposés à verser d'importantes sommes au premier venu qui leur promettait de les mettre en sécurité.

Certains escrocs n'hésiteront pas à pousser le bouchon très loin, au point de faire appeler certains Libyens par une Française qui se présentait comme « la chef de poste de la DGSE au ministère des Affaires étrangères »... Toujours au rayon des entourloupes, mentionnons également cette barbouze française, un temps lié à Ziad Takieddine, qui se fit passer pour un agent des services français afin de tenter d'entrer en contact avec des kadhafistes réfugiés dans des pays arabes. Ou encore ces individus obsédés par les avoirs libyens cachés à l'étranger, qui excitent aujourd'hui de nombreuses officines privées.

Une filière très crédible

Plus sérieusement, j'avais noué un contact avec deux hommes d'affaires français qui travaillaient avec la Libye du temps de Kadhafi, et qui ont pris fait et cause pour son régime au moment de la guerre. Tous deux – ils s'appellent Franck et Fabrice – l'ont prouvé en se rendant en Libye à deux reprises, sous les bombes, en 2011. C'était chaque fois à l'instigation de proches de Seïf el-Islam. « Nous nous sommes rendus en Libye cinq jours dans le courant du mois de juin 2011 et douze jours entre la fin juillet et le début août 2011. Lors du second voyage, les bombardements de l'OTAN étaient très violents », explique Fabrice. Depuis, Franck et Fabrice n'ont eu de cesse de dénoncer les « manipulations et mensonges », notamment médiatiques, qui ont, selon eux, accompagné cette guerre visant d'abord à faire main basse sur le pétrole et le gaz libyens. Ils en tiennent pour preuve les événements de ce 30 avril 2011, où l'un des fils du colonel Kadhafi, Seïf el-Arab (à ne pas confondre avec el-Islam), sa femme, ses deux enfants ainsi qu'une enfant de Aïcha, la fille du Guide, ont été tués sous un bombardement de l'OTAN. Ils se trouvaient dans la maison de Seïf el-Arab, située dans la banlieue de Tripoli, et le colonel Kadhafi venait de quitter ses proches depuis vingt minutes lorsque trois missiles sont tombés sur la bâtisse. « L'attaque était parfaitement ciblée sur cette maison qui a été la seule touchée du quartier. Voilà exactement ce qui s'est passé : Kadhafi était venu voir ses petits-enfants et, en partant, il a utilisé un téléphone portable pour appeler son chauffeur. Vingt minutes après ce coup de fil, alors qu'il était déjà parti, contrairement à ce que le porte-parole du régime avait dit dans un premier temps, le bombardement a eu lieu », témoigne Franck, qui, comme d'autres Français d'ailleurs, a visité les débris de cette maison. Officiellement, l'intervention militaire en Libye n'avait pas pour objectif de cibler le colonel Kadhafi…

Aujourd'hui, Franck et Fabrice sont en contact avec ce qu'ils appellent « la résistance verte ». Ces « résistants » ont en commun d'avoir collaboré, travaillé avec et pour le régime de Mouammar Kadhafi. On y recense bon nombre de militaires aguerris, d'agents de renseignement et de membres des anciennes unités d'élite du régime formés au combat et aux actions clandestines. Parmi eux, nul enfant de cœur, uniquement des soldats de la cause kadhafiste. Les plus recherchés par Tripoli, ou ceux qui étaient les plus proches de Kadhafi, se cachent aujourd'hui au Niger, où se trouve Saadi, l'un des fils du Guide, on l'a dit.

Les plus « opérationnels » sillonnent le Sahel – pas de risque de prise d'otage pour eux ! –, se baladent en Algérie…

Et surtout, ils entrent et sortent de la nouvelle Libye à leur gré. Sur place, ils peuvent en effet compter sur l'aide d'autres kadhafistes organisés en cellules opérationnelles. Soyons clairs : le nouveau pouvoir n'a pas les moyens de faire face à cette situation, en dépit de l'adoption, en mai 2013, d'une loi visant à exclure les anciens partisans du Guide de la vie politique.

Des attentats contre des intérêts français et américains

Cette « résistance verte » est également capable de mener des attentats contre certains intérêts étrangers sur le sol libyen. Une source en son sein m'a certifié avoir été informée de l'attentat à la bombe contre l'ambassade de France à Tripoli, le 23 avril 2013, deux jours avant qu'il soit commis. L'attaque, survenue vers 7 heures du matin, avant la prise de service du personnel, aura fait deux blessés du côté des gendarmes français, dont un grièvement. « Au début, le projet était d'enlever un diplomate, mais ça s'est révélé compliqué. L'ambassade a été placée sous surveillance pendant plusieurs mois, vingt-quatre heures sur vingt-quatre, sept jours sur sept. Il y avait trois personnes, deux femmes dont une âgée, ainsi qu'un homme, qui faisaient semblant de vaquer à leurs occupations mais qui, en fait, surveillaient et observaient les habitudes du personnel de l'ambassade », me dira cette source. Que l'attentat puisse être attribué à des islamistes l'a fait sourire… « Si ça avait été eux, il y aurait eu un carnage. »

Plus tôt dans mon enquête, cette même source m'a fourni des informations concernant l'attaque contre le consulat américain de Benghazi, le 11 septembre 2012. L'ambassadeur des États-Unis avait été tué, ainsi que trois autres Américains, et cette opération terroriste continue, aujourd'hui encore, de déstabiliser l'administration Obama. Parce que l'ambassade était l'objet d'une attaque en règle par des islamistes armés, il avait été conclu, dans un premier temps, que les barbus étaient seuls responsables de ce qui s'était passé. « Ce n'est pas le cas », me dira ma source : « Parmi les assaillants, s'était infiltré un commando kadhafiste de trois hommes qui a tiré une roquette sur l'ambassade. Ils ont pris toutes les précautions [pour ne pas être repérés ni identifiés] comme, par exemple, scier le numéro de série du moteur de leur véhicule qui a été brûlé à plusieurs kilomètres du lieu de l'attaque. Ces deux éléments sont vérifiables. »

Quelle ne fut pas ma surprise lorsque, le 1er mai 2013, le FBI diffusa sur son site web les photos de trois hommes armés sur lesquels il cherchait des informations. Si le FBI ne communiquait pas leurs noms, pas plus qu'il n'indiquait si ces hommes étaient considérés comme des suspects, il précisait toutefois : « Nous recherchons des renseignements sur trois individus qui étaient présents sur le sol de la mission américaine quand elle a subi l'attaque. Ces individus peuvent fournir des informations qui fassent avancer l'enquête. »

Je ne crois pas à ce type de hasards. Ce jour-là, j'ai compris que, s'agissant des affaires concernant Kadhafi et les kadhafistes, cette « résistance verte » était une source d'information de premier ordre. Parce qu'elle se compose de fidèles de l'ancien régime qui ont été au service du Guide pendant de longues années, voire des décennies.

Revenons à la traque des preuves de l'éventuel financement politique de Nicolas Sarkozy par Mouammar Kadhafi en 2007. Les Français Franck et Fabrice me prouveront la crédibilité de leur « filière » d'information à de multiples reprises. Ce sont notamment eux qui m'ont présenté deux personnes dont le témoignage s'est révélé particulièrement intéressant.

La première s'appelle Zohra Mansour, cette femme qui a été torturée par des Qataris et témoigne au début de ce livre. On l'a vu, Zohra a été l'une des responsables des gardes du corps femmes de Kadhafi et elle travaillait au service « France » du ministère libyen des Affaires étrangères, comme diplomate. Intime du Guide pendant de longues années, elle se souvient avec précision d'une conversation qu'elle avait eue avec lui à l'été 2007, peu après la libération des infirmières bulgares. Une conversation au cours de laquelle Mouammar Kadhafi lui a personnellement confirmé qu'il avait financé la campagne de Nicolas Sarkozy de 2007.

Elle le questionnait alors sur ce que serait la politique étrangère de la Libye avec la France après l'affaire des infirmières. Le Guide lui avait répondu, affirme-t-elle : « Nous n'aurons pas de problème avec Nicolas Sarkozy. On lui a donné de l'argent pour sa campagne. La France est avec nous. Il faut plutôt travailler avec l'Allemagne, que l'on connaît moins bien. La France et l'Allemagne sont clés dans l'Union européenne. On a besoin de travailler avec l'Union européenne. » Zohra me confirmera ses propos à trois reprises et à plusieurs semaines d'intervalle. Elle se dit aujourd'hui prête à témoigner devant la justice française et à raconter ce qu'elle sait des liens qui unissaient Nicolas Sarkozy et Mouammar Kadhafi.

Franck et Fabrice m'ont également mise en contact avec Tahar, l'homme qui a été torturé à l'électricité par des Français pendant la guerre et dont j'évoque aussi l'histoire au début de ce livre. Lorsque j'entrepris de recueillir son témoignage, Tahar n'avait pas hésité à me remettre des copies de son dossier médical prouvant ses tortures, ainsi que des plaintes et des lettres qu'il avait déposées et écrites. Peu bavard, pour ne pas dire taiseux, il consentit aussi à me communiquer les noms de quelques kadhafistes avec lesquels il était en contact. Après avoir recoupé plusieurs des informations qu'il m'avait fournies, j'acquis la certitude qu'il était bien renseigné et bien connecté[1]. Notamment avec les hommes de Seïf el-Islam et de Saadi Kadhafi. Son témoignage me semble donc très sérieux.

« Pourquoi aucune preuve du financement de Nicolas Sarkozy pour 2007 n'est-elle sortie ? Ce n'est pas parce que Seïf el-Islam le dit que c'est vrai…

– Ça peut paraître incroyable, mais à cause de la guerre et des bombardements, les preuves ont été égarées pendant un certain temps.

– Ça veut dire qu'elles ont été retrouvées ?

– Oui !

– Où sont-elles ?

– Une personne de confiance les a et se trouve à Koufra. »

En poussant plus loin la conversation avec lui, il m'explique que c'était bien Seïf el-Islam qui détenait les preuves et qu'il les a confiées à un ami d'enfance, une main innocente et neutre, qui n'a rien à voir avec la politique. C'était au moment de la chute de Tripoli, en août 2011. Cet ami d'enfance s'appelle Jamel, et il est originaire de la ville de Koufra. Très précis, Tahar poursuit : « Les preuves portent sur 57 millions d'euros versés en deux fois : 30 millions d'euros puis 27 millions d'euros. Il y a

1. Lorsque j'étais enfant, dans les années soixante-dix, mes parents et moi-même avons vécu quelques mois en Libye, à Tripoli. Plus de trente-sept ans après, Tahar m'a communiqué l'adresse de notre maison familiale, l'endroit où ma mère faisait ses courses ainsi que le nom de notre chienne ! Autant d'éléments très précis, que j'étais bien sûr en mesure de vérifier auprès de mes parents, et qui se sont tous révélés parfaitement exacts. Ils ne pouvaient provenir que de vieux dossiers des services de sécurité libyens, auxquels Tahar a manifestement accès.

eu une commission de 7 millions d'euros pour un intermédiaire libanais. » Tahar ne me donne pas le nom de cet intermédiaire. S'agit-il de Ziad Takieddine ? Il s'esclaffe. Ça veut dire non. De Souheil Rached, l'ancien homme lige de Moussa Koussa ? Il promet de se renseigner.

À ce stade de la discussion, je ne peux m'empêcher de penser que ce n'est pas un hasard si Tahar a « vu » des Français pendant sa détention en Libye, en pleine guerre. Ce mauvais sort n'était pas réservé à tous les détenus suspectés de « kadhafisme actif ».

Franck et Fabrice, qui ont connu Tahar en 2012 par l'intermédiaire d'un garde du corps de Seïf el-Islam, m'expliqueront que Tahar est un membre important des Comités révolutionnaires, épine dorsale du régime de Kadhafi, instaurés par le colonel en 1977. Si l'on devait établir des comparaisons, ces Comités révolutionnaires, qui exerçaient un strict contrôle de la population, fonctionnaient un peu comme les Gardiens de la révolution islamique en Iran.

Plus précisément, Tahar appartient à une faction peu connue des Comités révolutionnaires, les Gardiens de la Révolution verte, baptisée ainsi en hommage à Mouammar Kadhafi.

En 2011, le chercheur français et fin connaisseur des arcanes de l'ancien régime libyen, Luis Martinez, publiait sur le site internet de l'ONG Freedom House, basée à Washington, un article consacré à la Libye. Voici ce qu'il écrivait au sujet des Comités révolutionnaires de Mouammar Kadhafi : « Le noyau du système politique sont les Comités révolutionnaires […] qui fonctionnent comme une milice d'État pour la famille Kadhafi. […] Avec le temps, ils sont […] devenus une force politique armée responsable de la régulation des Comités populaires et de l'élimination des adversaires potentiels du régime. Kadhafi nommait directement les membres des Comités révolutionnaires. […] Une loyauté absolue à Kadhafi était la principale condition requise pour être inclus dans ces cercles. Aux yeux de Kadhafi, les leaders des Comités révolutionnaires, qui [comptaient] approximativement 10 000 membres, sont les personnes en lesquelles on peut avoir le plus confiance dans le système politique[1]. »

Franck et Fabrice m'indiqueront également que Tahar connaît très bien plusieurs des enfants de Mouammar Kadhafi. À ce titre, c'est un témoin exceptionnel, qui évoluait au cœur du système Kadhafi.

Les Forces spéciales françaises ont tenté d'assassiner Seïf el-Islam !

Les révélations de Tahar me confortent dans l'idée que, pendant la guerre, Seïf el-Islam a été un homme à abattre : si son père, le colonel Kadhafi, venait à décéder, rien ne l'empêcherait alors de fournir les preuves. Mon intuition était la bonne.

À la toute fin de mon enquête, à la mi-mai 2013, une source française fiable me téléphone pour me répéter la confidence que l'un de ses amis, officier français, venait de lui faire : « Lorsque Seïf el-Islam a été arrêté en Libye, on a envoyé un commando sur place pour le liquider. Mais un commando d'un autre pays l'a exfiltré et l'a installé dans la tribu de Zenten où il se trouve encore. » Il faut en effet savoir que, selon les informations à l'époque communiquées par les rebelles, Seïf el-Islam est censé avoir été capturé le 19 novembre 2011 par des milices de la tribu de Zenten, qui se situe à 170 km au sud-ouest de Tripoli, et où il est toujours détenu aujourd'hui.

1. Luis Martinez, « Countries at the Crossroads 2011 : Libya », 2011. Ce texte est consultable sur le site www.freedomhouse.org.

Cette information de source franco-française me semble tout simplement capitale et j'entreprends immédiatement de la vérifier, de la croiser avec d'autres sources. Je me tourne naturellement vers Franck, Fabrice et Tahar. Je veux exactement savoir si oui ou non un commando français a tenté d'assassiner Seïf et, si oui, quel pays lui a sauvé la vie. Avec eux, je suis volontairement succincte pour m'assurer de ce qu'ils savent exactement. Pour une fois, la réponse me parviendra dans les deux heures… C'est Franck qui me la communique : « Seïf a été capturé par une tribu. Un commando français a débarqué pour l'exécuter, avec un appui qatari. Des Forces spéciales russes se sont interposées. C'est ensuite l'Algérie qui a négocié avec la tribu de Zenten pour protéger Seïf. » Franck m'apprendra également que trois autres militaires français seraient décédés lors de cette opération très spéciale.

Je n'en revenais pas. Certes, la Russie, comme l'Algérie, a toujours été un allié de la Libye de Mouammar Kadhafi. Surtout Vladimir Poutine qui, pendant la guerre, occupait le poste de Premier ministre (c'était Dmitri Medvedev qui était alors président). Ainsi, Poutine n'avait pas hésité à qualifier l'intervention de l'OTAN en Libye de « croisade », provoquant la colère de Medvedev… qui se voyait déjà calife à la place du calife. Mais de là à intervenir dans ces conditions…

Par prudence, je tente de recouper ces informations – la tentative française d'assassiner Seïf el-Islam et l'intervention russe – auprès d'une troisième source. C'est dans ce but que j'ai recueilli le témoignage d'un Français qui s'était rendu en Libye pendant la guerre, et qui avait alors rencontré le numéro deux de l'ambassade de Russie à Tripoli. « Il m'a donné deux informations : *primo*, que des Russes se trouvaient sur le sol libyen au côté des forces kadhafistes dans certaines villes ; *secundo*, qu'il y avait un désaccord entre Vladimir Poutine et

Dmitri Medvedev quant à l'opportunité, ou non, de sauver Mouammar Kadhafi. » Ces différents éléments et témoignages m'ont convaincue que les Français ont bien tenté d'assassiner Seïf el-Islam et que la Russie s'y est bien opposée.

Cette conviction me renforce également dans l'idée qu'en tentant d'assassiner le fils Kadhafi, qui menaçait de révéler les preuves du financement de Nicolas Sarkozy, l'objectif recherché était justement d'empêcher la sortie de ces preuves. Leur traque continuait donc.

Mais revenons quelques temps en arrière. Tahar, Fabrice et Franck ne donneront plus signe de vie jusqu'au 25 décembre 2012 au matin. C'est Franck qui me contacte ce jour-là, pour me donner de nouvelles informations. Tahar confirme le montant de 57 millions d'euros. Il ajoute que des fonds auraient été remis « aux Français » via l'ambassade de Libye, à Paris. Il n'en connaît pas la date exacte. Surtout, il affirme qu'une preuve vidéo (et non audio) existe et qu'elle est irréfutable en raison des personnes que l'on y voit. Mais le messager coupe court à toute discussion, ajoutant aussitôt : « Si la France de François Hollande veut cette vidéo, alors il faut exfiltrer Seïf el-Islam de Libye. Les kadhafistes peuvent le faire libérer de là où il se trouve, à Zenten, mais il faut ensuite un appui aérien étranger pour le sortir du pays. » Les bras m'en tombent. Cette demande est surréaliste ! Je tente un misérable : « Mais pourquoi ne donnez-vous pas les preuves à la justice française si vous les avez ? » Réponse : « C'est la condition. » Point final. Joyeux Noël !

Je pensais sincèrement ne plus jamais entendre parler de Tahar, aussi ai-je été vraiment surprise lorsque Franck m'a recontactée au début du mois de mai 2013. Notre conversation a repris exactement là où elle avait pris fin le jour de Noël. Les contacts s'étendront sur plusieurs jours, les informations arriveront au compte-gouttes. À chaque nouvelle question que je poserai, Franck demandera un court délai pour ramener l'information. Il devait voir avec Tahar, qui devait en référer à d'autres personnes, m'expliqua-t-il.

La somme de 57 millions d'euros payée en deux temps m'est confirmée pour la troisième fois. La commission de 7 millions d'euros versée à un intermédiaire, aussi… J'apprends qu'une partie des négociations, notamment pour ce qui concerne le *modus operandi* de la livraison des fonds, aurait été menée à l'hôtel Corinthia, à Tripoli, en présence notamment de trois Français, dont un connu du grand public. Côté libyen, il n'y aurait en fait pas eu un seul intermédiaire libanais, mais deux ! Qui plus est, deux frères, deux hommes d'affaires. L'un d'eux aurait un passé de « révolutionnaire ». C'est cette partie des négociations qui aurait été filmée à l'insu des participants. Tahar se trouvait à l'hôtel Corinthia à ce moment et affirme être disposé à témoigner de tout cela devant la justice française.

Les mots « libanais » et « révolutionnaire » font tilt dans mon esprit. S'agit-il du réseau du Libanais d'origine palestinienne Souheil Rached ? Il était l'homme lige de Moussa Koussa, le chef des renseignements extérieurs libyens, qui entretenait des contacts avec Nicolas Sarkozy et Claude Guéant à l'époque où aurait pu avoir lieu le financement. C'est-à-dire entre la fin 2006 et le début 2007. Sarkozy et Guéant étaient alors au ministère de l'Intérieur, et il était légitime que Moussa Koussa s'entretînt avec eux de questions de sécurité.

Je me souviens aussi très bien de ce diplomate français qui m'avait confié qu'il croyait se souvenir que Souheil Rached appartenait, à ses débuts, au FPLP. Et aussi des propos de ce journaliste libanais qui avait connu Rached et m'avait indiqué qu'il était de confession chrétienne. Fondé en 1967 par Georges Habache, qui était né dans une famille chrétienne aisée, le FPLP, que l'on peut qualifier de « révolutionnaire », prônait la lutte armée en vue de créer un État palestinien. Tout collait. Fallait-il conclure qu'il s'agissait bien de Souheil Rached ? Contacté sur son téléphone portable français, ce dernier n'a pas souhaité s'exprimer.

Au cours de mes conversations avec Franck, j'apprends aussi que la vidéo n'est pas la seule pièce à conviction. « Non, il y a aussi des traces de transferts de fonds, de virements bancaires et des noms de banques. » En somme, exactement ce que Seïf el-Islam annonçait dans son interview sur Euronews.

À ce moment, une autre source libyenne – une redoutable femme d'affaires qui avait travaillé au côté de Kadhafi et jouissait de sa confiance, notamment pendant la guerre de 2011 –, que j'ai rencontrée dans une capitale du Maghreb, me mit sur la piste de Bachir Saleh. Comme Souheil Rached, Bachir Saleh est parfaitement francophone et se rendait régulièrement en France à cette époque. C'était un proche d'Alexandre Djouhri, qui avait rallié les sarkozystes en avril 2006. « En décembre 2006, un avion a décollé de la ville de Syrte, s'est posé à Djerba, en Tunisie, et a poursuivi sur Paris. À bord de cet avion, il y avait Bachir Saleh », témoigne la femme d'affaires, qui connaît bien la France et certains politiques. À l'écouter, une vidéo aurait même été tournée de Saleh montant à bord. Elle aurait depuis disparu. Mabrouka, l'âme damnée de Kadhafi qui séjournait fréquemment à Paris au Fouquet's, se trouvait également sur le tarmac.

Je lui pose aussitôt de nombreuses questions. Y avait-il des Français pour réceptionner l'avion à Djerba ? Qui a accueilli l'appareil à Paris ? La femme d'affaires n'en sait pas plus. Ou ne veut pas en dire plus. Il semble toutefois que le document du plan de vol de cet avion existe et qu'il soit entre les mains de kadhafistes qui se cachent.

L'information me semble hautement crédible et je décide aussitôt d'en parler à Franck, qui me promet de la vérifier auprès de Tahar et de son réseau. C'est chose faite dès le lendemain. « Oui, c'est vrai. Un avion a bien décollé de Syrte à la fin 2006 car, à ce moment, Kadhafi se trouvait à Syrte. Tout comme Tahar, d'ailleurs. C'était un petit avion français. À son bord, il y avait bien Bachir Saleh, mais il n'était pas seul : quatre Libyens l'accompagnaient. Ils transportaient les 30 millions d'euros qui correspondent au premier versement des 57 millions d'euros pour Nicolas Sarkozy. Le reste a été géré par l'ambassade de Libye à Paris. » Si l'on soustrait les 7 millions d'euros qui correspondent à la commission des intermédiaires, 20 millions d'euros supplémentaires auraient ensuite été versés pour la campagne électorale de Nicolas Sarkozy de 2007. Sur ce point aussi, Tahar est disposé à témoigner devant la justice française.

Très vite, Franck réitère fermement la condition *sine qua non* émise par Tahar et, par-delà Tahar, par les hommes de Seïf el-Islam : le fils Kadhafi doit sortir de Libye. Ces preuves sont son assurance-vie, en quelque sorte. Tant qu'il sera en détention, et donc potentiellement en danger, elles ne sortiront pas. « Ils s'en foutent de carboniser les preuves. Ils ne veulent pas d'argent, car ils n'en ont pas besoin. Seïf devait succéder à son père et ils veulent que leur chef soit libéré. Ils se donnent le temps nécessaire pour y parvenir. »

Je sais aussi qu'au sein même des kadhafistes, notamment ceux qui sont cachés au Niger, certains pensent qu'il est plus utile à leur cause de demander à la France de reconnaître un gouvernement libyen (et kadhafiste !) en exil contre les preuves, d'une part, et, d'autre part, la promesse de passer certains contrats commerciaux quand les kadhafistes auront repris le pouvoir à Tripoli. Je parie que cette option, aussi hasardeuse soit-elle, finira par l'emporter sur la demande d'exfiltration de Seïf el-Islam, qui me semble techniquement simple mais politiquement complexe à mettre en œuvre. Je sais également que d'autres kadhafistes, et non des moindres, sont disposés à venir témoigner devant la justice française de ce qu'ils savent des relations franco-libyennes. Moyennant protections, voire l'asile en France.

Mais Libyen souvent varie, et la sortie de preuves du financement de la campagne électorale de 2007 peut encore se faire attendre longtemps. Très longtemps.

IV

Le Sarko show

8

Commando Cécilia

Ce sont quarante-cinq heures qui ont permis de mettre un point final à un long cauchemar de huit ans et demi. Huit interminables années que cinq infirmières bulgares et un médecin palestinien ont passées dans les geôles de Mouammar Kadhafi. Arrêtés en 1999, ils ont été torturés, condamnés à mort trois fois.

Le régime libyen les accuse, à tort, d'avoir inoculé le virus du sida à plus de 400 enfants, à Benghazi, dont 46 sont morts. Différentes enquêtes médicales indépendantes et internationales l'ont pourtant prouvé, les infirmières et le médecin sont parfaitement innocents de ce dont on les accuse. Ils sont donc des otages. L'épidémie de sida trouve en réalité son origine dans les piètres conditions sanitaires de l'hôpital de Benghazi.

Le personnel soignant est détenu en dépit de tout bon sens, en dépit de toute humanité aussi. Pourquoi cette barbarie ? Parce que Benghazi est une région rebelle, réfractaire à l'autorité du colonel Kadhafi. Libérer les prisonniers, c'est mettre le feu à la ville où les familles des victimes, en grande souffrance, ont été dressées par le régime à haïr les infirmières et le médecin. Les garder prisonniers, c'est subir des pressions internationales permanentes pour les faire libérer.

Ces quarante-cinq heures correspondent au temps que la première dame de France, Cécilia Sarkozy, a passé en Libye du 22 au 24 juillet 2007. Des heures qui s'ajoutent à celles, innombrables, consacrées par l'Union européenne et son négociateur, Marc Piérini, qui a conclu les accords techniques et financiers ayant facilité la libération.

Le récit de ces quarante-cinq heures françaises peut-être reconstitué à partir des témoignages de plusieurs Français et Libyens, dont certains ont été des témoins directs de cette épopée. Mais aussi à partir d'interviews accordées par les personnages clés de l'affaire dans les jours qui ont suivi l'événement.

Ces témoignages sont primordiaux pour établir ce que tous les acteurs qui connaissent le dossier reconnaissent : « C'est Cécilia qui a libéré les infirmières », pour reprendre les mots de Boris Boillon[1], conseiller diplomatique à l'Élysée, et qui était présent sur place.

Pourtant, près de six ans après, le dossier des infirmières bulgares continue de susciter, en France, passion, interrogations, jalousies et… révélations.

La délégation française arrive à Tripoli

L'Airbus présidentiel aux couleurs de la République se pose à l'aéroport de Tripoli-Maatiga le dimanche 22 juillet, à 14 heures. À son bord, Cécilia Sarkozy, qui aurait convaincu seule son mari qu'elle pouvait mener à bien cette mission de haute voltige, et Benita Ferrero-Waldner, la commissaire européenne en charge des relations extérieures. À bord de l'avion ont également pris place Claude Guéant, le secrétaire général de l'Élysée, Boris Boillon, le conseiller diplomatique

1. Conversation téléphonique avec Boris Boillon, le 5 mars 2013.

qui doit assurer les traductions, et les deux officiers de sécurité de la première dame. Au pied de la passerelle, c'est Mabrouka Chérif qui accueille la délégation française.

Contrairement à ce qui a souvent été écrit, Mabrouka n'est pas l'épouse du Guide. Ce rôle est dévolu à Safia Ferkash, qui n'a rien d'une femme soumise. Non, Mabrouka est l'âme damnée de Mouammar Kadhafi. Entrée à son service un jour de 1999, elle est devenue au fil des années sa confidente, sa conseillère, sa maîtresse. Elle est aussi sa rabatteuse, celle qui fournit le harem de « papa Mouammar » en chair fraîche. Ce sont donc trois femmes aux styles diamétralement opposés, et dont les regards s'épient, qui se retrouvent sur le tarmac de Tripoli-Maatiga.

Cécilia Sarkozy est vêtue d'un pantalon et d'une blouse blanche, avec pour seule arme son fidèle BlackBerry ; Benita Ferrero-Waldner arbore un tailleur classique qui ne saurait démentir l'affectueux surnom de « bobonne » que ses collaborateurs donnent à cette grande bourgeoise autrichienne, par ailleurs diplomate de fer ; enfin, Mabrouka, très sombre, est lourdement voilée. La présence de cette dernière, qui n'apparaît pratiquement jamais dans les missions officielles, est un signe que le Guide attache une haute importance à la venue de Cécilia Sarkozy. Pas un technocrate, pas un intermédiaire, non, le président français a dépêché ce qu'il a de plus cher au monde – et le Guide savoure.

Visite imposée de ruines archéologiques

La délégation prend le chemin de l'hôtel Corinthia, à Tripoli. Marc Piérini, le négociateur de l'Union européenne, qui voit d'un mauvais œil l'arrivée des Français, relève que les Libyens réservent « un protocole de chef d'État » à Cécilia Sarkozy[1]. Et tandis que l'Élysée voulait agir dans la plus grande discrétion, l'arrivée de la première dame est aussitôt éventée. Dans le hall du Corinthia, « nous nous avisons de la présence d'un ancien ambassadeur de France en Libye qui avait, il y a seulement quelques jours, proposé ses services à un acteur périphérique du dossier, et de Mme Souha Arafat », la veuve de Yasser Arafat, note Marc Piérini[2].

Le séjour libyen de la délégation française commence par la visite (imposée) du splendide site archéologique de Sabratha, qui se situe à une soixantaine de kilomètres de la capitale. Il fait chaud, très chaud même en ce mois de juillet 2007, et le protocole libyen n'a pas cru utile de prévenir qu'il faudrait marcher une heure en plein cagnard. « Dans la voiture, Cécilia était très nerveuse. Elle avait cru que la libération des infirmières se ferait dans l'après-midi et qu'elle pourrait rentrer aussitôt à Paris. Je lui ai dit que nous étions entre leurs mains, que c'était leur tactique habituelle et qu'il fallait se montrer patient », raconte Benita Ferrero-Waldner, la commissaire européenne[3].

De la patience, il en faudra. Souvent décrit comme quelqu'un de calme et de policé, Claude Guéant semble la personne idoine pour mener à bien les négociations. Surtout en vue de la mise au point du volet technique des accords bilatéraux entre la France et la Libye qui pourraient être conclus à cette occasion. Mais voilà. Selon des témoignages concordants,

1. Marc Piérini a écrit un excellent ouvrage, où il raconte dans le détail les coulisses des négociations qu'il a menées en Libye, au nom de l'Union européenne, pour libérer les infirmières bulgares et le médecin palestinien : Marc Piérini, *Le Prix de la liberté. Libye, les coulisses d'une négociation*, Arles, Actes Sud, 2008.

2. *Ibid.*

3. Voir Catherine Nay, *L'Impétueux*, Paris, Grasset, 2012.

Cécilia Sarkozy prend très vite l'ascendant sur le secrétaire général de l'Élysée. « Soyez gentil, Claude, on ne parle pas avec ces gens comme ça. Ça ne va pas se passer comme ça », lui aurait-elle dit en substance. Sous-entendu : avec les Libyens, il faut montrer ses muscles et taper du poing sur la table. Ils seront servis avec Cécilia.

Les négociations s'éternisent. Un pas en avant, trois en arrière. L'agenda des Libyens ne semble pas – n'est jamais d'ailleurs – celui de leurs interlocuteurs dans les négociations internationales. Mais aussi parce que les interlocuteurs changent tout le temps. Et il en va de même de leurs arguments ! L'exercice est épuisant – et le stress maximum.

« Il te donne les infirmières »

Cécilia Sarkozy ne rencontrera le colonel Kadhafi qu'en fin d'après-midi, le 23 juillet 2007. C'est sa troisième rencontre – et la seconde en tête-à-tête – avec le Guide. La première fois, c'était onze jours plus tôt, le 12 juillet, à l'occasion d'un premier voyage en Libye, dont Cécilia était repartie bredouille, sans les infirmières. Pourtant, au moment de prendre l'avion, Kadhafi lui avait envoyé une émissaire qui lui avait susurré : « Il te les donne. »

Au cours de cette visite, Cécilia avait toutefois marqué un point face aux Libyens : elle avait rendu visite aux enfants malades de Benghazi.

De sa rencontre avec le Guide, Cécilia Sarkozy dira à la journaliste Anna Bitton, qui publiera d'elle un portrait non autorisé[1] : « Dès notre premier entretien, lors du premier voyage,

1. Anna Bitton, *Cécilia*, Paris, Flammarion, 2008.

au bout de quarante minutes, il a demandé à me parler seule. Puis, quand je suis revenue de Benghazi, j'ai demandé à le revoir, et on m'a dit : "Il vous attend seule." Me voilà partie, seule et morte de trouille. Un bunker sous la tente où il reçoit tout le monde. J'étais tellement angoissée que je me suis tapé le bol de Ferrero Roche d'or. »

La première dame parle alors à Mouammar Kadhafi de « pardon dans l'islam », lui explique qu'elle « lui offre une ouverture sur le monde démocratique »… Cécilia racontera aussi qu'elle « commence à égrener ce qu'il y a dans la corbeille de la mariée[1] ». Cela ne figure pas dans l'ouvrage d'Anna Bitton, mais Mouammar Kadhafi l'interrompt alors pour lui demander de rencontrer sa fille, Aïcha, 29 ans. « C'est elle qui va me succéder. Il faut que vous lui donniez des conseils sur le courage », lui glisse-t-il, sibyllin.

Cécilia rencontrera Aïcha tard dans la nuit. La fille du Guide l'a accueillie sur le perron de sa luxueuse villa, un bébé dans les bras. Pendant ce temps, Seïf el-Islam, le fils pressenti comme dauphin, ronge son frein de jalousie. Il tentera d'ailleurs de semer d'embûches le parcours libyen de Cécilia Sarkozy…

Onze jours plus tard, en cette fin d'après-midi du 23 juillet, c'est la même peur, le même nœud au ventre qui gagne Cécilia Sarkozy. Elle doit de nouveau affronter le colonel Kadhafi dans son antre de Bab Azizia. Son téléphone portable ne passe pas dans les dédales du bunker de Kadhafi. Elle ne pourra plus communiquer avec son mari, le président Sarkozy, ni appeler Claude Guéant ou son escorte policière au secours si le colonel venait à perdre le contrôle. L'animal a la mauvaise réputation de ne pas pouvoir se maîtriser face aux femmes. Au mieux,

1. *Ibid.*

Cécilia peut compter sur un ou deux Libyens qu'elle connaît et qui l'accompagnent[1] lors de ces rencontres éprouvantes avec le colonel Kadhafi. Il s'agit de Moftah Missouri, un diplomate cultivé et raffiné au crâne dégarni, et de Mustapha Zentani, un grassouillet à moustaches qui travaille au Protocole. Il est à noter que bien qu'ayant fidèlement servi le Guide, tous deux ont survécu à la guerre de Libye : Missouri est resté en Libye, et Zentani, un temps exilé en Tunisie, est finalement rentré au pays.

« Chacun dans son fauteuil ! »

La rencontre avec Kadhafi est brève. C'est la première fois que son déroulement est révélé. Une dizaine de minutes tout au plus. Dix minutes d'engueulades plus exactement. La première dame parle franchement au Guide, les yeux dans les yeux. Elle se fait dure et autoritaire. Il est en fin de règne, il doit corriger l'image d'homme cruel qui est la sienne. S'il prétend continuer à les retenir, les infirmières finiront par mourir entre ses mains. L'une d'elles a fait une tentative de suicide, l'autre souffre d'un cancer qui s'étend, le médecin palestinien est dans un sale état à force de tortures.

En clair, soit Kadhafi saisit l'occasion pour se racheter une conduite, soit il restera à jamais un assassin voué aux poubelles de l'Histoire. Le Guide, sans doute peu habitué à ce qu'une femme le mène à la baguette, marmonne, annone. Il divague. On comprend mal ce qu'il dit. Quelques « my love », « my darling » qui lui valent un cinglant : « Chacun dans son fauteuil ! » Elle le glace, le vitrifie. Mais, miracle, à l'issue de cet entretien houleux dans le bunker, il lui glisse : « Emmenez-les ! »

1. Soit tous les deux, soit l'un d'entre eux.

À son retour en France, Cécilia racontera : « Je me suis barrée comme une voleuse, je ne retrouvais pas mon chemin dans le bunker. Je reviens à l'hôtel. Puis le tarmac. Claude Guéant et moi, on marchait tous les deux. Il me disait : "Dans cent mètres, on est chez nous, Cécilia, dans cent mètres, c'est la France, c'est le territoire français, on ne risque plus rien." On est montés dans l'avion[1]. »

Mais la victoire est encore loin. Même en Libye, l'accord du chef suprême ne vaut pas ordre. Pour sauver les apparences aussi, il faut parlementer avec le gouvernement et notamment le Premier ministre libyen, Baghdadi al-Mahmoudi, apparemment hostile à la libération du personnel médical.

Ces pourparlers ont lieu au restaurant marocain de l'hôtel Corinthia. Baptisé Fès, du nom de la ville impériale marocaine, il se situe au 26e étage. Une source a permis d'en reconstituer ici le déroulé. La tension est palpable, et les discussions s'enveniment vite. Une violente dispute survient entre Cécilia Sarkozy et le Premier ministre. Cris, hurlements. Le chef du Protocole, Nouri al-Mismari, à la chevelure fantaisiste et appréciant les costumes à la Michael Jackson, se tourne, épouvanté, vers Marc Piérini, le négociateur européen présent, et le supplie en italien : « Arrête-la ! Arrête-la ! Ça va tout faire casser ! »

La première dame se calmera d'elle-même. Une spectatrice, qui dîne au restaurant marocain, n'en perd pas une miette. Il s'agit de Souha Arafat, la veuve de Yasser, qui enverra d'ailleurs un SMS à Cécilia pour lui dire toute son admiration pour la façon dont elle a mené les discussions avec les officiels libyens. Cela ne s'invente pas.

1. Anna Bitton, *op. cit.*

Rien ne se passant, Cécilia Sarkozy tente un ultime coup de poker. Marc Piérini raconte : « Il est maintenant près de 2 heures du matin, le mardi 24 juillet. Dans le hall de l'hôtel, je m'entretiens brièvement avec Cécilia Sarkozy et Claude Guéant, et leur fais part de mon pressentiment que cela va encore durer des heures, le système libyen n'acceptant jamais aisément de se voir imposer le tempo[1]. » La délégation française ne l'entend pas de cette oreille, et Cécilia lance un ultimatum : dans deux heures, elle et Benita Ferrero-Waldner décolleront avec ou sans les infirmières. Les Libyens assurent que les infirmières sont « en route ». Après mille tracasseries administratives, que Marc Piérini résoudra les unes après les autres, les papiers d'extradition sont enfin signés. Ne manquent plus que… les otages.

Les heures passent, la délégation française ronge son frein. Cécilia Sarkozy va et vient entre l'avion présidentiel et le salon d'honneur de l'aéroport, s'assied aussi sur les marches de la passerelle de l'avion. Les Libyens ont installé un brouilleur de téléphones portables sur le tarmac et, pour communiquer avec Nicolas Sarkozy, Cécilia doit utiliser le téléphone satellitaire de l'Airbus présidentiel. Elle l'a au bout du fil toutes les dix minutes. Nuit blanche à Paris et à Tripoli.

Le coup de force des deux officiers de sécurité

Marc Piérini poursuit : « Nous décidons […] que je dois vérifier sur place, à la prison Al-Judaida, ce qui se passe. Le chauffeur de l'ambassadeur britannique déroute la Range Rover qui m'a été prêtée pour l'occasion, suivie par une Peugeot 807,

1. Marc Piérini, *op. cit.*

et nous entrons sans problème dans l'enceinte pénitentiaire. À ce stade, on ne sait toujours pas clairement qui transportera les prisonniers à l'heure H. Je me rends dans le bureau du directeur de la prison [...]. Mais rapidement la position du directeur s'avère être inflexible. [...] Il n'a "aucune instruction" et il a "du travail" [1]. »

Toujours selon la version de Marc Piérini, vers 3 heures du matin, « trois membres » de la délégation française se rendent à la prison pour faire le point. « Ils reviendront bredouilles, mais avec la certitude néanmoins que les choses sont en mouvement. »

Que s'est-il passé exactement cette nuit, entre 3 et 6 heures du matin, heure à laquelle les infirmières sont arrivées sur le tarmac de l'aéroport ? Voici comment les choses se sont exactement déroulées. Une discussion survient entre Cécilia Sarkozy et Claude Guéant au pied de la passerelle de l'avion. Ils ne sont pas d'accord. La première dame veut envoyer ses deux officiers de sécurité voir ce qui se passe à la prison.

« On y va ! J'ai le feu vert de Kadhafi.

– Non, vous n'y allez pas. C'est trop dangereux !

– Si, j'envoie mes deux officiers de sécurité. »

Courageux et volontaires, les deux officiers prennent bientôt le chemin de la prison. Ils auraient été accompagnés d'un troisième homme. Sur place, ils affirmeront aux geôliers qu'ils ont le feu vert du Guide. Que l'avion français doit repartir. Et ils les « secouent ». Sur le tarmac de l'aéroport, Cécilia Sarkozy, Claude Guéant et Boris Boillon les attendent, rongés d'angoisse. « Allait-on les revoir vivants ? »

1. *Ibid.*

Par la suite, Cécilia Sarkozy, fière d'avoir libéré les otages et de leur avoir sauvé la vie, a maintes fois employé le mot de « casse » pour qualifier son intervention. « Je suis arrivée, je les ai prises, je suis partie, j'ai fait le plus grand casse du siècle », a-t-elle dit à Anna Bitton.

Un élément corrobore le « casse ». Dans une note rédigée après la libération des infirmières, l'intermédiaire Ziad Takieddine écrit que « le Leader n'a pas apprécié "l'enlèvement" des infirmières pendant son sommeil. Il n'a pas été réveillé ni prévenu afin [que] son accord soit donné. Il en veut à tous ses ministres avec lesquels il a pris une grande distance, jusqu'au blocage avec plus aucun contact. »

Les mots « enlèvement », « kidnapping », « rapt » reviennent souvent dans la bouche des Libyens qui connaissent l'affaire. Un autre homme, avocat de profession et tunisien, rapporte une version analogue. Il a été l'avocat de l'ancien Premier ministre libyen, Baghdadi al-Mahmoudi, lorsque celui-ci était détenu en Tunisie. Le même Premier ministre qui avait essuyé les foudres de Cécilia au restaurant marocain de l'hôtel Corinthia…

Pour lui aussi, Baghdadi al-Mahmoudi « a libéré les filles sans avoir le feu vert de Kadhafi, qui l'a ensuite condamné à six mois de prison avec sursis ». Une information difficile à vérifier. La raison pour laquelle l'ex-Premier ministre a signé les papiers d'extradition des infirmières et du médecin ? « Il a eu peur, très peur, que Kadhafi se comporte très mal avec Cécilia. »

Claude Guéant s'exprime à la place de la première dame

Dès son retour en France, le rôle de la première dame dans la libération des infirmières suscite une intense polémique. C'est Claude Guéant qui, le 24 juillet 2007, soit le jour même de la libération, est désigné pour s'exprimer au 20 heures de France 2. Interrogé par Catherine Laborde, il confirme le rôle décisif de Cécilia Sarkozy :

« Ça veut dire que Cécilia Sarkozy a joué pleinement sa part dans les conversations qu'elle a pu avoir…

– J'irai plus loin. Je dirais qu'elle a joué un rôle tout à fait déterminant dans cette affaire. De la même façon que son rôle a été également très important dans la commutation de la peine qui a permis la libération lors de notre voyage il y a une dizaine de jours.

– Pourquoi ?

– Parce que c'est évidemment la personne la plus proche du président de la République. Elle ne veut pas jouer le rôle de ministre des Affaires étrangères mais, sur un dossier aussi important, l'émissaire personnel le plus éminent que l'on puisse imaginer le plus proche, c'est évidemment l'épouse du chef de l'État. »

Cécilia Sarkozy ne s'exprimera jamais publiquement sur son rôle dans la libération des infirmières bulgares et du médecin palestinien. Jamais. Elle souhaitait témoigner lors de la commission d'enquête parlementaire organisée pour faire la lumière sur les dessous de cette affaire. Son mari estimera que c'était trop l'exposer. Loyale, elle y renoncera. Elle divorcera quelque temps plus tard, et épousera par la suite le publicitaire Richard Attias. Aujourd'hui, elle vit à New York.

Cécilia de retour en Libye

Aussi paradoxal que cela puisse paraître, Cécilia Attias est revenue en Libye. C'était en 2010, à la demande des autorités helvétiques, qui ont confirmé. C'était pour libérer un ingénieur suisse retenu prisonnier. Cette visite était éminemment périlleuse, car Cécilia n'était plus protégée par son statut de première dame. Mais Hillary Clinton, à défaut de lui accorder la protection du gouvernement américain, avait gardé un œil sur l'ex-première dame. Sur place, Cécilia Attias retrouvera à cette occasion… Baghdadi al-Mahmoudi.

Et puis, Cécilia Attias est également intervenue en faveur d'une journaliste américaine du *New York Times* retenue en Libye, en mars 2011. Elle ne s'est pas déplacée cette fois-ci, mais aurait eu au téléphone le… colonel Kadhafi en personne, qui l'aurait ensuite qualifiée de *Tough cookie*. En français, une dure à cuire.

9

Les infirmières bulgares et l'argent du Qatar

Le jour même de la libération des infirmières bulgares, Nicolas Sarkozy donne une conférence de presse au palais de l'Élysée. Nous sommes le 24 juillet 2007. Il est entouré du Premier ministre, François Fillon, du ministre des Affaires étrangères, Bernard Kouchner, et de la secrétaire d'État aux droits de l'homme, Rama Yade. À la surprise générale, au milieu de son allocution, le président remercie le « Premier ministre du Qatar pour sa médiation, son intervention extrêmement importante et le geste humanitaire qui a été le sien ».

Aussitôt, cette petite phrase suscita d'innombrables questions et d'intenses spéculations. Et six ans après les faits, l'intervention du riche émirat soulève encore bien des interrogations. Même la commission d'enquête parlementaire, justement créée pour faire la lumière sur les dessous de la libération, n'a pas eu le fin mot de l'histoire qatarie. C'est dire le secret qui entoure cet aspect du dossier.

Seule certitude, le Qatar a mis la main à la poche. Dès 2008, Claude Guéant lui-même abonde à mots couverts dans ce sens, confiant à deux journalistes qui lui consacrent une hagiographie[1] : « Oui, il y a eu un contact entre le Qatar et Kadhafi. J'ai lu

1. Christian Duplan et Bernard Pellegrin, *Claude Guéant. L'Homme qui murmure à l'oreille de Sarkozy*, Monaco, Éditions du Rocher, 2008.

quelque temps après [la libération des infirmières] que ce pays avait pris une participation dans un fonds d'investissement. Si c'est cela, ça a été un élément. » S'agissait-il d'un fonds libyen ? Par exemple le Libyan African Investment Portfolio, un fonds dirigé par l'argentier du régime, Bachir Saleh ? Mystère.

Plusieurs chiffres circulent sur la somme déboursée par le Qatar : 461 millions de dollars selon les uns, 300 millions de dollars selon d'autres, 135 millions de dollars, dit-on encore... Des montants à donner le tournis.

« Le Qatar a le carnet de chèques facile »

Dans son autobiographie[1] parue en 2012, Ziad Takieddine raconte que, dans un premier temps, le colonel Kadhafi a demandé à la France une garantie de 125 millions d'euros pour une fondation d'aide aux enfants libyens malades du sida. « Une demi-heure plus tard, Guéant vient me retrouver, légèrement halluciné. "Je viens d'avoir les Qataris, savez-vous ce qu'a dit [Abdallah] Senoussi à leur ministre des Finances ? Qu'en fait la somme réclamée était non pas de 130 millions, mais de 300 millions. Je rêve. Heureusement que les Qataris ont accepté." »

En 2012, toujours au sujet de l'argent versé par le Qatar, un proche conseiller de Nicolas Sarkozy a ces mots sibyllins[2] :

« Le Qatar a le carnet de chèques facile et je pense qu'ils ont beaucoup payé.

– Qui les Qataris ont-ils payé ? Des Libyens ou des Français ?

1. *L'Ami encombrant*, *op.cit.*
2. Rencontre à Paris avec l'auteur, janvier 2013.

– Ils ont payé tous ceux qui devaient être payés pour être d'accord.

– C'est-à-dire ? Des Français ou des Libyens ? Des Libyens ont été payés. Peut-être plus… » Sourire embarrassé. « Peut-être plus… »

Moins d'un an plus tard, le 12 avril 2013, la chaîne France 24 diffuse une interview de Ziad Takieddine, lors d'une émission spéciale qui débute à 11 heures du matin. L'homme a le teint brouillé de l'insomniaque. À moins que ce ne soit celui du fumeur compulsif. Il est calme, pourtant, et répond, yeux plissés, aux questions du journaliste de la chaîne télévisée. Il raconte notamment que le Qatar a proposé de donner 300 millions de dollars à la Libye pour faciliter la libération des infirmières. Mais qu'il s'est alors produit un énorme problème. Il l'expose dans un français plutôt approximatif :

« Les 300 millions n'ont pas été envoyés. […] Ils ont été payés autrement par Lugano et autres, à travers le Qatar, pour finir dans les poches de Guéant et Sarkozy. Voilà, c'est ce que je vous dis. »

Stupeur du journaliste :

« Vous avez des preuves de ce que vous dites ?

– Oui, monsieur. J'ai tout ce qu'il faut. Pas personnellement sur moi, mais j'ai vu. Je peux vous dire une chose, que le Qatar va avoir beaucoup de peine à prouver que les 300 millions ont été payés à la Libye et va avoir beaucoup de peine à pouvoir prouver le contraire de ce qui va être dans leur visage quand ils vont savoir que les traces de ce qu'ils ont envoyé à Lugano, en Suisse, et à travers le Crédit Agricole au Qatar, va être continuellement caché. […] Et personnellement, monsieur, je peux vous dire que je connais très bien où se trouve tout ça et je connais très bien quand et comment ça va sortir. »

C'est là l'éternel problème avec Ziad Takieddine : comme

sur le financement politique de Nicolas Sarkozy par le colonel Kadhafi, il affirme qu'il détient des preuves… mais ne les produit pas. En l'occurrence, il dit qu'il les a vues, ce qui est invérifiable. Ziad Takieddine, c'est un peu l'homme qui a vu l'homme qui a les preuves. Mais ses « révélations » ne sont pas pour autant dénuées de fondement. N'oublions pas qu'il a travaillé main dans la main avec Claude Guéant sur le dossier libyen pendant des années et qu'il avait noué des relations de confiance avec Abdallah Senoussi, le numéro deux du colonel Kadhafi.

Aux yeux de Claude Guéant, en tout cas, les « révélations » de Takieddine relèvent de la diffamation. Peu de temps après la diffusion de cette interview, il affirme avoir demandé à son avocat de porter plainte. Et, sur France 24, il s'indigne : « Ce qu'il dit là est profondément scandaleux et choquant. C'est inadmissible de tenir des propos comme ça. Inadmissible. »

La réponse du berger (Takieddine) à la bergère (Guéant) fuse quelques jours plus tard sur BFMTV : « Je suis le seul vivant qui a accompagné toute la démarche franco-libyenne dans son ensemble, j'ai assisté à tout. […] Je mets en cause Claude Guéant et je veux lui dire aujourd'hui : je n'ai pas peur de lui[1]. »

Une vieille connaissance au Crédit Agricole Qatar

Une phrase de Ziad Takieddine, passée à l'époque inaperçue, mérite d'être creusée. Selon lui, donc, les 300 millions de dollars payés par les Qataris et destinés aux Libyens seraient passés

1. Ziad Takieddine, le 22 avril 2013, sur BFMTV, dans l'émission de Jean-Jacques Bourdin.

par le Crédit Agricole Qatar avant d'être détournés. Pourquoi nommer précisément le Crédit Agricole Qatar ? Quel est le message subliminal délivré par Ziad Takieddine ce jour-là sur France 24 ?

Une rapide connexion au site internet d'un organisme gouvernemental qatari, le Qatar Financial Centre (QFC), permet de vérifier que le Crédit Agricole Qatar est une filiale du Crédit Agricole Suisse. Elle a été enregistrée à Doha, la capitale de l'émirat, le 31 mars 2007 (soit quatre mois avant la libération des infirmières), et elle a été supprimée des listings le 9 janvier 2012.

Les rapports annuels du Crédit Agricole Suisse permettent de corroborer ces informations. L'édition 2007 indique que « 2007 a vu naître un nouveau département "Planification et organisation internationale" au sein du Secrétariat général, dont l'objectif premier est de soutenir le développement international de Crédit Agricole (Suisse) SA. Il a notamment permis d'accompagner le projet d'acquisition de la National Bank of Canada (International) Ltd. aux Bahamas, la création de la succursale de Hong-Kong en février 2007 et de la filiale du Qatar en juin 2007 ». L'édition 2012 du rapport annuel permet, elle, de vérifier que « la filiale du Qatar a été fermée fin septembre 2011 pour concentrer l'activité de la zone Moyen-Orient sur la place de Dubaï ».

En fouillant un peu, les archives du Qatar Financial Centre révèlent d'autres pépites. Le certificat d'enregistrement de la filiale qatarie du Crédit Agricole Suisse inclut une fiche fournissant les noms des membres de la direction.

Parmi eux, un certain Wahib Nacer, habilité à exercer des fonctions de « gouvernance non exécutive ». À quoi correspond exactement ce poste à l'intitulé mystérieux ? La maison mère de l'ex-filiale se refuse à communiquer sur Wahib Nacer[1]... Il faut donc procéder autrement. Le site internet suisse Infocube, qui recèle une vaste base de données économiques constituée à partir du registre du commerce helvétique, mentionne que Wahib Nacer disposerait d'un mandat actif au Crédit Agricole Suisse pour « une signature limitée aux affaires du siège principal ». Siège qui est établi à Genève.

De son côté, la lettre *Intelligence Online* s'est chargée de retracer le CV du mystérieux banquier : ce Franco-Yéménite « fut dans les années quatre-vingt-dix l'un des responsables de l'activité de la banque Indosuez au Moyen-Orient. Pendant les négociations des contrats Sawari II et Agosta [avec l'Arabie Saoudite et le Pakistan], Nacer était vice-président de la Banque Saudi Fransi, la filiale d'Indosuez à Riyad. Basé en Suisse depuis plus de vingt ans, il travaille toujours pour la banque, rachetée par le Crédit Agricole en 1996 ».

Enfin, le site Infocube permet de relever qu'il est domicilié à Chênes Bougerie, une bourgade huppée de la banlieue de Genève. Comme Alexandre Djouhri, l'homme que Ziad Takieddine voit comme un éternel rival. La petite phrase glissée par l'intermédiaire franco-libanais sur France 24 avait donc manifestement pour objectif d'orienter le projecteur sur un réseau d'Alexandre Djouhri...

Ce n'est pas la première fois que le Franco-Libanais s'en prend à Wahib Nacer et à Alexandre Djouhri. Ç'avait déjà été le cas dans le cadre du volet financier de l'affaire de Karachi, qui avait valu à Takieddine d'être mis en examen. En 2011, il

1. Au sujet de Wahib Nacer, la responsable de la communication du Crédit Agricole Suisse, Marie Dangles, précisait par mail, le 21 juin 2013, ne pas avoir « d'informations complémentaires » à apporter sur Wahib Nacer en dehors du fait qu'il « avait la fonction de *non-executive board member* dans notre filiale du Qatar aujourd'hui fermée ».

avait accusé le banquier franco-yéménite d'avoir organisé, au milieu des années quatre-vingt-dix, un système de commissions occultes au profit du clan des chiraquiens[1]. Takieddine avait alors souligné dans les médias les liens entre Wahib Nacer et Alexandre Djouhri, qui battait encore pavillon chiraquien. Furieux, Djouhri avait fait savoir qu'à l'époque il ne connaissait pas Wahib Nacer… et qu'il portait plainte contre Takieddine pour dénonciation calomnieuse.

Saga Djibouti

Si, en 1995, Wahib Nacer et Alexandre Djouhri ne se connaissaient (peut-être) pas, les choses avaient manifestement changé en juillet 2007, au moment de la libération des infirmières. Tous deux fréquentent un même homme : un avocat de Djibouti du nom d'Aref Mohamed Aref. Outre le fait que, toujours selon *Intelligence Online*[2], l'avocat djiboutien serait le beau-frère de Wahib Nacer, les deux hommes travaillent ensemble. Par exemple, en septembre 2011, ils accompagnaient le ministre des Infrastructures de Malaisie visiter le port de Djibouti, comme le relatait la presse locale…

Les liens d'affaires entre Aref Mohamed Aref et Alexandre Djouhri sont plus discrets. Mais non moins réels. Pour le comprendre, il faut revenir en janvier 2010. Le tout-Paris médiatique est alors en émoi : l'avocat de Djibouti vient d'investir 400 000 euros dans le site internet Bakchich[3], qui

1. Jean-Michel Décugis, Mélanie Delattre et Christophe Labbé, « Takieddine : Je veux faire tomber le système », *Le Point*, 15 décembre 2011.

2. *Intelligence Online*, n° 1341, 6 octobre 2012.

3. J'ai moi-même travaillé comme chef de la rubrique « International » de Bakchich d'octobre 2007 à fin décembre 2009.

était en train de lever des fonds et a d'ailleurs réussi à réunir 3,5 millions d'euros. C'est ici que se niche la preuve de la proximité d'affaires entre Aref Mohamed Aref et Alexandre Djouhri. Un témoignage capital vient l'étayer : celui de Nicolas Beau[1], l'ancien rédacteur en chef de Bakchich : « Aref aura été un actionnaire extrêmement motivé pour la vie de notre site web. Il est intervenu sur les conseils d'Alexandre Djouhri qu'il connaît bien et que j'avais rencontré à l'époque. Djouhri affirmait vouloir soutenir les principaux sites web d'investigation. Il est sympathique, entreprenant, et il n'a jamais été condamné par la justice. Les entreprises Veolia et Dassault, où il joue un rôle clé, ont les mêmes profils que les groupes de MM. Lagardère, Pinault et Arnault, qui sont les principaux actionnaires de la presse française. On peut le regretter, mais la réalité est que nos médias sont financés par les grands groupes industriels. »

Pour compléter le tableau de cette saga Djibouti, il faut encore signaler qu'un troisième proche d'Alexandre Djouhri a un pied à… Djibouti : l'avocat français Francis Szpiner, qui défend depuis le début des années 2000 l'État djiboutien dans l'affaire de l'assassinat du juge Borrel[2]. Cela fait beaucoup pour un petit État de moins d'un million d'habitants.

1. Entretien avec Nicolas Beau, le 28 mai 2013. J'ai co-écrit deux livres avec Nicolas Beau : *Quand le Maroc sera islamiste* (2006) et *La Régente de Carthage* (2009). Tous deux sont parus aux éditions La Découverte.

2. Le cadavre du juge Bernard Borrel est retrouvé en partie calciné à Djibouti le 19 octobre 1995. Au moment de son assassinat, le magistrat français était détaché comme conseiller auprès du ministre djiboutien de la Justice.

« Djouhri était en Libye au moment des infirmières »

Après ce détour djiboutien, revenons à la Libye et aux graves accusations de Ziad Takieddine. L'intermédiaire affirme, sans apporter de preuves, que la rançon de 300 millions de dollars versée par le Qatar pour libérer les infirmières aurait été détournée pour finir dans les poches du clan Sarkozy. Vrai ou faux ? Si c'est le cas, tout a-t-il été détourné ou seulement une partie ? Oui ou non, le duo Alexandre Djouhri/Wahib Nacer a-t-il récupéré une part de cet argent par un circuit de rétrocommissions mis en place dans les années quatre-vingt-dix et qui aurait, dans le passé, permis de financer des politiques français ? Comme on l'a dit, en avril 2006, Djouhri a rejoint, avec armes et réseaux, le clan des sarkozystes.

A-t-on affaire à une révélation fondée ou aux affabulations d'un homme perdu qui cherche à se venger de Claude Guéant, l'homme lige de Sarkozy qui l'a laissé tomber, et d'Alexandre Djouhri[1] qui lui damne le pion depuis plus d'une décennie ? Ziad Takieddine est un homme aux haines recuites. Et, à ce jour, il n'a pas produit les preuves de ce qu'il avance.

Passé cette précaution de langage, plusieurs témoignages de Libyens et de Français vont, en partie, dans le sens des propos de Takieddine.

Tel est le cas de cet ancien responsable de la DGSE. Il est formel : « La seule certitude concernant Djouhri et la Libye est qu'il s'y trouvait au moment de l'affaire des infirmières. Nous l'avons repéré là-bas[2]. »

1. J'ai contacté Alexandre Djouhri, sur son téléphone portable suisse, par SMS, le 23 avril 2013. Il n'a pas donné suite.

2. Entretien avec l'auteur, le 24 décembre 2012.

Il y a ensuite le témoignage de la diplomate libyenne Zohra Mansour qui, on l'a dit, travaillait au bureau chargé de la France au sein du ministère libyen des Affaires étrangères, et qui avait accès à une source exceptionnelle : le dossier secret des relations bilatérales. Elle aussi est formelle : « Dans ce dossier, il était mentionné que la Libye a demandé de l'argent pour les enfants de Benghazi atteints du sida. Que Nicolas Sarkozy a demandé au Qatar de payer 300 millions de dollars. Et que la première dame Cécilia a quitté la Libye avec les infirmières avant que le Qatar ne paie les 300 millions de dollars. L'argent qatari n'était pas arrivé quand les infirmières sont parties[1]. »

Pierre Péan, qui a consacré un livre à Alexandre Djouhri[2], déclarait dans une interview au *Point* en 2011 : « Ce que des sources m'ont affirmé, c'est que l'argent qui est arrivé du Qatar dans la foulée, pour des montants inconnus et dans des conditions imprécises, a généré des commissions indues versées en France. On me cite un chiffre de 30 millions d'euros. Celui qui a suggéré l'intervention de Cécilia et qui a monté le coup avec le Libyen Béchir Salah, le directeur de cabinet de Kadhafi, c'est Alexandre Djouhri[3]. » L'écrivain n'avance pas de preuves matérielles, mais est-ce seulement possible dans ce type d'affaire ?

Une cinquième personne, qui présente l'avantage d'avoir été un acteur direct dans le dossier des infirmières, atteste ne pas avoir vu l'ombre d'un dollar qatari en Libye. Il s'agit de Marc Piérini, le diplomate qui a mené les négociations de l'Europe avec les Libyens. Il rendait compte à la Commissaire européenne des relations extérieures, Benita Ferrero-Waldner, au côté de Cécilia Sarkozy le 24 juillet 2007.

1. Entretien avec Zohra Mansour, le 18 décembre 2012.

2. *La République des mallettes*, *op.cit.*

3. Jean Guisnel, « Affaire Djouhri, les sidérantes accusations de Péan », www.lepoint.fr, 8 septembre 2011.

Les familles libyennes ont été indemnisées neuf jours avant la libération des infirmières

Au sujet de la contribution financière du Qatar, Marc Piérini déclare non sans une pointe d'humour : « Le jour où elle arrivera, le gouvernement du Qatar le signalera[1]. » On attend toujours. Le diplomate va plus loin et explique pourquoi les Qataris ne sauraient avoir versé de l'argent aux familles des victimes, comme cela a souvent été avancé : « Les familles des enfants victimes du sida avaient déjà été financièrement indemnisées lorsque les infirmières ont été libérées. » Et il est bien placé pour le savoir.

Marc Piérini a en effet été la cheville ouvrière du long processus de négociation entamé le 11 octobre 2004 par l'Europe. Un processus sans lequel les infirmières n'auraient jamais été libérées, il faut le souligner. Et un processus qui comporte une dimension financière importante.

En janvier 2006, les Européens créent le Fonds international de Benghazi. Ce fonds est en quelque sorte le « véhicule financier de la sortie de crise ». Il est destiné à fournir un soutien humanitaire aux familles de Benghazi. Précision de taille : les contributions seront exclusivement volontaires, pour qu'on ne puisse pas les apparenter à des rançons[2]. C'est cet outil qui permettra, en juin 2007, d'obtenir le « pardon » des familles libyennes. En bref, celles-ci renoncent à se voir « payer » par

1. Voir « Infirmières bulgares : le grand marchandage », documentaire de Anne-Frédérique Widmann et Marie-Laure Widmer-Baggiolini, diffusé sur la RTS (Suisse) le 13 décembre 2007.

2. Le seul argent européen qui sera versé correspond à un programme de coopération médicale mis en place par Marc Piérini. Son budget a été porté de 9 à 12 millions d'euros.

le prix du sang contre un million de dollars par famille de victime. Évidemment, cette somme a été fixée arbitrairement par Tripoli et, comme par hasard, correspond au montant que la Libye a dû verser par victime de l'attentat contre le DC10 d'UTA…

Une fois le bel outil mis sur pied, sur le papier du moins, le négociateur européen se heurte à un problème matériel de taille : les caisses du Fonds de Benghazi, censées être alimentées par des contributions étrangères, sont vides. Pas un centime ! La situation sera finalement débloquée le 15 juillet 2007 grâce à une intervention surprise libyenne. À cette date, le Fonds de développement économique et social libyen consent, en effet, à avancer la somme nécessaire au paiement des familles au Fonds international de Benghazi. Soit 461 millions de dollars ! Le signe, sans doute, que Tripoli souhaite régler une bonne fois pour toutes le problème des infirmières.

Les familles libyennes ont finalement bel et bien été indemnisées avec de l'argent libyen neuf jours avant la libération des infirmières bulgares et du médecin palestinien. Toutefois – et c'est là tout l'art de la diplomatie européenne pour éviter que Tripoli ne perde la face –, le Fonds international de Benghazi s'est engagé à rembourser cette avance « en paiements échelonnés en fonction de ce qu'il reçoit sous forme de contributions ». Évidemment, personne n'est dupe et aucune contribution ne sera jamais versée, à l'exception des 25 000 dollars donnés par une petite entreprise canadienne.

Pour toutes ces raisons, Marc Piérini est formel : à sa connaissance, le Qatar n'a pas apporté un dollar au processus de négociation visant à la libération des infirmières. Et effectivement, on ne voit pas comment, on ne comprend pas pourquoi les familles qui avaient déjà reçu un million de dollars – et accordé par écrit leur pardon – auraient soudain demandé plus d'argent. Et auraient été indemnisées d'un montant inférieur. Cela ne colle pas.

En définitive, trois hypothèses concernant les fameux dollars qataris demeurent plausibles.

Première hypothèse : les Libyens, Kadhafi en tête, ont exigé à la dernière minute un minimum de garantie que le Fonds de Benghazi rembourserait un jour les 461 millions de dollars avancés. Mais pourquoi, dans ce cas, l'argent qatari n'a-t-il pas été versé sur le compte bancaire du Fonds de Benghazi qui se trouvait à la Libyan Arab Foreign Bank ?

Deuxième hypothèse : toujours à la dernière minute, il a fallu graisser la patte de certains dignitaires libyens hostiles à la libération des infirmières, et dont Kadhafi devait tenir compte pour préserver la paix du sérail. Cette hypothèse est crédible et ne contredit pas le fait que tout ou partie de l'argent ait pu être détourné, comme le prétend Ziad Takieddine.

Enfin, et c'est la troisième hypothèse – qui correspond aussi aux déclarations de l'intermédiaire : il se serait agi d'un habile montage de financement occulte, associant la France de Nicolas Sarkozy et le Qatar. La Libye ou tout autre État consentant aurait pu en être le pivot.

In fine, la seule certitude qui demeure dans cette affaire est que la libération des infirmières et du médecin a permis d'ouvrir un nouveau chapitre des relations franco-libyennes.

10

Visite à Paris contre infirmières… contre nucléaire ?

Dès le lendemain de la libération des infirmières bulgares et du médecin palestinien, une nouvelle polémique éclate : la France a-t-elle conclu un deal secret avec Kadhafi, du type « infirmières contre nucléaire » ? Le 25 juillet 2007, alors que Nicolas Sarkozy fait une escale de quelques heures à Tripoli, la France et la Libye signent un mémorandum d'entente sur la coopération nucléaire. Celui-ci porte sur la fourniture d'un réacteur nucléaire alimentant une usine de dessalement d'eau de mer.

Bien que l'affaire des infirmières ait été essentiellement gérée par l'Élysée, il ne faut pas compter sur Nicolas Sarkozy pour faire la lumière sur ce point. À quatre ans d'intervalle, l'ancien président de la République s'est lourdement contredit sur le sujet. Ainsi, le 3 juillet 2008, il déclarait : « Je sais qu'il y a des gens et des pays qui se disent : n'est-ce pas un peu dangereux de proposer le nucléaire civil à des pays comme l'Algérie, les Émirats arabes unis ou la Libye ? Ce qui serait vraiment dangereux, ce serait de leur refuser. D'abord parce qu'on donnerait raison à l'Iran, qui fait croire que l'Occident refuse par principe le nucléaire à des pays musulmans. Mais aussi parce que chaque baril de pétrole et chaque mètre cube de gaz économisé sur la planète [...] c'est un peu moins d'effet de serre[1]. »

Puis, interrogé le 17 avril 2012 par la journaliste Pascale Clark sur France Inter, en pleine campagne présidentielle, le candidat Sarkozy s'exclame, jouant sur les mots : « Il n'a jamais été question de vendre une centrale nucléaire à M. Kadhafi. »

Les députés auditionnent des acteurs du nucléaire français

Pour faire la lumière sur les dessous de l'affaire des infirmières, l'Assemblée nationale a mis sur pied, en décembre 2007, une commission d'enquête parlementaire. Son principe est simple : faire auditionner par les députés les principaux acteurs directs ou indirects du dossier.

Au sujet du nucléaire, deux personnes ont répondu présent : Anne Lauvergeon, alors patronne du groupe Areva, et Alain Bugat, administrateur général du Commissariat à l'énergie atomique, le CEA. Lors de son audition, le 6 décembre 2007, Alain Bugat lève partiellement le voile sur la genèse du fameux mémorandum nucléaire du 25 juillet 2007. Avec une surprise à la clé : en matière d'atome, les premiers contacts entre la France et la Libye remontent à la visite de Jacques Chirac à Tripoli... en novembre 2004 !

« Le colonel Kadhafi a[vait] sollicité une aide de notre pays pour développer les capacités nucléaires civiles du centre d'Ajura », indique l'expert. Cette demande faisait suite à la décision libyenne, en décembre 2003, de renoncer aux armes

1. Samuel Laurent, « Nucléaire : M. Sarkozy réécrit ses relations avec Kadhafi », *Le Monde*, 17 avril 2012.

de destruction massive et de signer le protocole additionnel au traité de non-prolifération nucléaire. « En décembre 2004, j'ai reçu un appel téléphonique de M. Loos, le ministre du Commerce extérieur de l'époque, qui m'a indiqué qu'il avait été approché par les Libyens et s'était vu remettre de la part du comité libyen un projet d'accord de coopération. M. Loos m'a alors fait part de son souhait qu'une mission du CEA soit rapidement organisée pour aller en Libye nouer des contacts », poursuit-il.

Dès le 4 février 2005, un groupe interministériel restreint, placé sous l'autorité du Quai d'Orsay, estime que « la décision prise par la Libye de se conformer à ses engagements internationaux constitu[e] une base satisfaisante pour envisager une coopération internationale, pour autant qu'elle s'inscrive dans la durée ». En clair, feu vert pour parler nucléaire civil avec les Libyens, sans pour autant négocier d'accord bilatéral. Place d'abord à l'évaluation du matériel nucléaire libyen, du niveau des équipes et, surtout, à la définition de ce que les deux pays peuvent faire ensemble en matière d'atome.

Une mission du CEA se rend en Libye en avril 2005, et deux hypothèses de travail sont retenues : la production d'isotopes radioactifs à usage médical et, selon les mots de l'administrateur du CEA, « la mise au point d'un accord de coopération dont le but de faisabilité est le dessalement de l'eau de mer en utilisant l'énergie nucléaire ». Intrépide aventure ! Comme l'indique très sérieusement Alain Bugat lors de son audition, personne n'a « aujourd'hui aucune expérience concrète du couplage réacteur nucléaire/installation de dessalement » ! Quelques expérimentations ont certes eu lieu, notamment en Inde, mais rien de concret ni d'abouti...

Et, il faut le souligner, si la Libye a effectivement renoncé à toute activité en matière de nucléaire militaire, il n'en reste pas moins que, lors de ses visites sur place, Alain Bugat a observé que d'excellents experts s'y trouvaient. « J'ai eu l'impression que la Libye était arrivée, en matière de métallurgie des matières du nucléaire, à un très bon niveau, ce qui m'amène à penser qu'elle est allée assez loin dans son programme d'armement. »

Pour éviter tout impair, les Français décident de prévenir les Américains de leurs pourparlers avec les Libyens. Les États-Unis, de leur côté, se sont bien gardés d'avertir la France qu'ils négociaient secrètement avec Kadhafi la fin de son programme nucléaire militaire… Et les Français de découvrir, franchement stupéfaits, que les Américains dialoguent sur des sujets analogues avec les mêmes Libyens ! Qu'importe, il faut avancer. En mars 2006, Français et Libyens signent donc un projet d'entente qui formalise la coopération entre les deux pays.

Vite, un EPR !

Puis, c'est le coup de théâtre, comme les Libyens en ont le secret. Selon Alain Bugat, en 2006, les interlocuteurs libyens du CEA font « part clairement de leur intérêt pour l'EPR français ». Ils laissent même entendre que des contacts directs sont en cours avec le groupe Areva. Quelques mois plus tard, en janvier 2007, les Libyens se montrent de plus en plus pressants. Vite, un EPR ! Nicolas Sarkozy n'est pas encore élu président de la République.

« Alors que nous mettions en place une démarche d'appropriation progressive, sans brûler les étapes, M. Maatoug[1] s'est

1. Responsable du programme nucléaire civil libyen.

montré beaucoup plus pressé. Il voulait voir arriver des projets en grandeur réelle», note l'expert du CEA, qui poursuit: «Dès le début de 2007, il s'est montré insistant: la Libye ayant fait le choix de la technologie EPR, il demandait aux autorités françaises de donner leur accord à l'ouverture de négociations commerciales.» Les Français essaient alors de gagner du temps en disant aux Libyens qu'il leur faut réfléchir à plusieurs aspects techniques et matériels du dossier, et notamment à la question des infrastructures. Pendant ce temps, les sarkozystes s'installent à l'Élysée.

Au fur et à mesure que le dénouement de l'affaire des infirmières approche, tout comme l'escale de Nicolas Sarkozy à Tripoli, les demandes libyennes se font plus pressantes. Tripoli a «pris l'initiative de proposer les termes d'un mémorandum d'entente qui pourrait être signé à cette occasion. Celui-ci a fait l'objet d'un examen interministériel et a abouti à une contre-proposition française signée lors de la visite présidentielle le 25 juillet dernier». Telle serait donc la genèse du fameux mémorandum signé au lendemain de la libération du personnel soignant.

Pour Alain Bugat, il n'existe «aucun rapport particulier entre cette affaire et celle des infirmières. Comme vous avez pu le constater, ajoute-t-il, nous déroulons la coopération avec la Libye depuis 2004, en avançant progressivement, pas à pas. Nous avons traité le sujet avec la Libye comme nous l'avons fait avec le Maroc ou d'autres pays».

Dans le rapport final de la commission d'enquête parlementaire, les députés concluent d'ailleurs que «le lien entre la libération des infirmières et du médecin et le mémorandum d'entente nucléaire est très ténu». Ils estiment que le texte du mémorandum du 25 juillet 2007 «ne constitue pas un accord commercial, mais le cadre juridique qui permettra dans l'avenir la conclusion d'éventuels accords commerciaux». Mais aussi qu'il semble que «la Libye a voulu donner un caractère public à l'accord nucléaire avec la France, comme pour mieux signifier à la communauté internationale qu'elle était à nouveau un État respectable».

L'audition par les députés de la patronne du groupe Areva, Anne Lauvergeon, qui a eu lieu le 15 novembre 2007, invite à conclure dans le même sens. À savoir qu'un deal du type «infirmières contre nucléaire» n'est pas évident. De sensibilité socialiste, Anne Lauvergeon est pourtant connue pour ne pas porter Nicolas Sarkozy dans son cœur.

Comme l'administrateur du CEA, elle confirme d'abord avoir dû tempérer les ardeurs nucléaires des Libyens. C'était en janvier 2007. Anne Lauvergeon recevait alors une délégation libyenne venue visiter Areva pour «savoir comment développer un usage civil et pacifique de l'énergie nucléaire». Ce sera l'occasion de leur expliquer «qu'un réacteur nucléaire ne s'achetait pas sur étagère, qu'un tel achat supposait un travail très significatif en amont: la constitution d'une autorité de sûreté; un cadre légal et institutionnel; un choix technologique, en leur expliquant que notre technologie était la meilleure, comme nous le faisons pour tous nos clients potentiels».

Au cours de son audition, Anne Lauvergeon précisera que si Areva n'a pas été associé à la négociation du mémorandum, son entreprise n'a noué «aucune négociation commerciale, de quelque nature que ce soit, avant ou après le mois de juillet 2007». Mais aussi qu'Areva n'a «absolument pas ressenti une quelconque évolution de cette négociation en liaison avec la problématique de la libération des infirmières et du médecin bulgares».

Liaisons dangereuses autour du nucléaire français

Des années plus tard, en 2012, Anne Lauvergeon, fraîchement débarquée d'Areva par Nicolas Sarkozy en juin 2011, est revenue sur l'affaire du nucléaire libyen dans un livre où elle règle ses comptes[1]. Elle n'y valide pas davantage l'hypothèse d'un deal « infirmières contre nucléaire », mais lève le voile sur un jeu d'ombres autrement plus dangereux du pouvoir sarkozyste. De véritables liaisons dangereuses autour du nucléaire.

« Ces cinq dernières années, j'ai vu, à plusieurs reprises, Nicolas Sarkozy vouloir vendre du nucléaire, y compris à des pays dont on ne pensera pas chez Areva qu'ils puissent être prêts à en développer sans problème. » C'est le cas de la Libye du colonel Kadhafi. « Tout de suite, les pressions de l'Élysée commencèrent pour vendre des centrales nucléaires au dictateur libyen. Était-ce raisonnable ? Non. Clairement non. » En cause, selon l'ancienne patronne d'Areva : dans une dictature, on ne peut jamais être au niveau en matière de sûreté nucléaire, car cela suppose l'existence d'une autorité nucléaire indépendante du pouvoir politique.

Mais l'absence de libertés en Libye ne semble pas gêner outre mesure Nicolas Sarkozy. Au contraire... Dans une interview à *L'Express*[2], Anne Lauvergeon explique que, sur la question du nucléaire libyen, l'Élysée et Areva avançaient « à front renversé ». « Normalement, c'est l'entreprise qui est mercantile et c'est l'État qui est raisonnable. Ce fut l'inverse. Claude Guéant, dans ses derniers jours en tant que secrétaire général de l'Élysée, chargea

1. Anne Lauvergeon, *La Femme qui résiste*, Paris, Plon, 2012.
2. Christine Kerdellant, « Sarkozy, Proglio, nucléaire... Anne Lauvergeon dit tout », *L'Express*, 10 avril 2012.

Henri Proglio de s'en occuper à l'été 2010[1]. » Le même Henri Proglio, devenu entre-temps patron d'EDF, qui accompagnait Alexandre Djouhri en Libye en novembre 2004 lors de la visite présidentielle de Jacques Chirac ! Anne Lauvergeon se souvient même d'une séance de travail au Château, au cours de l'été 2010, qui avait réuni Claude Guéant, Henri Proglio et elle-même…

Pour l'ancienne patronne d'Areva, la démarche « à front renversé » de l'exécutif français s'explique par le « système de clan, de bandes et de prébendes » que Nicolas Sarkozy a laissé s'installer au cœur de la République[2]. Très anti-EPR, ce clan milite pour un « nucléaire bas de gamme à l'international » et a même « proposé de transférer nos droits de propriété intellectuelle mondiaux aux… Chinois, et de vendre du nucléaire à des pays où ce n'est pas raisonnable ».

Dans son livre[3], Anne Lauvergeon va plus loin encore, cite des noms et une répartition des rôles au sein du petit club de ces partisans d'un nucléaire low cost. « Henri Proglio et ses amis n'en font pas mystère, ils souhaitent créer une industrie nucléaire chinoise qui sera en mesure d'approvisionner la France et l'international. Ce serait là la mort programmée d'Areva. Et ils envisagent tout cela avec un souverain détachement et une grande liberté de ton sans être rappelés à l'ordre. Et pour cause. Un axe est en place : Claude Guéant, Jean-Louis Borloo, François Roussely, Jean-Dominique Comolli[4], Alexandre Djouhri, chacun dans son rôle. La machine étatique pour certains, l'entreprise et les contrats lucratifs pour huiler

1. *Ibid.*
2. *Ibid.*
3. *La Femme qui résiste*, *op. cit.*
4. Jean-Dominique Comolli a été nommé directeur général de l'Agence des participations de l'État (APE) en septembre 2010 par Nicolas Sarkozy.

les relations pour d'autres. Tous unis, tous solidaires, tous frères. »

Tout est dit dans cette dernière phrase. Il faudra la catastrophe nucléaire de Fukushima, au Japon, le 11 mars 2011, pour voir mourrir ces sombres desseins.

Le colonel Kadhafi débarque à Paris

Lorsqu'il arrive à Paris pour une visite officielle de cinq jours, le 10 décembre 2007, Mouammar Kadhafi ignore tout de ces jeux dont il a indirectement bénéficié. À 15 heures, et avec 45 minutes de retard sur l'horaire prévu, son avion se pose à l'aéroport d'Orly. Cette visite est la contrepartie avouée de la libération des infirmières bulgares.

Au pied de la passerelle, ce n'est pas Brice Hortefeux qui l'attend, comme cela était prévu, mais Michèle Alliot-Marie, plus martiale que jamais sur le tapis rouge déroulé pour l'occasion. Vêtu d'une chaude gandoura marron et coiffé d'une toque noire, Mouammar Kadhafi s'engouffre prestement dans une limousine blanche. Son convoi compte plus de cent véhicules. Direction l'Élysée, pour un premier entretien avec Nicolas Sarkozy venu accueillir son hôte sur le perron du palais présidentiel.

Plus que la poignée de main entre les deux hommes, c'est la gestuelle de Kadhafi qui surprend. Face aux photographes et aux caméras de télévision, il lève haut le poing. Ce geste équivaut à un bras d'honneur. Nicolas Sarkozy, qui a déjà avalé une énorme couleuvre en autorisant le remuant colonel à planter sa tente bédouine dans les jardins de l'hôtel de Marigny, s'apprête à vivre un véritable calvaire.

La visite de Mouammar Kadhafi est extrêmement controversée et de nombreuses voix s'élèvent pour la critiquer.

L'opposition, mais aussi certains membres du gouvernement soulèvent une question centrale : la France, pays des droits de l'homme, peut-elle sans déchoir recevoir un chef d'État qui, certes, a renoncé au terrorisme et aux armes de destruction massive, mais se conduit en dictateur avec son peuple ?

La voix de Rama Yade, alors secrétaire d'État aux droits de l'homme, nommée par Nicolas Sarkozy, porte le fer plus loin : « Le colonel Kadhafi doit comprendre que notre pays n'est pas un paillasson sur lequel un dirigeant, terroriste ou non, peut venir s'essuyer les pieds du sang de ses forfaits. La France ne doit pas recevoir ce baiser de la mort. »

De nombreux députés, de droite comme de gauche, sont d'accord avec la jeune frondeuse. Mais si le colonel Kadhafi n'aura pas été autorisé à se produire dans l'hémicycle, il recevra toutefois les honneurs à l'occasion d'une réception donnée par le président de l'Assemblée nationale, Bernard Accoyer. Celle-ci, dont aucune image n'a été rendue publique, aura été boudée par une trentaine de députés sur les quatre-vingts qui avaient été conviés. Honorable proportion[1].

Même refus d'accueillir Mouammar Kadhafi en France du côté des familles des victimes de l'attentat du DC10 d'UTA. Pour marquer leur désaccord, leur représentant, Guillaume Denoix de Saint Marc, téléphone même à Boris Boillon, le jeune conseiller de l'Élysée en charge du Maghreb, du Proche et du Moyen-Orient. Celui-ci connaît bien le dossier libyen et, on l'a dit, il s'est même rendu à Tripoli en juillet 2007, aux côtés de Cécilia Sarkozy et de Claude Guéant, pour participer à la libération des infirmières. Denoix de Saint Marc lui demande à être reçu par le président Sarkozy. « Pas pendant la visite de

1. Zineb Dryef, « Le Kadhafi tour sème la zizanie », Rue89, 12 décembre 2007.

Kadhafi. – Alors je vais formuler cette demande par voie de presse. » La conversation en reste là, mais Guillaume Denoix de Saint Marc a bien l'intention de mettre sa menace à exécution. Il n'en aura pas le temps.

Au deuxième jour de la visite du Guide à Paris, son téléphone sonne. C'est Boris Boillon à l'autre bout du fil. « Ça tient toujours votre proposition ? » Évidemment ! C'est ainsi que Guillaume Denoix de Saint Marc rencontre, à l'Élysée, en compagnie de cinq autres membres du collectif dont certains viennent du Congo et du Tchad, Nicolas Sarkozy et Jean-David Levitte, le conseiller diplomatique du président. Si, officiellement, l'entretien a été « constructif » – « Je l'ai senti à notre écoute », déclarera Denoix de Saint Marc à la presse[1] –, c'est tout le contraire qui s'est passé.

Nicolas Sarkozy s'est en réalité livré à un long monologue, alternant leçon de géopolitique et considérations sur sa dure condition de président. Mais peu importe, le symbole est là : en pleine visite de Mouammar Kadhafi en France, les victimes du DC10 d'UTA ont été reçues à l'Élysée.

« Vous êtes ici avec vos amis, n'ayez crainte ! »

Au milieu de cette hostilité, quelques voix amicales se font entendre sous les lambris des salons feutrés de l'hôtel Ritz. Le lendemain de son arrivée en France, le dictateur est invité à y pérorer devant des intellectuels, comme Denis Tillinac, et plusieurs diplomates. Ami de longue date du régime et soutien indéfectible du Guide, c'est Roland Dumas qui ouvre

1. Stéphanie Plasse, « Affaire du DC10 d'UTA : les familles des victimes enfin entendues », www.afrik.com, 15 décembre 2007.

le débat en lançant un solennel : « Vous êtes ici avec vos amis, n'ayez crainte ! » C'est bien connu, en République, le ridicule ne tue pas. Selon le site Rue89[1], face à des invités plutôt perplexes, le Guide évoque successivement, dans un style un brin décousu, « l'éclatement de la gauche », « le nouvel ordre mondial » (qui s'articule autour de l'Europe et de l'Afrique), mais aussi la victoire des Européens sur les Américains : « Vous avez vaincu le dollar ! » clame-t-il.

Mouammar Kadhafi dédicacera même son recueil de nouvelles parues en 2000 en France. Devenu un véritable collector – il n'en existe que deux exemplaires d'occasion en vente sur Amazon au prix minimum de 250 euros –, cet ouvrage s'intitule : *Escapade en enfer, la mort, la ville, le village, la terre, le suicide du cosmonaute, vive l'état des salopards et dix autres nouvelles.* Et ce n'est pas une plaisanterie.

En définitive, cette petite sauterie n'aura fait qu'un vrai mécontent : l'ancien Premier ministre israélien Benyamin Nétanyahou venu boire un verre au Ritz, et qui aura préféré s'éclipser juste avant l'arrivée de Mouammar Kadhafi. Pas question d'être photographié à côté de lui.

Le Louvre au pas de course

D'autres moments tout aussi pittoresques auront marqué le long séjour parisien du colonel, qui s'achève en visite privée. On peut citer pêle-mêle ces trente minutes passées au Louvre, pour admirer au triple galop : *La Joconde*, *Le Radeau de la Méduse* et la Vénus de Milo[2]. Ou cette visite du château de

1. « Le Kadhafi tour sème la zizanie », art. cit.
2. « Kadhafi en visite express au Louvre », www.lefigaro.fr, 13 décembre 2007.

Versailles en blouson d'aviateur-chapka russe. Accompagné d'une centaine de personnes, Kadhafi pose, l'air inspiré, devant la reconstitution du trône du Roi Soleil, puis dans la salle du sacre de Napoléon, devant un tableau de la bataille d'Aboukir (1799)[1]. Ou, enfin, cette promenade improvisée en bateau-mouche sur la Seine, fruit d'une envie subite (et subie par de nombreux Parisiens). Pour assurer la sécurité du Guide en promenade, tous les ponts enjambant le fleuve auront été successivement fermés...

Si ces saynètes parisiennes sont tout simplement ridicules, elles exaspèrent au plus haut point Nicolas Sarkozy. Le président n'a qu'une hâte : que le colonel plie sa tente et déguerpisse ! « Nicolas a mal vécu la visite de Kadhafi. Après, il a tout fait pour ne pas développer de relations de proximité avec lui », glisse ce conseiller élyséen encore tout retourné par l'exhibitionnisme dont a fait preuve le Guide.

Dans l'autre camp, celui des Libyens, on savoure la victoire. « Le Guide était heu-reux ! Il était si content de son séjour à Paris qu'il voulait exceptionnel. Vous savez, il avait mis la barre très haut avec les Français », se félicite ce diplomate libyen.

En quelque sorte, Nicolas Sarkozy et le colonel Kadhafi se sont trouvés. Le premier avait fait de la libération des infirmières une priorité doublée d'un marchepied vers la gloire. Le second, à l'heure des comptes, peut se frotter les mains. On lui avait infligé un embargo sur les armes ? Qu'importe, il laisse entendre aux industriels français de l'armement qu'il va remplir leurs carnets de commandes comme dans les années soixante-dix. On a mis des limites à ses ambitions atomiques ? Il se contentera d'une usine de dessalement d'eau de mer qui fonctionne... au nucléaire. On l'a mis au ban de la communauté

1. « Kadhafi sur les traces du Roi Soleil », *20 Minutes*, 14 décembre 2007.

internationale ? Eh bien, il s'est assuré une visite de pacha dans une capitale européenne de prestige. Tout cela, la France de Nicolas Sarkozy le lui a offert sur un plateau en or massif.

Tripoli est prié de signer des contrats

En contrepartie, Nicolas Sarkozy compte maintenant sur la signature de contrats sonnants et trébuchants en faveur des entreprises françaises. Les Libyens font mine de jouer le jeu. À soixante-douze heures de l'arrivée de Kadhafi à Paris, Seïf el-Islam avait accordé une interview au *Figaro*[1]. Au menu : des promesses, des promesses et encore des promesses de business ! Extraits : « Nous allons acheter pour plus de 3 milliards d'euros d'Airbus, un réacteur nucléaire, et nous voulons aussi acheter de nombreux équipements militaires. Nous négocions sur les Rafale. Des compagnies françaises ont remporté des marchés importants, comme, par exemple, la construction du nouvel aéroport de Tripoli. Suez et Veolia ont aussi remporté des contrats importants dans le domaine de l'environnement. »

Comme un seul homme, à la fin de la visite officielle, l'Élysée annonce ainsi que « le montant total des accords et contrats signés [...] s'élève à plus de 10 milliards d'euros ». Encore fallait-il connaître les subtilités du business à la libyenne pour les concrétiser...

1. Seïf el-Islam Kadhafi, « La Libye sera un pays heureux », www.lefigaro.fr, 7 décembre 2007.

V

Business is business

11

Du bon usage de la corruption en Libye

Nicolas Sarkozy élu président de la République, les infirmières libérées, la visite de Mouammar Kadhafi à Paris enfin achevée, les principaux intermédiaires de la place devenus sarkozystes : fin 2007, tout est prêt pour aborder l'étape suivante des relations franco-libyennes : le business.

Mais signer des contrats et remporter des marchés au pays de Kadhafi relève de la haute voltige tant la corruption domine. Le phénomène n'est certes pas nouveau au Maghreb, mais, en Libye plus qu'ailleurs, la corruption est institutionnalisée. Pire, elle fait l'objet d'une répartition codifiée et complexe entre les différentes composantes du pouvoir.

En mai 2008, pour permettre de mieux comprendre les dédales du business à la libyenne, des consultants rédigent un rapport adressé à « Monsieur le Préfet Claude Guéant, Secrétaire général de l'Élysée » et à « Monsieur le Préfet Bernard Squarcini, Ministère de l'Intérieur ». Ce dernier est le patron de la DCRI, et l'on se demande bien à quel titre il est destinataire d'un tel document. L'objet de celui-ci est sans ambiguïté : fournir toutes les clés pour permettre aux entreprises françaises du secteur de l'armement de corrompre dans les règles de l'art libyen. Ou de la bonne pratique du bakchich au pays de Kadhafi ! Le contenu est édifiant.

Un petit manuel de la corruption

On y apprend que le Guide a organisé un « grand partage » entre les caciques du régime et leurs affidés. Comment ? En leur attribuant de façon informelle des secteurs civils et militaires. Et plus encore. Même les relations avec les industriels étrangers font l'objet d'un partage entre clans. Par exemple, c'est le fils du général Kharroubi, compagnon historique du Guide, qui assure la fluidité des relations avec des entreprises françaises comme Thales ou ADP, et des sociétés nord-américaines telles que Cessna ou Bell.

À tout seigneur tout honneur. Les mieux lotis sont les membres de la famille du colonel Kadhafi. Plus exactement : sa progéniture. Ainsi, les télécommunications reviennent à Mohamed, les forces spéciales à Saadi, dit « le footballeur », les blindés à Khamis… Tous trois sont des fils du Guide.

Et, miracle, les conflits entre ayants droit sont rares car déminés avant qu'ils n'éclatent. Cas pratique : si un industriel venait à vendre « un équipement destiné aux Forces spéciales », « le footballeur » est susceptible d'avancer des prétentions financières sur le contrat au même titre que le fils du général mentionné ci-dessus. Il reviendra donc à leurs « argentiers » de convenir de la part qui revient à l'un et à l'autre. Les ayants droit négocient, par médiateurs interposés, le partage du gâteau. Et les industriels subissent.

Tout serait parfait dans le meilleur des mondes si des disputes entre « échelons subalternes », par exemple tel colonel ou tel responsable d'administration, ne venaient compliquer la donne. Certes, comme le précise le rapport remis à l'Élysée, le *working level* n'a pas le pouvoir de casser un contrat, mais il peut néanmoins « faire de l'obstruction et, par là même, faire perdre du temps, stimuler la concurrence (sans pouvoir l'imposer), et faire de la mauvaise publicité, c'est-à-dire tout ce qu'un industriel ne souhaite pas ».

Au cas où une entreprise se retrouverait dans cette situation, explique le rapport, elle doit surtout éviter de verser des pots-de-vin supplémentaires. Car cela menacerait de gripper la machine ! « En fonction de la culture locale qui légalise le "bakchich" à tous les échelons, tout industriel avisé qui souhaite garantir son succès a la tentation légitime d'organiser la rétribution des échelons subalternes [...] mais attention danger : la Libye est un pays où règne une discipline de fer. [...] Dans le cadre des contrats militaires, s'ils ont la liberté de protester auprès des fournisseurs, les subalternes n'ont pas d'autre choix que de se plier au dictat du pouvoir. » Inutile, donc, de dépenser de l'argent pour rien.

Après cet exposé théorique, les auteurs du rapport passent à la pratique et abordent d'abord l'épineux cas des militaires libyens. Si, en matière d'achats d'armes, le Guide a le dernier mot, le consentement de ses gradés n'en est pas moins requis. Là encore, l'exposé est instructif. « En Libye, il y a deux types de généraux : ceux qui sont en place à vie car ils sont les compagnons historiques du Guide, [...] et ceux qui peuvent être mis à la retraite. Officiellement, aucun des généraux ne perçoit de gratification. Pour les généraux inamovibles, c'est leur progéniture qui fait le portage de leurs intérêts, pour ceux du "deuxième niveau" ce sont parfois leurs adjoints. »

Le meilleur reste pour la fin. En guide de conclusion, ce petit manuel de la corruption préconise « d'organiser un "fonds de secours" pour atténuer les "gesticulations" des lésés » ! L'idée est simple : permettre « à l'industriel d'intervenir ou non au dernier moment pour couvrir les intérêts d'un "écarté", d'un "oublié" par la partie locale, et qui possède néanmoins un pouvoir de nuisance». L'usage que MM. Guéant et Squarcini ont fait de ce rapport, nul ne le sait.

Nom de code: «Sofresa bis»

Pour l'intermédiaire phare de la Sarkozie, Ziad Takieddine, qui, on l'a vu, rapporte directement à Claude Guéant, laisser les industriels français traiter en direct avec les Libyens est voué à l'échec. Trop de corruption… du côté français.

Dans une note rédigée après l'arrivée de Nicolas Sarkozy au pouvoir, il estime que «les raisons majeures pour lesquelles il n'y a eu aucune conclusion de contrats résident en ce qu'ils étaient préparés par les diverses sociétés de la "France des 12 années passées" où la corruption était de mise et semblait être le moteur de leur fonctionnement. Ceci a rendu ces projets et contrats irréalisables». Par «la France des 12 années passées», Ziad Takieddine désigne bien sûr les années Chirac.

Pour y remédier, autrement dit pour contrer les chiraquiens, Takieddine préconise la création d'une société moitié privée, moitié publique, destinée à développer les exportations françaises vers la Libye. Exactement à l'image de la Sofresa, qui vend du matériel militaire à l'Arabie Saoudite. Créée en 1974, celle-ci regroupe l'État et les industriels de la Défense.

Cette similitude explique sans doute que le nom de code de la société tournée vers la Libye soit «Sofresa bis». Ce projet, pourtant susceptible de révolutionner le business des grands groupes français avec le régime de Mouammar Kadhafi, a été très peu ébruité.

Selon les notes de Ziad Takieddine, la «Sofresa bis» aurait été placée sous l'égide du ministère de la Défense, alors occupé par

Hervé Morin[1]. Dans ses écrits, l'intermédiaire balaie largement le champ d'intervention de ladite société. Elle « interviendra pour la promotion des matériels et systèmes de défense et de sécurité et la négociation des contrats correspondants ». Elle s'occupera également « des études et de la réalisation d'infrastructures techniques, civiles et militaires ».

L'intermédiaire fournit même des détails sur l'actionnariat idéal de la « Sofresa bis ». Il reposerait sur « une alliance public-privé, avec l'État qui mandatera le président de la société – et peut le révoquer –, les industriels de l'armement et de la sécurité (EADS, Thales, Dassault Aviation, MBDA, etc.) et des entreprises du secteur civil telles que Veolia, etc. ».

La création d'une telle société chargée de signer de gros contrats avec Tripoli n'aurait pas été, en soi, une absurdité. L'absence de succès commerciaux des groupes français en Libye, parce qu'ils avançaient en ordre dispersé à travers un écheveau d'intermédiaires se tirant dans les pattes, était une réalité.

Pour corriger le tir, Ziad Takieddine préconise donc que ladite société négocie des contrats d'État à État avec la Libye. L'objectif recherché – et affiché – est d'écarter les industriels des négociations de contrats avec les Libyens, ainsi que leurs intermédiaires. Sait-on jamais, ils pourraient organiser le versement de rétro-commissions vers des politiques français hostiles aux sarkozystes ou mettre en place des chaînes de corruption malencontreuses en Libye…

Sous la plume de Ziad Takieddine, cette « Sofresa bis », habilitée à négocier et signer des contrats d'État à État, est parée de toutes les vertus… sarkozystes bien entendu : « Que les propositions se fassent au meilleur prix et surtout sans

1. Contacté par l'intermédiaire de son attaché de presse, Hervé Morin n'a pas donné suite à ma demande d'interview sur les relations franco-libyennes.

intermédiaire [*sic!*] ; cela évitera bien sûr la corruption en France et également en Libye. »

Pour un intermédiaire de haut vol comme Ziad Takieddine, mais intermédiaire tout de même, prôner des négociations d'État à État « sans intermédiaire » revient à scier la branche sur laquelle il est assis. D'où certaines questions. Quel était l'objectif véritablement poursuivi par cet homme qui, on le sait, travaillait alors main dans la main avec Claude Guéant, le secrétaire général de l'Élysée ? Défendait-il son pré carré, craignant que son rival Alexandre Djouhri ne surgisse à la dernière minute dans la négociation de certains contrats ? Ou bien le clan Sarkozy, épuisé par les guerres chiraco-villepino-sarkozystes, souhaitait-il prévenir tout hypothétique financement de ce qui subsistait des réseaux chiraquiens ? Au nom de la réunification des droites et du déploiement de l'État-Sarkozy, d'anciens chiraquiens conservaient en effet des fonctions clés, comme Michèle Alliot-Marie qui occupait, par exemple, le poste de ministre de l'Intérieur.

Karchériser le système de vente d'armes

Ce que Ziad Takieddine ne dit pas dans ses notes, c'est que la création de cette « Sofresa bis » pour la Libye répondait à une vieille demande de Tripoli. Déjà, sous Jacques Chirac, les militaires libyens, lassés des querelles entre intermédiaires français, réclamaient la mise en place de négociations d'État à État.

Ces revendications étaient alors suivies de très près par Maurice Gourdault-Montagne, le conseiller diplomatique de Jacques Chirac. Comme Claude Guéant sous Nicolas Sarkozy, Gourdault-Montagne avait la haute main sur les contrats. Après moult tergiversations et ruades d'industriels, l'Élysée accédera, sur le principe, aux demandes libyennes. Mais décidera que les négociations d'État à État devront se dérouler sous la houlette de la Sofresa, la société privée agissant pour le compte de l'État français en Arabie Saoudite[1].

La lettre *Intelligence Online* a été la première à s'étonner de cet étrange choix. Et à en relater les effets particulièrement chaotiques. Alors que le PDG de la Sofresa de l'époque, Michel Mazens, devait se rendre à Tripoli, invité par la fondation de Seïf el-Islam Kadhafi, « le principal négociateur d'EADS et président d'EADS International, Jean-Paul Gut (qui a déjà rencontré le colonel Mouammar Kadhafi il y a quelques semaines) aurait refusé de voir la Sofresa assurer le leadership » dans les négociations avec la Libye[2] ! Dans ses notes personnelles, qui ont été remises à la justice, Ziad Takieddine accuse Michel Mazens et Jean-Paul Gut d'appartenir à la « clique » des industriels chiraquiens, avec Alexandre Djouhri. Et ce n'est pas tout.

En juin 2004, le *New York Times* révélait que les Libyens auraient ourdi un complot pour assassiner le prince Abdallah d'Arabie Saoudite. L'Élysée ne sait plus alors sur quel pied danser : « Une intervention de la Sofresa en Libye ne pourrait que mécontenter gravement la partie saoudienne[3]. » Initialement, la Sofresa avait été créée pour négocier avec l'Arabie Saoudite, et l'imposer en Libye reviendrait, de fait, à la dévoyer aux yeux des Saoudiens.

Dès leur arrivée au pouvoir, les sarkozystes s'empresseront de « karchériser » la pauvre Sofresa. En 2008, elle devient l'Odas. La part de l'État, qui n'en possédait que 5 %, est portée à 34 %,

1. « L'Élysée confie les grands contrats à la Sofresa », *Intelligence Online*, n° 479, 24 juillet 2004.

2. *Ibid.*

3. *Ibid.*

pour signifier aux industriels que c'est désormais l'Élysée, à travers en particulier Claude Guéant, qui est aux commandes[1]. Le message semble avoir été reçu cinq sur cinq.

Sous le contrôle total de Claude Guéant

Tout rapatrier sous le commandement du secrétaire général de l'Élysée est une obsession sarkozyste. Comme par hasard, c'est exactement ce que propose Ziad Takieddine avec sa « Sofresa bis » pour la Libye. « L'enjeu est bien de la placer sous le contrôle total de Claude Guéant », écrit-il dans ses notes, avant de détailler le profil de celui qui pourrait assurer la présidence de la société et travailler sous les ordres de Guéant : « Un homme de terrain, ayant une grande expérience de l'export, et de ces pays. Quelqu'un d'intègre, technico-commercial. [...] Une personne qui a fait gagner nombre de contrats à sa société. »

Las, ce recrutement n'aura pas lieu. Le projet d'une « Sofresa bis » pour la Libye restera lettre morte, et il est difficile de savoir jusqu'où ont été les travaux préparatoires.

Seule certitude : en Libye, Ziad Takieddine a eu des discussions avancées sur le sujet avec ses interlocuteurs, qui avaient même désigné la personnalité libyenne chargée d'assurer les relations avec la future société. Il s'agit de « Mohamed Ismaïl, désigné par le Leader personnellement ». Mohamed Ismaïl était – et est resté – le bras droit de Seif el-Islam, alors présenté comme le successeur et le « coordinateur général » de la fratrie Kadhafi. Au plus fort de la guerre de Libye, en 2011, Ismaïl a joué les émissaires en Occident, notamment lors d'un voyage

1. « En Arabie Saoudite, Odas remplace la Sofresa », par Jean Guisnel, www.lepoint.fr, 4 juin 2008.

au Royaume-Uni où il a rencontré des officiels pour tenter de trouver une issue au conflit. En vain.

En juin 2007, après l'élection de Nicolas Sarkozy, Ziad Takieddine présente la désignation de Mohamed Ismaïl comme un choix qui « correspond à une volonté de faire en sorte, tout comme la France, de choisir un homme de confiance et de proximité pour pouvoir donner à cette société le rôle qui lui est dévolu ». Mais, contrairement à ce que l'intermédiaire prétend, la désignation d'Ismaïl par la partie libyenne témoigne de ce que les Libyens accordaient, à ce moment, peu de crédit à la « Sofresa bis ».

En effet, le patron d'Ismaïl, Seïf el-Islam, pesait alors peu dans les décisions d'achats de matériel militaire, de défense ou de sécurité, ces mêmes matériels censés justifier la création de la « Sofresa bis ». Dans la fratrie Kadhafi, les achats d'armes relevaient en réalité de trois autres fils du colonel. D'abord le benjamin Khamis, un vrai militaire aujourd'hui décédé et qui dirigeait la 32e Brigade. Forte de 10 000 hommes, dont nombre de survivants ont aujourd'hui trouvé refuge en Malaisie, celle-ci était réputée la plus performante du pays.

Un autre fils du Guide avait son mot à dire dans les achats d'armes : Moatassim, qui sera assassiné par les rebelles en 2011, après avoir été capturé. Rival de Seïf el-Islam pour la succession de Kadhafi, il a présidé le Conseil de sécurité nationale et possédait son unité d'élite. Un troisième fils du colonel avait également voix au chapitre : Saadi Kadhafi, actuellement réfugié au Niger, on l'a dit, plus connu en Occident pour son passé de footballeur que pour ses aptitudes militaires. Cela ne l'a pas empêché de diriger un temps les Forces spéciales libyennes en charge de la lutte antiterroriste.

Quand Seïf el-Islam intriguait à l'ambassade américaine

Un télégramme diplomatique américain du 14 décembre 2009, révélé par Wikileaks, raconte une incroyable anecdote qui lève le voile sur la partie de billard à plusieurs bandes à laquelle se livrait alors Seïf el-Islam au moment où la création de la « Sofresa bis » était envisagée.

En 2009, le fils du Guide intriguait auprès des représentations occidentales pour s'immiscer dans les ventes d'armes à la Libye et, dans le même temps, soignait ses relations avec son frère Khamis. Ce dernier, qui nourrissait de grandes ambitions pour sa Brigade, voulait acquérir les meilleurs équipements militaires… D'une pierre deux coups pour Seïf el-Islam, mais toujours au nom d'une même aspiration : succéder au colonel Kadhafi.

Afin de ne pas s'exposer inutilement, Seïf el-Islam envoyait souvent son homme de confiance, Mohamed Ismaïl, nouer des liens et négocier avec les uns et les autres. C'est le cas, en ce début du mois de décembre 2009, où Mohamed Ismaïl rencontre des diplomates de l'ambassade américaine à Tripoli.

Conformément à la ligne de son patron, il leur expose qu'il s'intéresse aux achats d'armes et tente de convaincre Washington d'autoriser l'exportation d'hélicoptères de guerre pour la 32e Brigade de Khamis Kadhafi.

Quand les Américains lui demandent si Seïf est désormais la personne à qui il convient de s'adresser pour les questions militaires ou sécuritaires, Ismaïl marque une longue pause. Non, l'ambassade américaine doit continuer de travailler avec le bureau de Moatassim Kadhafi, le chef du Conseil de sécurité. Sans oublier d'envoyer une copie des informations… au bureau de Seïf el-Islam ! Commentaire désabusé des diplomates américains : cette prudence « semble indiquer que l'intérêt de Seïf pour ces questions est encore informel » et qu'il agit sans l'autorisation explicite de son père.

Morale de l'histoire : en s'adossant au Seïf el-Islam de la fin des années 2000, la « Sofresa bis » et Ziad Takieddine auraient eu bien peu de chance de conclure des contrats d'armement avec la Libye à court terme. Bien sûr, la situation aurait été tout autre si Seïf avait succédé à son père.

Si tant est que Claude Guéant, qui supervise alors depuis l'Élysée, la diplomatie parallèle de la France, notamment en Afrique et dans le monde arabe, ait eu conscience de ces subtilités libyennes, cela ne l'aura pas empêché de confier à Takieddine des missions très secrètes…

12

La diplomatie secrète de l'Élysée

Nicolas Sarkozy a donné carte blanche à Claude Guéant pour conduire la diplomatie secrète de la France. Des voyages placés sous le sceau du secret que le secrétaire général de l'Élysée accomplit de préférence le week-end. Invariablement, les journalistes apprenant sa présence dans tel pays arabe ou africain se heurtent au service de presse de l'Élysée. On ne dément pas, on ne confirme pas, on ne commente jamais les éventuels déplacements de « monsieur Guéant », qui ne figureraient pas à son agenda officiel.

Depuis que Ziad Takieddine est empêtré dans ses démêlés judiciaires liés à des ventes d'armes au Pakistan et à l'Arabie Saoudite, Claude Guéant a pris ses distances et minimise les bonnes relations qu'il a entretenues avec lui jusqu'au milieu de la présidence de Nicolas Sarkozy. Un lâchage en bonne et due forme, qui met l'orgueilleux franco-libanais hors de lui. Alors, de dépit aussi, l'homme distille venin et petites confidences dans les médias.

Dans son autobiographie[1], Takieddine rappelle ainsi que, de 2003 à 2010, Claude Guéant et lui ne se sont pourtant « jamais perdus de vue, que ce soit pour le contrat Miksa, la prise de contact avec Kadhafi ou les grandes manœuvres en

1. *L'Ami encombrant*, *op. cit.*

Syrie et au Liban». Mieux, il n'y aurait pas eu «de semaine» sans que les deux hommes se parlent. «Il était au courant de toutes les démarches que j'entreprenais, et j'ai fait partie de la quasi-totalité des voyages qu'il a effectués dans ces pays», écrit Takieddine.

Quand Claude Guéant rencontre le fils Kadhafi chez Takieddine

Une anecdote illustre à quel point les deux hommes travaillaient de concert sur le dossier libyen. Elle émane d'un Français, fin connaisseur du régime de Mouammar Kadhafi, en poste dans un domaine sensible et qui a accepté de s'exprimer sous couvert d'anonymat.

«Après l'élection de Nicolas Sarkozy à l'Élysée et la libération des infirmières, je devais organiser la première rencontre officielle entre Claude Guéant et le fils de Kadhafi, Seïf el-Islam, à Paris. Il était prévu que Guéant reçoive Seïf à l'Élysée et que Sarkozy sorte de son bureau… Mais ça ne s'est pas du tout passé comme ça! Sans prévenir, le fils d'Abdallah Senoussi a récupéré Seïf en bas de son hôtel parisien et l'a conduit chez… Ziad Takieddine! C'est là, au domicile d'un intermédiaire en armement, que le secrétaire général de l'Élysée a rencontré pour la première fois officiellement le fils Kadhafi. Ce n'est pas normal. Ça ne peut pas, ça ne doit pas se passer comme ça.» D'un mot cruel, il ajoute: «Entre Takieddine et Guéant, on se demande bien qui drivait qui[1].»

D'autres proches de Nicolas Sarkozy pointent également le penchant naturel du secrétaire général de l'Élysée pour les

1. Entretien avec l'auteur, le 15 janvier 2013.

hommes de l'ombre. « Claude a un goût prononcé pour le secret, le pouvoir occulte. Quoi que l'on dise, à son niveau, on n'a pas besoin d'intermédiaires. On peut prendre son téléphone et joindre n'importe qui sans passer par un tiers. Donc, c'est que Claude a un tropisme pour ces gens qui ne servent à rien. D'ailleurs, Nicolas détestait cela. Il savait et n'approuvait pas tout[1]. » Ce dernier point reste à démontrer…

Dans le courant de l'année 2008, la relation semble suffisamment solide entre Claude Guéant et Ziad Takieddine pour que l'intermédiaire multiplie les offres de services. Habile, il met à profit ses liens avec le numéro deux du régime libyen, Abdallah Senoussi. Le fait que Senoussi ait été condamné à perpétuité, par contumace, pour son implication dans l'attentat contre le DC10 d'UTA ne dérange plus personne au sommet de l'État français. Surtout quand il y a une action à mener susceptible de renforcer la stature internationale de Nicolas Sarkozy.

Après la libération des infirmières bulgares, en juillet 2007, le président s'est fixé comme challenge de sortir la Franco-Colombienne Ingrid Betancourt de la jungle colombienne où les guérilleros des FARC la maintiennent en captivité depuis 2002. Parier sur la Libye n'est pas absurde.

En août 2000, Tripoli avait en effet obtenu la libération de plusieurs otages occidentaux, retenus sur l'île philippine de Jolo par les séparatistes musulmans du groupe Abou Sayyaf. Le 29 août 2000, six d'entre eux – dont les trois Françaises : Maryse Burgot, journaliste à France 2, Sonia Wendling et Marie Moarbès – arrivaient à Tripoli où les Libyens organisèrent des festivités devant Bab Azizia, le QG de Mouammar Kadhafi, bombardé par les Américains en 1986.

1. Entretien avec l'auteur, le 15 novembre 2012.

Pour l'occasion, Charles Josselin, ministre délégué à la Coopération et à la Francophonie, avait fait le déplacement. Il va de soi que les Libyens avaient payé une rançon à Abou Sayyaf – on parlait à l'époque d'un million de dollars par otage –, mais Tripoli se contentera d'évoquer pudiquement un financement de projets de développement dans le sud des Philippines[1]. Une déclaration qui laisse plutôt sceptique quand on sait que la Libye finançait de longue date les guérillas de cette région[2]...

Chavez à la rescousse de Takieddine

C'est un « coup » semblable que Ziad Takieddine veut jouer avec Ingrid Betancourt. Utiliser le régime de Mouammar Kadhafi pour entrer en contact avec les FARC colombiennes et négocier. L'un des canaux de transmission peut être le Venezuela d'Hugo Chavez, qui a toujours soutenu les FARC et... Kadhafi. Même au plus fort de la guerre de Libye.

Ainsi, le 13 septembre 2011, Chavez manifeste bruyamment son soutien au Guide. En plein conseil des ministres, il lit une lettre d'appel au secours que lui a envoyée Kadhafi. Puis entame, au cri de *Viva Libia!*, une interminable diatribe contre « l'impérialisme européo-yankee ». « Ceux qui font le plus honte, c'est certains gouvernements européens qui, jusqu'à il y a peu, allaient à Tripoli pour supplier Kadhafi afin qu'il dépose ses réserves qui étaient de presque 200 milliards de

1. Dépêche Associated Press, « Otages de Jolo : la Libye accepte de payer l'intégralité de la rançon exigée par le groupe Abou Sayyaf », 22 août 2000.

2. Arnaud Dubus, « Début de négociations sur les otages de Jolo. L'ex-ambassadeur libyen à Manille est chargé des tractations », *Libération*, 10 mai 2000.

dollars. Maintenant, ils ont tout gelé. [...] Des gouvernements européens demandaient à Kadhafi qu'il transfère 10 milliards de dollars par-ci, 5 milliards par-là. Il me l'a dit! Il m'a montré, y compris des lettres de gouvernants européens, de ministres: "Ne pourriez-vous pas nous déposer 10 milliards de petits dollars dans cette banque?" »

C'est un Hugo Chavez plus martial que jamais qui conclut son allocution d'un salut militaire: « Kadhafi, camarade, compagnon. Salam Aleykoum. Vis, vis, nous vivrons. [...] Vis! Bataille mon frère! »

Aujourd'hui, ni l'un ni l'autre ne sont plus de ce monde. Kadhafi a été lynché un mois et une semaine après la manifestation de soutien de son « frère » en révolution, Chavez est décédé d'un cancer le 5 mars 2013.

Mais en avril 2008, Ziad Takieddine frappe à la bonne porte. Il ne peut pas ignorer que des contacts existent entre les FARC et la Libye. Un mois plus tôt, le numéro deux de la guérilla, Raul Reyes, est abattu par l'armée colombienne, qui met la main sur un véritable trésor de guerre: trois ordinateurs portables qui révèlent, entre autres secrets des FARC, leurs liens avec Tripoli.

Un échange de mails entre Raul Reyes et un autre dirigeant de la guérilla fait état d'un voyage des FARC en Libye, vraisemblablement en 2000. Surtout, il mentionne une demande écrite adressée au colonel Kadhafi, le 4 septembre 2000, pour un prêt de 100 millions de dollars, remboursable en cinq ans, afin d'acquérir des missiles.

Des années plus tard, en juin 2008, un journal nicaraguayen, qui affirme avoir eu accès au contenu des ordinateurs du chef guérillero, publie une lettre que Raul Reyes a adressée le 22 février 2003 au leader sandiniste Daniel Ortega, qui était alors dans l'opposition nicaraguayenne. L'objet de ce surprenant courrier : qu'Ortega intervienne auprès de Kadhafi pour débloquer le prêt[1], car les Libyens ne donnent plus signe de vie. Dans ce contexte, il ne faut pas s'étonner qu'en 2011 le président colombien, Juan Manuel Santos, se soit félicité de la disparition de Kadhafi…

Ziad Takieddine ne s'encombre pas de ces arrangements entre révolutionnaires. Il détaille son plan dans une note, probablement adressée à Claude Guéant et rédigée le 17 avril 2008[2]. « La Libye, par l'intermédiaire de Seïf el-Islam et son père, établiront les contacts et démarches avec le président Hugo Chavez et les FARC – exclusivement – et donneront à la France les éléments qui aideront les contacts et démarches françaises avec le président Uribe. » D'une pierre deux coups, en quelque sorte.

La démarche doit rester ultra-secrète et, pour ses échanges avec Claude Guéant, Takieddine demande qu'« une ligne sécurisée afin de faciliter les transmissions ZT/CG[3] » soit prévue. Un brin parano mais, aux dires de l'intermédiaire, le jeu a l'air d'en valoir la chandelle. D'après les contacts libyens de Ziad Takieddine, « la libération interviendra dans un maximum de 45 jours ». Il évoque même le fait qu'« un ministre français (Hortefeux ?) » ira chercher l'otage. Il n'en sera finalement rien.

Toujours dans sa note, l'intermédiaire sarkozyste énumère même les conditions posées par Tripoli pour intervenir dans le dossier Betancourt. Tout d'abord, Nicolas Sarkozy doit donner

1. « Farc pidio a Ortega mediar ante Gadafi para prestamo, segun correo de Reyes », article publié dans le journal colombien *El Espectador*, le 27 juin 2008.

2. Fabrice Arfi et Karl Laske, « Pour l'Élysée, Takieddine espérait aussi faire libérer Ingrid Betancourt », Mediapart, 18 octobre 2011.

3. Dans ses notes personnelles, Ziad Takieddine a l'habitude de désigner les personnes par leurs initiales. Par exemple, CG pour Claude Guéant.

son accord sur la démarche. « Ceci peut être démontré par une simple conversation téléphonique ou un remerciement pour l'action, sans rentrer dans les détails, entre les deux présidents. »

La France doit ensuite désigner une personne qui traitera cette affaire dans l'Hexagone. Son rôle consistera à « recevoir les informations et établir le nécessaire pour l'action de la France envers le président Uribe ». Au fait de l'animosité entre le président colombien (Alvaro Uribe) et Hugo Chavez, Takieddine précise bien que seule la France doit être en contact avec les Colombiens.

Pendant logique du côté vénézuélien, « la Libye interviendra directement avec le président Chavez et les FARC, exclusivement en rendant compte de tout régulièrement à la France, pour déterminer ce qui doit être fait avec la Colombie (par la France) ». Au passage, Ziad Takieddine en profite pour piquer le ministre des Affaires étrangères, Bernard Kouchner, qui semble prendre un malin plaisir à piétiner sa diplomatie parallèle. « Confirmation de l'arrêt de toute déclaration sur ce sujet par quiconque, notamment celles émanant du côté français (BK et autres) », écrit-il dans sa note.

Enfin, les États-Unis, exécrés par Chavez, ne doivent pas être tenus informés de cette initiative franco-libyo-vénézuélienne, et il faut de surcroît mettre un terme à « toute action ou affirmation, de la non-volonté française d'utiliser des soldats pour arriver à la libération d'Ingrid ».

Au final, Ingrid Betancourt sera libérée le 2 juillet 2008. Par l'armée colombienne, on s'en souvient, lors d'une opération spectaculaire.

Un monde si petit

La Colombie n'est pas un pays inconnu de Ziad Takieddine. En 2003 ou 2004, il s'y était rendu, avec femme et enfants, rendre visite à son ami Thierry Gaubert. Alors marié à la princesse Hélène de Yougoslavie, Gaubert est un ancien collaborateur de Nicolas Sarkozy, mis lui aussi en examen dans le volet financier de l'affaire Karachi.

Ziad Takieddine reconnaît volontiers avoir connu Gaubert au début des années quatre-vingt-dix et s'être lié d'amitié avec lui. Tout comme leurs deux épouses qui ont, depuis, entamé chacune des procédures de divorce particulièrement conflictuelles avec leurs maris. Mais la justice soupçonne l'intermédiaire d'avoir remis de l'argent liquide à Thierry Gaubert, à Genève, en Suisse. Ziad Takieddine le nie catégoriquement, mais reconnaît avoir prêté de l'argent à Thierry Gaubert, « par virement », lorsqu'il en avait eu besoin dans le passé[1].

Les passages à vide financiers de Gaubert ne l'empêchent pas d'acquérir, sans le signaler au fisc français, une somptueuse propriété en Colombie, à 150 kilomètres de la capitale, Bogota, dans les années quatre-vingt-dix. Le site web Mediapart y a consacré un excellent reportage, photos à l'appui[2]. Connue dans les environs comme « le monastère » – la propriété possède deux tours visibles de loin –, elle porte en réalité le nom de Cactus. Et s'apparente à un palais : d'une superficie de 1 000 mètres

1. Le 20 juin 2013, Ziad Takieddine a reconnu devant la justice avoir remis de l'argent à Thierry Gaubert dans le cadre du financement occulte de la campagne présidentielle de 1995 d'Édouard Balladur. L'avocat de Thierry Gaubert a démenti les accusations de Ziad Takkiedine.

2. Karl Laske et Fabrice Arfi, « En Colombie, le palais caché d'un homme du président », Mediapart, 1er décembre 2011.

carrés sur un terrain d'une quarantaine d'hectares, une immense piscine en forme de trèfle, des employés permanents, des chevaux pour jouer au polo…

À l'époque de leur mariage, les époux Gaubert aiment y séjourner en fin d'année, pendant la semaine sainte. L'occasion de recevoir du beau monde : l'establishment colombien, mais aussi Olivier Dassault, le fils de Serge, ou l'actuel PDG d'Air France, Alexandre de Juniac, font à l'occasion partie des invités.

Depuis, la justice française cherche à déterminer comment l'achat de Cactus a été financé. À quelques centaines de mètres à peine de celle-ci, se trouve une autre propriété, tout aussi somptueuse. Elle appartient à un autre Français. Son nom ? Jean-Philippe Couzi. Ce dernier est l'ami de Thierry Gaubert ainsi que de Nicolas Bazire, l'ancien directeur de cabinet d'Édouard Balladur, également mis en examen dans le volet financier de l'affaire Karachi. Les anciennes épouses Gaubert et Takieddine ont soutenu devant la justice que leurs maris lui remettaient de l'argent lorsqu'il travaillait aux côtés de Balladur.

Bazire, lui, « nie formellement toute remise d'argent par l'un ou par l'autre ». Pour couronner le tout, Jean-Philippe Couzi est l'ancien mari d'Astrid Betancourt, la sœur d'Ingrid. Le monde est décidément bien petit. Karachi, Tripoli… Ziad Takieddine est l'un des traits d'union entre les grands scandales de la République. Mais un dossier au moins lui aura échappé : celui de la vente du Rafale au colonel Kadhafi.

13

Le mirage du Rafale

Peu de gens le savaient et moins encore y avaient accès : après la visite de Nicolas Sarkozy à Tripoli, en juillet 2007, un dossier secret sur les relations entre la France et la Libye a été créé au ministère des Affaires étrangères libyen. « Il y avait deux dossiers : l'officiel, que beaucoup de monde pouvait consulter, et l'officieux, qui était en accès très restreint. Y étaient notamment consignés les comptes rendus des réunions secrètes entre les Français et les Libyens au sujet des contrats. Ce dossier était caché dans une armoire fermée à clé du ministère des Affaires étrangères, département des Affaires européennes, sous-département France », affirme Zohra Mansour. Elle est bien placée pour connaître l'existence et le contenu de ce dossier secret : elle travaillait dans le service qui le gérait au sein du ministère des Affaires étrangères libyen. « C'était le docteur Zidane M'barak, un ami de Seïf el-Islam, qui avait la responsabilité de ce dossier secret et je travaillais au quotidien avec lui. »

Hélas, le Zidane en question, dont la famille réside en France, n'a plus donné signe de vie depuis août 2011. Selon un avocat français qui l'a connu, « Zidane serait mort en 2011, les armes à la main, à l'hôtel Rixos de Tripoli ». Même si son corps n'a pas été retrouvé, un diplomate français confirme : « Zidane était bien un proche de Seïf el-Islam et s'occupait bien de la France pour certains aspects diplomatiques. Selon mes informations, il est effectivement décédé à l'hôtel Rixos. » Plus précisément, la dernière fois que Zidane M'barak a été aperçu vivant, c'était au moment où trente-cinq journalistes étrangers sont restés coincés plusieurs jours à l'intérieur du Rixos, lors de la chute de Tripoli, vers le 20 août 2011. Zidane M'barak, ainsi que deux de ses camarades, ont été aperçus sortant de l'hôtel – avant de disparaître à tout jamais.

En avril 2011, Seïf el-Islam lui avait confié, ainsi qu'à un autre ami qui résidait à Londres, la direction de l'Association pour la vérité, qui essayait de sensibiliser les médias occidentaux au sort des civils tués sous les bombardements de la coalition.

Trois réunions avec Claude Guéant à Tripoli

Le dossier secret des relations franco-libyennes étant aujourd'hui considéré comme perdu, il faut se fier à la parole de celles et ceux qui ont eu à y intervenir. Zohra Mansour en garde un souvenir précis. Elle se rappelle avoir elle-même tapé les comptes rendus de trois réunions liées à des contrats auxquelles Claude Guéant a participé, à Tripoli. Au menu des discussions : l'avion de chasse Rafale et le nucléaire. Deux sujets qui ont déchaîné les passions et qui ont fait l'objet de discussions entre Français et Libyens jusqu'en 2010.

« Une réunion où l'on a parlé du Rafale a eu lieu en 2009 à Tripoli entre Claude Guéant et Seïf el-Islam. Une autre réunion, sur le nucléaire cette fois, s'est tenue en mars ou en avril 2010. Ça s'est déroulé au domicile de Seïf el-Islam, en présence de Seïf, Claude Guéant, Ali Mohamed Gashut[1] et Zidane M'Barak. La troisième réunion dont j'ai connaissance s'est également tenue

1. Ancien directeur du Libyan Atomic Energy Establishment.

en 2010, dans les bureaux du Premier ministre. Il y avait là Claude Guéant, Abdallah Senoussi et Moussa Koussa. Je ne me souviens plus de quoi ils ont parlé. »

Zohra Mansour se rappelle aussi d'une très discrète réunion qui s'est tenue à Paris, le 20 janvier 2010. Avaient fait le déplacement le général Abderahmane Essid[1], Abdelati Obeidi, qui dirigeait alors le département des affaires européennes au sein du ministère des Affaires étrangères, un certain Brahim Basbas, Zidane M'barak et Claude Guéant. Ils ont fait le point sur tous les projets de contrats en cours qui n'aboutissaient pas. Après avoir longtemps réfléchi, Zohra Mansour souhaite aujourd'hui être entendue par la justice française pour raconter tout ce qu'elle sait des relations franco-libyennes sous Nicolas Sarkozy.

Quoi qu'il en soit, le cas le plus emblématique des échecs en matière de contrats d'armement est sans conteste celui du Rafale, l'avion de chasse du groupe Dassault. Entre la libération des infirmières bulgares en juillet 2007 et la visite de Mouammar Kadhafi à Paris en décembre 2007, s'est ouverte une période stratégique pour la vente de cet avion qui n'avait pas encore trouvé preneur sur un marché étranger. Pire, suite à de graves cafouillages, il avait connu un échec retentissant au Maroc en 2007. Au point que Nicolas Sarkozy avait créé, à l'Élysée, une *war room*, sorte de cellule opérationnelle chargée de mieux suivre et coordonner les négociations des grands contrats en matière d'armement[2].

1. Responsable des achats militaires libyens.

2. Au moment de sa création, la *war room* de l'Élysée réunissait le chef d'état-major particulier du président, le secrétaire général de l'Élysée, le secrétaire général adjoint, François Pérol, ainsi que des collaborateurs du Premier ministre, de Bercy, du Quai d'Orsay et de la Défense.

Le contrat du siècle

En cette deuxième partie de l'année 2007, alors que tous les espoirs sont encore permis, les industriels français et leurs agents sont dans les starting-blocks. Le colonel Kadhafi a fait savoir par différents canaux que, sous réserve que sa visite en France lui donne entière satisfaction, il pourrait se porter acquéreur d'un système d'armement complet. Parler de contrat du siècle n'est pas excessif.

Outre le Rafale de Dassault, les besoins exprimés portent sur 25 hélicoptères d'Eurocopter pour un montant de 500 millions d'euros[1], un système de défense aérienne de Thales pour un milliard d'euros, la mise à niveau des vedettes Combattante ou l'achat de nouvelles vedettes, une mise à niveau électronique de certains blindés, un système de surveillance maritime, des bateaux pour les Forces spéciales, un système de surveillance des frontières, des véhicules Panhard et, bien sûr, des munitions à profusion pour toutes les forces armées. Trop beau pour être vrai ?

L'intermédiaire en armement Bernard Cheynel, qui était alors à la manœuvre en Libye pour Thales, explique en quoi une telle commande était parfaitement réaliste. « Si le montant des contrats envisagés nous apparaît exceptionnel dans sa globalité, n'oublions pas qu'il n'en est rien du point de vue libyen. » C'est en effet ainsi que les Libyens gèrent, équilibrent leurs relations internationales – comme le montre l'attribution des contrats à différents pays qui sont parvenus à définir un mode d'entente avec Kadhafi. « Les Américains ont déjà "récolté" plus de 50 %

1. Très précisément 10 Fenec, 10 Super Puma, 2 Super Puma VIP et 3 Tigre.

des contrats pétroliers et gaziers dans le pays, alors que les Anglais ont récemment signé pour un milliard de dollars de contrats dans le même domaine. »

Bernard Cheynel affirme tenir alors ses informations « de la bouche du cheval », en l'occurrence le général Kharroubi, « compagnon historique du colonel Kadhafi » qui a accueilli Nicolas Sarkozy sur le tarmac de l'aéroport lors de sa visite en juillet 2007.

Quand les Français cafouillent

Dans ce contexte prometteur, un événement pourrait bien permettre aux Français et au Rafale de marquer le point décisif. À la toute fin du mois d'octobre 2007, les Libyens organisent un événement dont ils sont particulièrement fiers : le Lavex 2007. Il s'agit du salon de l'aviation et de l'aéronautique qui se tient à l'aéroport de Mitiga, dans la banlieue est de Tripoli. « Ce salon représente l'ultime occasion d'exportation à court terme de l'avion de chasse multirôles de Dassault, dont deux exemplaires [étaient] présents » pour une démonstration en vol, insiste Bernard Cheynel.

Chasseurs Rafale et Mig 29 nouvelle génération, hélicoptères Tigre d'Eurocopter, MI35, des modèles italiens d'AgustaWestland, l'avion d'affaire américain Cessna 2GC... De nombreuses nouveautés sont exposées et enchaînent les acrobaties dans les airs. Pourtant, deux appareils l'emportent à l'applaudimètre : le Rafale, très attendu, et, surprise, l'hélicoptère Tigre d'Eurocopter. Pourtant, ce dernier avait bien failli ne pas être de la fête. Explication de Bernard Cheynel : « L'exemplaire de démonstration de l'entreprise européenne ne pouvait être présenté à Tripoli en raison d'un veto allemand.

C'est donc un appareil en service dans l'armée de l'air française qui a été finalement exhibé…

À l'image de l'embrouillamini franco-allemand au sujet de la présence du Tigre, le succès de la démonstration du Rafale ne suffit pas à masquer les erreurs commises par les Français alors même que des milliards d'euros et des emplois sont en jeu.

Ces erreurs, errements, couacs, quiproquos et autres querelles indignes, Bernard Cheynel les a soigneusement consignés dans un rapport rédigé le 2 novembre 2007, destiné à François Pérol[1], alors secrétaire général adjoint de la présidence de la République et membre de la *war room* élyséenne.

Première erreur majeure, selon Cheynel, ladite « *war room* n'a apparemment pas vocation à être sur le terrain, aucun signe [de sa présence] en Libye, alors que le contrat Rafale est considéré comme essentiel » ! Puis l'intermédiaire qui, rappelons-le, travaille sur la Libye depuis les années quatre-vingt-dix, pointe la regrettable absence du ministre de la Défense, Hervé Morin, au Lavex 2007. « Un facteur affaiblissant, alors que nous savons que le colonel Kadhafi prévoit un déplacement à Paris début décembre et que notre ministre de la Défense était en déplacement dans la région. »

Pire, déplore Cheynel, « personne n'a eu la capacité de le convaincre de passer, ne serait-ce qu'une heure, sur le tarmac de la base de Mitiga ». Une telle présence « aurait été fortement appréciée par Mohamed Kadhafi, qui représentait son père », et aurait permis d'éviter que les Libyens crient au « manque d'intérêt politique de la France ».

1. Aujourd'hui, François Pérol est le président du directoire du groupe BPCE, né de la fusion, en 2009, du groupe Banque populaire et des Caisses d'épargne. En 2012, une instruction judiciaire a été ouverte sur les conditions de son arrivée à la tête de la BPCE, dont il avait supervisé la création.

Dans son rapport, Bernard Cheynel poursuit la litanie des boulettes françaises qui, outre l'absence de coordination, procèdent aussi d'une arrogance qui hérisse plus d'un officiel au Maghreb. « Le colonel Kadhafi voit alors certains de ses plus éminents collaborateurs attendre plus que de raison des visas pour eux-mêmes ou leurs enfants. Que notre consul vienne d'être nommé n'est pas une excuse valable à leurs yeux. » Les cas mentionnés sont tout simplement incompréhensibles.

– « Monsieur Suliman Targhi [...], directeur de cabinet du ministre de la Défense Aboubaker Younis (compagnon historique du colonel Kadhafi) me déclare : "Dois-je demander un visa Schengen aux Italiens et passer par Rome pour venir en France ? J'avoue ne pas comprendre." »

– « Le colonel Omar Abdoul Gawad, l'un des signataires libyens de tous les contrats d'armement (dont ceux qui concernent nos industriels), qui, après avoir patienté sans broncher, se voit finalement attribuer un visa à entrée unique, ce qu'il considère comme un affront. »

– « La fille aînée du capitaine Giamal Basha Agha, qui anime [le capitaine] efficacement depuis six ans le réseau qui défend les intérêts français (100 millions d'euros déjà réalisés, mais également 500 millions réalisés avec des sociétés étrangères européennes). [...] Cette étudiante en première année de médecine en Libye souhaite pouvoir étudier en France, son père Giamal est propriétaire d'un logement à Lyon, il souhaite devenir résident français. Ironie de l'histoire, depuis plus de deux ans, ce membre du Moukhabarat[1] libyen a fait émettre environ un millier de visas libyens au profit des collaborateurs de notre industrie de Défense et toujours en moins de quarante-huit heures... Pour ne rien arranger, le frère de monsieur est

1. Service de renseignement.

l'aide de camp depuis près de quinze ans d'Abdallah Senoussi, le numéro deux du régime de Kadhafi ! »

Le prince Harry d'Angleterre plus efficace que la task force française ?

Mais voici sans doute, selon Bernard Cheynel, le cas de dysfonctionnement le plus grave. Le plus invraisemblable aussi. « Thales a présenté à la vente un système C3I[1], d'un montant de 115 millions d'euros, destiné aux Forces spéciales, dirigées par Khamis Kadhafi, l'un des fils du Guide. »

« Ce "petit" contrat préfigur[ait] la commande du même système pour l'ensemble des forces militaires libyennes, soit l'équivalent d'environ 1 milliard d'euros. Les Anglais ne s'y sont pas trompés et ils défend[irent] activement une proposition qui [était] plus coûteuse et sans doute moins performante que la nôtre. En revanche, leur Premier ministre, Gordon Brown lui-même appu[ya] de tout son poids cette proposition de l'anglo-américain General Dynamic UK. » Et pour « couronner » le tout, le prince Harry d'Angleterre est [venu] cette semaine en visite à Tripoli et a rencontré Seïf el-Islam Kadhafi…

Face à l'atonie française, l'entourage du colonel Kadhafi (notamment le général Kharroubi) affirme que « s'ils ne reçoivent pas sous soixante-douze heures » un signal fort du plus haut niveau politique français (« au-delà de notre ministre de la Défense », dixit le général Kharroubi), les Libyens seront contraints d'opter pour l'offre britannique. « Une confirmation auprès du directeur de cabinet du colonel Kadhafi, M. Bachir Saleh, qui est en prise directe avec le secrétaire général de l'Élysée, M. Claude Guéant,

1. Command, Control, Communications and Intelligence.

semble nécessaire et urgente », prévient Bernard Cheynel. C'est le moins que l'on puisse dire.

Un fils Kadhafi réclame 10 % sur le contrat du Rafale !

Avec le recul, c'est-à-dire après la chute du régime de Mouammar Kadhafi, certains acteurs de l'industrie de l'armement ont acquis la conviction que Kadhafi ne voulait pas du Rafale, et que rien n'y aurait fait. Et chacun d'avoir sa petite explication sur le pourquoi du comment de l'échec de ce qui aurait pu devenir le premier marché d'exportation de l'avion.

Honneur à celui qui ose témoigner à visage découvert, Bernard Cheynel. « À un moment donné, Nicolas Sarkozy s'est mis à penser au Rafale, au Rafale et encore au Rafale. Puis, Saadi Kadhafi est arrivé, mandaté par son père. Et il a réclamé 10 % ! Oui, 10 % ! Dans un pays comme la Libye, on ne peut pas dégager une somme pareille. Cela est envisageable dans des pays où il y a des sous-traitants industriels de qualité avec qui l'on peut s'arranger. Ce qui n'est pas le cas de la Libye. L'affaire a été tout de suite bloquée, mais Sarkozy et Claude Guéant ont continué à parler du Rafale avec les Libyens. Dans le métier, on appelle cela les “danses rituelles”. On sait pertinemment qu'il n'y aura pas de résultat, mais ça permet de parler d'autres choses, d'attirer d'autres business. »

Selon un diplomate libyen qui souhaite rester anonyme, les restrictions de ventes d'armement au régime de Kadhafi seraient également en cause. « En 2009, lors d'une réunion entre Seïf el-Islam et Claude Guéant, Seïf a dit : “On achète le Rafale avec la même technologie que les Émirats arabes unis." » La réponse de Claude Guéant aurait été : « Non, car il y a une technologie américaine que les Américains refusent de vendre aux Libyens. »

Enfin, cette source française, très liée au monde de l'armement, avance d'autres explications. « D'abord, Dassault ne jurait que par Bachir Saleh, qui est proche d'Alexandre Djouhri. C'était une grosse erreur d'aiguillage, car Bachir Saleh n'appartenait pas à la famille Kadhafi et n'avait pas, à cette époque, de poids dans les très gros deals. Par ailleurs, Seïf el-Islam trouvait que le Rafale était trop cher et, pour que les Libyens l'achètent, il aurait fallu que Kadhafi père l'exige. Ce qui n'a pas été le cas. Donc, non, les Libyens ne voulaient pas vraiment le Rafale. Ce qui est sûr, par contre, c'est qu'ils voulaient le missile Scalp et, ça, c'était vraiment hors de question. » Trop gourmands, les Libyens ne l'ont pas seulement été pour les achats d'armes. Ce fut aussi le cas en matière pétrolière.

14

Les aventures de Total en Libye

Mercredi 21 janvier 2009. L'université américaine de Georgetown est sens dessus dessous. Le colonel Kadhafi s'apprête à y donner une conférence par satellite sur le conflit israélo-palestinien ou, plus exactement, sur sa « solution » pour mettre fin au conflit. Regard fuyant la caméra qui le filme depuis Tripoli, il rajuste ses lunettes sur son nez, remet en place sa coiffe, lisse sa tenue. Le Guide est visiblement mal à l'aise à l'idée de s'adresser à un public majoritairement composé d'Américains. Il s'exprimera pourtant pendant une heure trente, provoquant avec délectation son auditoire.

Sa solution au conflit porte sur la création d'un État unique où les Palestiniens, « de toutes religions », vivraient en paix. Plutôt que d'appeler cet État « Isratine », comme il l'avait un temps envisagé, Kadhafi préfère parler de « solution finale ». On imagine l'émoi dans la salle de l'université. Il préconise en outre l'expulsion pure et simple des Juifs originaires de Russie, d'Europe de l'Est et d'Éthiopie : seuls les Juifs d'origine palestinienne auraient le droit de rester. Aux autres, il suggère de créer un État en Alaska ou à Hawaï, donc sur le territoire américain…

Ce ne sont pas ces propos outranciers qui retiennent alors l'attention de la diplomatie américaine. Non, ce sont des mots autrement plus terre à terre : lors de son allocution, Mouammar Kadhafi a menacé de nationaliser le gaz et le pétrole libyens.

Bien sûr, une telle décision serait difficile à assumer sur la scène internationale, mais elle est techniquement réalisable. Il faut en effet savoir qu'en Libye, c'est une entreprise publique et nationale, la National Oil Corporation (NOC), qui gère le secteur des hydrocarbures. À ce titre, elle négocie et signe les contrats permettant aux multinationales étrangères de s'implanter en Libye au travers, notamment, de *joint ventures* avec la NOC ou l'une de ses filiales.

Si les États-Unis ne sont pas les premiers acheteurs de pétrole libyen – l'Italie, la France et la Chine occupent les trois premiers rangs –, la menace d'une nationalisation provoque un tollé au sein du Département d'État. Il faut dire que, sous couvert de diplomatie, les Américains sont particulièrement attentifs aux problématiques d'approvisionnement énergétique de leur pays. Ordre est donc donné aux diplomates en poste à l'ambassade de Tripoli de mener l'enquête. Le colonel Kadhafi a-t-il réellement l'intention de passer à l'acte ou joue-t-il une énième partie de billard à trois bandes ?

Il apparaît rapidement qu'en Libye, le Guide est aux prises avec une situation économique qui se détériore. En cause : la chute des cours du pétrole, provoquée par la crise mondiale de 2008, qui fragilise une économie libyenne dépendante de la rente pétrolière. Les variations du prix du baril parlent d'eux-mêmes : un pic à 147 dollars en juillet 2008, un effondrement à 33 dollars en décembre 2008, et un prix tournant autour de 70 dollars en juillet 2009.

Pour la première fois depuis de nombreuses années, les autorités libyennes sont contraintes de surseoir à de vastes projets d'infrastructures publiques. Ces mêmes projets sur lesquels elles comptaient pour faire miroiter à la population une redistribution de la manne pétrolière… Conséquence logique de la crise qui couve, le gouvernement libyen est contraint de réduire la voilure du budget du pays pour l'année 2009.

Sur la scène internationale, le régime du colonel Kadhafi vient de conclure « douloureusement » un accord avec les États-Unis, qui a permis de normaliser une bonne fois pour toutes les relations entre Tripoli et Washington. Cet accord repose sur la création d'un fonds d'indemnisation financière des victimes américaines et libyennes des affrontements entre les deux pays pendant les années quatre-vingt. Sont concernées les victimes américaines de l'attentat de Lockerbie en 1988 (270 morts), de l'attentat contre la discothèque berlinoise La Belle en 1986 (3 morts et 260 blessés), ainsi que les victimes libyennes des bombardements américains de 1986, où 41 personnes ont péri. L'accord prévoit que 1,5 milliard de dollars reviendront aux victimes américaines et 300 millions aux victimes libyennes. La Libye a versé sa quote-part en octobre 2008.

Dès le début, il avait été admis que les entreprises étrangères présentes en Libye pourraient, si elles le désiraient, contribuer sur la base du volontariat à ce fonds. C'était sans compter sur l'esprit retors de Mouammar Kadhafi, qui décide soudain de réclamer 700 millions de dollars aux sociétés étrangères, aux groupes pétroliers en particulier. Faire payer les autres pour les crimes qu'il est censé avoir commis aura été une pratique constante du régime libyen.

Cette tentative de racket en bonne et due forme fait l'objet, en février 2009, d'une réunion entre l'ambassadeur américain, Gene A. Cretz, et le ministre du Pétrole de Kadhafi, Choukri Ghanem. Ce dernier annonce sans ciller au diplomate américain, qui s'empresse d'en informer Washington, que les entreprises américaines, notamment celles qui relèvent du secteur pétrolier, sont priées d'apporter 180 millions de dollars au fonds d'indemnisation. Si cette « taxe » de solidarité est bien sûr préférable à la nationalisation pure et simple, le diplomate ne s'en laisse pas pour autant conter. Il s'agit là d'une « ligne rouge[1] » qui ne saurait être franchie. Or, même si la France n'est aucunement concernée par l'accord d'indemnisation des victimes, les Libyens n'en réclament pas moins 30 millions de dollars au groupe Total…

Comme tous les pétroliers étrangers implantés en Libye, Total doit alors faire face à un problème autrement plus grave : pour compenser la baisse des cours du pétrole, la NOC, autrement dit l'État libyen, renégocie ses accords avec les entreprises étrangères. Aussi bien ceux qui concernent le pétrole que le gaz. Et il exige que les multinationales lui transfèrent une partie accrue des revenus qu'elles tirent de leurs activités en Libye. Des fuites en provenance de la NOC laissent alors entendre que celle-ci pourrait porter sa part dans les revenus tirés de la production de pétrole brut à 80 %. Soit l'exact opposé de ce qui était couramment pratiqué jusqu'ici : 20 % des revenus pour la Libye et 80 % pour les multinationales ! Dans le jargon pétrolier, on parle des nouveaux accords « EPSA IV ». Et que les choses soient claires : nul ne saurait s'y dérober.

Total, l'exception française

Une entreprise toutefois semble tirer son épingle du jeu dans cette vaste redistribution des cartes : le français Total, qui a choisi Ziad Takieddine comme intermédiaire pour gérer ses relations avec la Libye et la NOC. Ce choix, dont on ne sait

1. Télégramme diplomatique intitulé « Ghanem "under the gun" to collect contributions for claims compensation fund », en date du 12 février 2009, rédigé par l'ambassadeur Gene A. Cretz, et publié par Wikileaks le 31 janvier 2011.

s'il a été imposé par l'Élysée ou non, s'avère très vite gagnant, comme s'en vante Ziad Takieddine. « Total pensait quitter le pays. J'ai obtenu, après moult négociations avec le ministre libyen concerné, que Total garde 23 % des revenus pour les forages souterrains et 27,5 % pour les explorations offshore. Le PDG de Total, Christophe de Margerie, est venu chez moi, à Paris, boire le champagne de la victoire[1]. »

Cette « exception française » surprend au plus haut point les diplomates américains, qui décident de mener une enquête pour connaître le fin mot de l'histoire. Le 4 juin 2009, l'ambassadeur Gene A. Cretz consacre d'ailleurs un long télégramme diplomatique[2] à cette affaire, qui permet de mieux comprendre les dessous de l'accord entre Total et la NOC.

L'on apprend ainsi que « les accords renégociés par Total couvrent la production du champ de Mabrouk (opéré conjointement par Total et StatoilHydro) et du champ d'Al-Jurf (opéré conjointement par Total et Wintershall) ». Pour le pétrole brut, chaque consortium[3] prendra 27 % des revenus contre 50 % précédemment. Pour le gaz, le consortium concerné aura droit à 40 %, contre 50 % auparavant. Mais, dans le futur, cette part sera réduite à 30 %. Même dans ces conditions, Total s'en sort mieux que ses concurrents anglo-saxons.

S'il ne faut pas compter sur Ziad Takieddine pour faire la lumière sur les arguments qu'il aura déployés face à la NOC, la lecture du télégramme diplomatique américain avance une explication qui retient l'attention. Le champ d'Al-Jurf est celui où le fils de Mouammar Kadhafi, Seïf el-Islam, avait l'habitude

1. *L'Ami encombrant*, *op. cit.*

2. Télégramme diplomatique intitulé « French Total-led consortiums accept lower production shares in Libya » en date du 4 juin 2009, rédigé par l'ambassadeur Gene A. Cretz et publié par Wikileaks en 2011.

3. C'est-à-dire Total/Statoil d'une part, et Total/Wintershall d'autre part.

de se faire attribuer des droits de tirage qu'il revendait ensuite pour financer ses activités, notamment politiques. Et l'ambassadeur de relever, perfide, qu'on ne saurait dire si ce siphonnage était prélevé sur la part de Total ou sur celle de la NOC… Par la suite, s'il ne se prononce pas sur les pratiques de la NOC à l'égard du fils Kadhafi, Christophe de Margerie, le PDG du groupe Total, démentira ces sous-entendus concernant son entreprise avec humour : « Aller dire qu'il [Seïf el-Islam] prend du pétrole chez Total comme à la pompe, on invente tout[1] ! »

S'il s'en défendra également plus tard, tout indique que le groupe Total a bel et bien versé des commissions à son intermédiaire, Ziad Takieddine. Celui-ci, d'ailleurs, en convient : « J'ai obtenu alors, outre une jolie commission, un accord qui devait assurer mon avenir : Total garantissait à ma société 20 % de sa part de revenus quant à ses explorations en Libye[2]. » Ce que Takieddine veut dire en réalité, c'est que, comme beaucoup d'intermédiaires de haut niveau, il est rémunéré en marge de contrats signés.

L'art et la manière de pratiquer les commissions occultes

En l'occurrence, le contrat porte sur le bloc NC-7, un vaste gisement de gaz naturel situé à l'ouest de la Libye, et qui s'avère particulièrement prometteur. Et voici les principales étapes de la mise en place du montage financier qui aura permis de rémunérer Ziad Takieddine.

1. « Total réfute le syphonnage d'un de ses champs par le fils Kadhafi », 7 sur 7, Belgique, le 11 mars 2011.
2. *Ibid.*

Le 8 décembre 2008, Christophe de Margerie reçoit une lettre du directeur d'une étrange entreprise domiciliée à Vaduz, la capitale du Lichtenstein. Baptisée North Global Oil & Gas Company, cette société a en réalité un bénéficiaire économique : Ziad Takieddine. La lettre contient l'offre de services suivante : aider Total à décrocher les droits concernant le fameux bloc NC-7[1]. Pour justifier cette proposition, le document explique que la North Global Oil & Gas Company est déjà en affaires avec les Libyens. Et que ceux-ci doivent justement la rémunérer en lui octroyant des droits sur le gisement NC-7. Mais puisque Total a des vues sur le même gisement, eh bien, la North Global Oil & Gas Company est disposée à se retirer. À une condition : obtenir de Total 20 % des droits d'exploration dudit gisement. Parions que Total n'a pas été franchement surpris de recevoir ce courrier...

De même que Ziad Takieddine n'a certainement pas été étonné de recevoir de Total une lettre par laquelle le groupe français lui faisait une offre particulièrement avantageuse. Ainsi, dès le 19 décembre 2008, le directeur de Total Exploration & Production se fend d'un courrier au directeur de la North Global Oil & Gas (Takieddine) lui proposant de racheter 100 % des droits que l'entreprise est censée détenir sur le bloc NC-7. Soit 140 millions d'euros « à payer en un unique versement ». Le conseil d'administration de Total validera ce montage dès le 20 janvier 2009. Pour se justifier, Total, qui s'abrite derrière la validation de son conseil d'administration, explique que l'opération garantissant la possibilité pour le groupe de racheter la totalité des droits de North Global Oil & Gas est « courante

1. Pour rédiger les paragraphes suivants, je me suis appuyée sur une enquête de Mediapart (Fabrice Arfi et Karl Laske, « L'émissaire du clan Sarkozy en Libye rétribué secrètement par Total », 18 août 2011). Les documents sur lesquels repose cette enquête présentent toutes les garanties de sérieux.

dans le domaine minier et n'a aucunement été réalisée dans le secret».

À ce stade, l'affaire semble cousue de fil blanc. Mais, coup de théâtre, Ziad Takieddine n'est toujours pas payé, alors même que son entreprise aurait dû percevoir un premier versement de 70 millions de dollars dès le 2 juin 2009. Que s'est-il passé ? Cet incident survient au moment même où Total rencontre des difficultés dans les négociations finales avec les autorités libyennes et la NOC concernant les accords EPSA IV, difficultés que Ziad Takieddine résume dans un document daté du 7 août 2009[1], et dans lequel apparaît le nom de Claude Guéant, alors secrétaire général de l'Élysée. Il y est désigné par ses initiales, tout comme Christophe de Margerie. On peut y lire : «CG appellera CdM jeudi pour la signature du contrat révisé EPSA IV (Mabrouk et Al-Jurf) et Mémorandum du nouvel EPSA IV.» Ce Mémorandum, qui est en fait un protocole d'accord, sera signé le 27 août 2009. Il porte en partie sur le fameux bloc NC-7. Cela signifie que le paiement de Ziad Takieddine – 140 millions d'euros – dépendait de la capacité de Total à mettre d'une part ses contrats existants en conformité avec EPSA IV et, d'autre part, à négocier le contrat du gisement NC-7 conformément aux normes EPSA IV.

L'enjeu était important pour le groupe Total et, la Libye étant directement traitée par l'Élysée, il est envisageable que Claude Guéant ait suivi lui-même les négociations (laborieuses) du pétrolier. De même que l'ambassadeur américain en Libye surveillait alors comme le lait sur le feu les négociations des pétroliers américains avec les autorités libyennes.

Quoi qu'il en soit, dans la foulée, Ziad Takieddine sera partiellement payé. C'est un protocole d'accord sur le gisement

1. *Ibid.*

NC-7 qui a été signé à cette étape entre Total et les Libyens et non un contrat en bonne et due forme ? Pas de problème. Total paie à l'avance à la North Global Oil & Gas de Ziad Takieddine 7 % de la totalité des droits qui restent à acquérir. Soit 9,8 millions de dollars.

La stratégie gazière de l'ogre qatari

Mais l'histoire ne s'arrête pas là, et va déboucher sur un psychodrame avec le… Qatar. Cette suite, c'est Ziad Takieddine qui la raconte lui-même, toujours aussi approximatif quand il est question de chiffres. « Nous avions aussi, avec les responsables français et libyens, un projet qui aurait libéré l'Europe de la pression russe[1] : il s'agissait de construire un oléoduc qui irait de la Libye à la Sicile, afin que le gaz libyen soit distribué dans toute l'Europe. C'est aussi pour ce projet que j'ai obtenu ma rétribution de 20 %[2]. »

Un tel projet ne pouvait qu'éveiller l'appétit des Qataris. Et pour cause ! Si le Qatar possède la troisième réserve de gaz au monde (après la Russie et l'Iran) et que cette matière première représente 70 % des revenus de l'État, il n'en reste pas moins que ce petit pays est prisonnier de sa situation géographique. Coincé entre l'Iran et l'Arabie Saoudite, qui l'empêche de construire des pipelines, le Qatar dépend des méthaniers et des

1. Les Européens avaient alors à l'esprit la crise gazière qui avait éclaté en 2005 entre la Russie et l'Ukraine. Moscou, qui voulait imposer à Kiev de nouveaux tarifs gaziers, avait purement et simplement fermé les vannes du gazoduc qui relie la Russie à l'Europe en passant par l'Ukraine. Une meilleure diversification de leur approvisionnement en gaz était alors devenue cruciale pour les Européens.

2. *L'Ami encombrant*, *op. cit.*

routes maritimes pour exporter son gaz. Dans ces conditions, glisser une babouche dans le secteur gazier libyen, qui se situe aux portes de l'Europe, ne se refusait pas. Plus encore si, à terme, le Qatar pouvait indirectement mettre la main sur le gaz de Kadhafi, quitte à le renverser…

C'est justement ces sombres desseins que Ziad Takieddine a découverts… à ses dépens, comme il l'a raconté le 9 mai 2013 au juge Renaud Van Ruymbeke qui l'auditionnait dans le cadre du volet financier de l'affaire de Karachi. Il précise alors qu'en septembre ou octobre 2008, il a commencé « à avoir des discussions avec Total sur le projet gazier consistant à construire sous la Méditerranée un oléoduc pour rallier la Croatie et donc l'Europe », et qu'en Libye son interlocuteur était Choukri Ghanem, le ministre du Pétrole et allié de Seïf el-Islam au sein du sérail libyen.

« En septembre 2010, alors que j'étais en Libye, Abdallah Senoussi, numéro deux du régime, qui était mon interlocuteur là-bas, me convie à un dîner où étaient présents MM. El-Bagdadi Abdelatif, Premier ministre, Choukri Ghanem, Seïf el-Islam Kadhafi et le Premier ministre qatari ; M. Hamed Ben Jassem. J'ai entendu la conversation entre ce dernier et Seïf, au cours de laquelle Seïf lui demandait s'il n'était pas intéressant pour le Qatar de développer son activité dans le gaz en Libye. J'ai su par la suite que Total envisageait de céder l'option sur le contrat gazier, qu'ils m'avaient acheté 145 millions de dollars, pour 300 millions de dollars au Qatar et que la Libye y était opposée[1]. »

Jusqu'à l'entrée en guerre, en 2011, de la coalition internationale emmenée par la France et le Qatar, la Libye a toujours

1. Gérard Davet et Fabrice Lhomme, « Devant le juge, Ziad Takieddine détaille ses voyages d'"affaires" en Libye », *Le Monde*, 15 mai 2012.

dit et répété que les Qataris n'étaient pas les bienvenus. On l'aura compris, seul le départ du colonel Kadhafi pouvait changer la donne…

À en croire Ziad Takieddine, l'obstination libyenne à maintenir le Qatar à l'écart, et donc à endiguer sa stratégie d'expansion gazière, constituerait un motif suffisant pour expliquer l'entrée en guerre de ce pays contre le régime du colonel Kadhafi. Or, si quelqu'un avait un avis éclairé sur le sujet, c'était bien Choukri Ghanem. Hélas, le 29 avril 2012, le corps de l'ancien ministre du Pétrole a été retrouvé dans le Danube, à Vienne où il s'était réfugié… Certains y voient la main du Qatar, sans avancer de preuves. On ne peut que souligner que Ziad Takieddine, qui connaissait Choukri Ghanem, a fait sa déclaration devant le juge Van Ruymbeke, censé l'interroger sur le seul volet financier de l'affaire de Karachi, à peine neuf jours après la découverte du corps. Et que l'intermédiaire a préféré, par la suite, s'entourer de gardes du corps.

15

Amesys : attention, scandale d'État !

« Je veux être le président d'une France qui défend la liberté. La liberté chez elle mais aussi la liberté dans le monde. Parce c'est la vocation de la France de défendre la liberté. Je veux être le président de la France des droits de l'homme. Je ne crois pas à la realpolitik qui fait renoncer à ses valeurs sans gagner des contrats. »

Ces mots lyriques sont ceux du candidat Sarkozy, prononcés entre les deux tours de l'élection présidentielle, le 29 avril 2007. Près de quatre ans plus tard, en juillet 2011, Nicolas Sarkozy, devenu président de la République, décorait le PDG du groupe Bull, Philippe Vannier, de la Légion d'honneur. L'hypocrisie, le cynisme sont alors à leur apogée au sommet de l'État. La France est en guerre contre le régime de Mouammar Kadhafi, mais personne ne sait que les autorités françaises et le PDG sont liés par un terrible secret libyen.

Ce secret trouve son origine à l'époque où Nicolas Sarkozy était ministre de l'Intérieur. Nous sommes en avril 2006. Ziad Takieddine ouvre alors le vaste marché libyen à une petite entreprise d'Aix-en-Provence, i2e. Celle-ci est dirigée par un certain Philippe Vannier qui devait prendre les rênes du groupe

Bull en 2010. I2e, elle, allait devenir Amesys en 2007 – avant d'être rachetée par Bull en 2010[1].

L'affaire porte sur la vente d'un système de cryptage des communications baptisé Cryptowall, et qui présente l'avantage de résister aux systèmes d'espionnage américains. En 2006, dans un document destiné à vanter les mérites de Cryptowall auprès de ses prospects libyens, i2e y vante surtout… sa proximité avec le ministre de l'Intérieur de l'époque, Nicolas Sarkozy, à des fins manifestement mercantiles. « Le ministre de l'Intérieur français dispose d'une réelle connaissance corroborée par une collaboration avec la société spécialisée dans ce domaine[2] », peut-on lire dans le document.

Mais il faudra attendre la chute de Tripoli, le 22 août 2011, pour que la lumière soit faite sur les relations entre Amesys et la Libye du colonel Kadhafi. Ce fut le fruit du hasard, grâce à une journaliste américaine du *Wall Street Journal*[3].

Lorsque Margaret Coker pénètre, à Tripoli, dans le bâtiment de six étages qui abritait le siège des services secrets libyens, elle est loin d'imaginer ce qui l'attend. Un centre de surveillance de l'internet libyen installé par une société française, Amesys. Et par terre, empilés sur des étagères, jetés à même le sol, des

1. Le rachat d'Amesys par Bull a été présenté comme stratégique pour le groupe. Son rapport annuel 2011 mentionnait : « Bull renforce son expertise avec l'acquisition du groupe Amesys, un spécialiste de la sécurité et des systèmes critiques. Le plan de développement stratégique Bullway, annoncé fin 2010 par son nouveau président-directeur général Philippe Vannier, a pour objectif de positionner Bull en trois ans comme un leader européen des systèmes numériques critiques et de mettre le Groupe sur le chemin d'une croissance rentable. »

2. Fabrice Arfi et Karl Laske, « Sarkozy-Guéant : le grand soupçon libyen », art. cit.

3. Paul Sonne et Margaret Coker, « Firms aided Libyans spies », *The Wall Street Journal*, 30 août 2011.

dossiers et encore des dossiers de Libyens espionnés dans leurs activités numériques.

Le scandale est immédiat et mondial. Amesys a vendu à la dictature du colonel Kadhafi un système de contrôle de l'internet libyen. Tout l'internet libyen. Son nom : Eagle. Il est présenté comme « un système d'interception électronique permettant à un gouvernement de contrôler toutes les communications, qu'elles entrent ou sortent du pays ». Un outil ultra-sophistiqué de guerre numérique qui, pour le directeur commercial d'Amesys, Bruno Samtmann, a été mis au point pour chasser « le pédophile », « le terroriste », « le narco-traficant ». Mais qui, pour le journaliste Jean-Marc Manach, spécialiste d'internet et auteur d'une enquête sur Eagle[1], « a permis aux nervis de Kadhafi d'espionner, arrêter et torturer des opposants au régime... au moment même où les soldats français contribuaient à libérer la Libye[2] ». Quelle ironie de l'Histoire !

La véritable paternité de ce scoop mondial revient en réalité à deux sites web français, qui s'en étaient fait l'écho plus tôt, en 2011. D'abord Reflets.info qui, dès février 2011, tirait la sonnette d'alarme sans mentionner de noms de sociétés. « Selon nos informations, la France a bien vendu des outils d'écoute globale à des régimes autoritaires. Ces outils ont probablement servi à localiser, écouter et réprimer des opposants[3]. »

C'est ensuite au tour d'Owni de confirmer l'information en révélant le nom d'un des pays concernés, la Libye, et celui de l'entreprise en cause, Amesys. « Selon les confidences d'acteurs

1. « Au pays de Candy », une enquête sur les marchands d'armes de surveillance numérique de Jean-Marc Manach, publiée sous la forme d'un livre numérique chez Owni éditions, 2012.

2. *Ibid.*

3. Bluetouff, « Deep Packet Inspection : retour sur la rencontre avec le PDG de Qosmos », reflets.info, 26 février 2011.

de la sécurité informatique, une entreprise française, Amesys, aurait vendu et déployé dès 2007 des technologies d'interception à la Libye du colonel Kadhafi[1]. »

4,5 millions d'euros pour Takieddine

Au fil des mois qui suivent la découverte du *Wall Street Journal*, les révélations sur Amesys se succèdent. En réalité, c'est tout un système de protection et de sécurisation du régime de Mouammar Kadhafi que Ziad Takieddine et Amesys ont vendu à la Libye. Pour 26,5 millions d'euros. Son nom : *Homeland Security Program*.

Au passage, notons que Ziad Takieddine a été rémunéré pour cette vente. Et bien rémunéré : 4,54 millions d'euros de commissions occultes payées entre décembre 2007 et octobre 2008. L'argent a transité par certaines des sociétés de l'intermédiaire implantées dans des paradis fiscaux[2].

Pour ce prix, c'est au final un système global d'espionnage des citoyens libyens que le régime du colonel Kadhafi a acheté. Son volet technique a été rendu public via le site Wikileaks de William Assange.

Cette offre technique se compose de quatre volets distincts : la « Communication et protection de données (pour portables et lignes fixes, e-mails, échanges entre ordinateurs, protection d'ordinateurs) » ; la « Communication et interception de données (même périmètre que ci-dessus) » ; la « Localisation de GSM » ; la « Protection de VIP contre des agressions contrôlées à distance ».

1. Olivier Tesquet, « La Libye sur écoute française », www.owni.fr, 10 juin 2011.

2. Fabrice Arfi et Karl Laske, « Sarkozy-Guéant : le grand soupçon libyen », art. cit.

Précision : ce document, daté de novembre 2006, n'est pas le contrat définitif (signé en 2007). Certaines offres y figurant peuvent ne pas avoir été acquises par les Libyens.

Cela semble être le cas du système d'interception de GSM. Une appellation bien technique pour désigner en fait l'espionnage des téléphones portables. L'offre était pourtant techniquement alléchante, qui permettait « d'intercepter/enregistrer jusqu'à 128 communications simultanément ». Sans parler d'outils high-tech comme ce GSM « modifié », que l'on « offre à son propriétaire sans qu'il (ou elle) sache qu'il a été modifié ». Et pour cause ! Il permet d'écouter des conversations à distance en l'activant via un autre téléphone GSM. Trois appareils de ce genre étaient inclus dans l'offre d'i2e aux Libyens.

C'est en revanche une certitude, outre le système de cryptage Cryptowall, vendu pour 3 millions d'euros, les Libyens ont acquis en 2008 un 4 × 4 furtif auprès d'Amesys, pour 4 millions d'euros. Selon Mediapart, « il s'agit d'un 4 × 4 ML blindé de chez Mercedes équipé d'une cage de Faraday – qui protège les occupants des champs électriques extérieurs – et d'un dispositif électronique de brouillage capable de neutraliser toutes les fréquences radio dans un rayon de cent mètres autour du véhicule[1] ».

Mais surtout, la Libye du colonel Kadhafi a acquis, pour 12,5 millions d'euros, le système de surveillance de l'internet Eagle. Face au scandale lié à la vente de cet outil liberticide, la défense d'Amesys est restée constante. Une défense dont l'essence figure dans un communiqué diffusé le 1er septembre 2011[2] par l'entreprise, et dont voici les principaux extraits : « Amesys a signé

1. Fabrice Arfi et Karl Laske, « Livré par le clan Sarkozy, le 4 × 4 qui protège Kadhafi », Mediapart, 18 septembre 2011.

2. Le communiqué d'Amesys est consultable dans son intégralité à cette adresse internet : http://www.wcm.bull.com/internet/pr/new_rend.jsp?DocId = 673283 & lang = fr.

un contrat en 2007 avec les autorités libyennes. La livraison du matériel a eu lieu en 2008. Le contrat concerne la mise à disposition d'un matériel d'analyse portant sur une fraction des connexions internet existantes, soit quelques milliers. Il n'incluait ni les communications internet via satellite – utilisées dans les cybercafés –, ni les données chiffrées – type Skype –, ni le filtrage de sites web. Le matériel utilisé ne permettait pas non plus de surveiller les lignes téléphoniques fixes ou mobiles. Ce contrat a été signé à l'époque dans un contexte international de rapprochement diplomatique avec la Libye qui souhaitait lutter contre le terrorisme et les actes perpétrés par Al-Qaïda. »

Des éléments de l'autojustification d'Amesys seront néanmoins rapidement invalidés. Notamment l'affirmation selon laquelle seules « quelques milliers de connexions internet » étaient espionnées. C'est le site web Owni qui a publié le premier le manuel d'utilisation d'Eagle. Ce dernier ne laisse aucun doute quant au côté massif des interceptions[1]. Comme l'écrit Jean-Marc Manach, l'auteur de l'article, « contrairement aux systèmes d'écoutes ciblées traditionnels », les « technologies de "surveillance massive" [*sic*] d'Amesys ont bel et bien pour vocation d'intercepter et d'analyser l'intégralité des télécommunications, "à l'échelle d'une nation" ».

Amesys, un fournisseur « ultra-habilité »… par les services

Qu'Amesys ait pu agir dans une telle discrétion et que le scandale ait éclaté si tard – quatre ans après la signature du

1. Jean-Marc Manach, « Mode d'emploi du big brother libyen », www.owni.fr, 7 septembre 2011.

contrat – peut s'expliquer par le fait que les services français ont largement couvert la vente et l'installation d'Eagle en Libye. Dans une de ses notes personnelles, où il passe en revue tous les contrats envisageables avec la Libye de Mouammar Kadhafi, Ziad Takieddine écrit au chapitre « Renseignement du décideur » (« signal Intelligence ou SIGINT ») : « La France pourrait fournir à Lili [il désigne ainsi la Libye] les outils technologiques de SIGINT modernes. Partenaire : i2e (société d'Aix, CA de 50 M€) – fournisseur ultra-habilité. » L'expression familière « ultra-habilité » est un synonyme de la tout aussi familière « backée à mort » par les services français.

Un informaticien d'Amesys, retrouvé et interviewé par le journaliste Paul Moreira – qui a réalisé l'excellent documentaire *Traqués !*[1] –, témoigne dans ce sens. L'homme a passé plusieurs mois à Tripoli pour former les Libyens.

« On nous emmenait, on nous ramenait. On n'avait pas nos passeports. Le moins on posait de questions, le mieux c'était [...]. Ce sont des opérations typiques qui sont plus ou moins commandées par les services extérieurs français en collaboration avec les services locaux. Et l'industriel qui vient faire l'opération, lui, apporte la technologie, mais derrière, il y a un gros encadrement par les services extérieurs. »

La confirmation du pilotage par les services français est venue un peu plus tard, en septembre 2011 : outre des ingénieurs et des cadres d'Amesys, les Libyens ont été formés à Eagle, en 2008, par des militaires retraités de la Direction du renseignement militaire, la DRM.

1. Diffusé sur Canal Plus le 14 mars 2012.

« Nous avons mis tout le pays sur écoute »

En exclusivité, *Le Figaro*[1] a réussi à retrouver l'un de ces militaires retraités – qui s'exprime sous couvert d'anonymat. Son témoignage est édifiant. « Nous avons mis en route le système d'écoute libyen fin juillet 2008. [...] Nous avons mis tout le pays sur écoute. On faisait du massif : on interceptait toutes les données passant sur Internet : mails, chats, navigations internet et conversation sur IP... »

Le retraité raconte même qu'en Libye, avant la guerre, l'interception était organisée en trois niveaux d'intervention, qui correspondaient à trois niveaux hiérarchiques. Le premier niveau était celui de « l'opérateur de base », qui décortique toutes les données interceptées. Il avait été formé par des Français aux méthodes d'interception de masse. « Nous leur avons appris comment trouver des cibles dans le flow massif du pays, et nous avons travaillé sur des cas d'école : par exemple, comment placer une université sous interception et trouver des individus suspects en fonction de mots clés. »

Le deuxième niveau était celui des analystes. Leur mission : définir les mots clés et configurer les interceptions pour tout le pays. Là encore, des Français ont formé « une vingtaine de ces officiers sur trois sites à Tripoli : l'un pour l'armée, l'autre pour la police et le dernier appartenait au gouvernement ».

Enfin, le troisième niveau, clé de voûte du système, était l'état-major. Amesys et les anciens de la DRM traitaient directement avec Abdallah Senoussi, le chef des services secrets de Kadhafi et contact privilégié de Ziad Takieddine, qui, on le

1. Fabrice Amedeo, « Comment j'ai mis 5 millions de Libyens sur écoute », *Le Figaro*, 6 septembre 2011.

rappelle, a joué son rôle d'intermédiaire dans cette opération. « C'est lui [Abdallah Senoussi] qui négociait les fonctionnalités du produit et qui nous donnait des directives », assène cet ancien de la DRM, qui raconte ensuite les débuts rocambolesques d'Eagle en Libye.

Lors des premières interceptions massives, à la fin de l'été 2008, emportés par un excès de zèle, les Libyens ont planté le serveur ! « Nous avons dû faire plusieurs opérations de maintenance pour perfectionner Eagle. Le produit a vraiment été opérationnel à partir du début de l'année 2010, suite à une importante mise à jour du système. » À point nommé pour mieux mater les premières manifestations, prémisses de la rébellion, qui ont débuté le 13 janvier 2011 en Libye.

Les suites judiciaires de l'affaire Amesys

Aussi « ultra-habilité » que soit Amesys par les services, une question se pose : l'entreprise pouvait-elle vendre ce matériel de guerre électronique sans autorisation gouvernementale, comme cela semble avoir été le cas ? Pour faire la lumière sur ce point, en septembre 2011, l'association Sherpa, présidée par l'avocat William Bourdon, a porté plainte contre Amesys.

Selon Sherpa, en vertu des articles 226 et R 226 du code pénal, la vente d'Eagle à la Libye « ne pouvait avoir lieu sans l'autorisation express du gouvernement français ». Mais le 17 mars 2012, après une enquête préliminaire, le parquet d'Aix-en-Provence a classé sans suite la plainte. Motif invoqué : n'étant pas considéré comme du matériel de guerre, Eagle ne nécessitait pas le feu vert de la Commission interministérielle pour l'étude des exportations du matériel de guerre (CIEEMG)[1].

On se doit toutefois de signaler que, dans le document technique dévoilé par Wikileaks, au chapitre consacré à la surveillance du net, il est mentionné noir sur blanc qu'« après l'approbation pour l'exportation, la livraison se fera dans les sept mois » ! Qui était donc chargé d'approuver (ou non) la vente à l'export de ce matériel ?

Il semblerait également que, s'agissant de certains volets du contrat global de protection et de sécurisation du régime libyen, il était bien prévu d'avoir au minimum des contacts avec la CIEEMG. Ainsi, dans l'une de ses notes, Ziad Takieddine mentionne, au sujet du système de cryptage Cryptowall, « qu'il faut voir au niveau CIEEMG quel degré de codage on peut proposer ».

Une plainte contre Amesys pour complicité d'actes de torture

Une autre plainte a, elle, abouti après bien des péripéties. Il s'agit de celle qui fut déposée le 24 mai 2012 par deux ONG : la Fédération internationale des droits de l'homme (FIDH) et la Ligue des droits de l'homme (LDH). Toutes deux ont porté plainte contre X avec constitution de partie civile pour complicité d'actes de torture.

Dans un premier temps, dans ses réquisitions, le parquet s'était opposé à l'instruction de l'affaire. Mais, en janvier 2013, la chambre d'instruction de la cour d'appel a finalement donné

1. Xavier Monnier, « La justice s'endort sur Amesys, pas sur Mediapart », www.bakchich.info, 3 mai 2012.

son feu vert. Le dossier est aujourd'hui instruit par le juge Claude Choquet et la procureure Aurelia Devos. Tous deux appartiennent à un nouveau pôle du tribunal de grande instance de Paris, qui a été créé en janvier 2012. Son objet? « Lutter contre les crimes contre l'humanité, les délits de guerre et les crimes de guerre[1]. » Dans le courant du mois de mai 2013, le juge a fait parvenir aux parties civiles des convocations en vue de leurs prochaines auditions.

Depuis janvier 2013, cinq victimes libyennes se sont constituées partie civile et sont prêtes à venir témoigner en France. Cette femme et ces quatre hommes étaient des blogueurs opposants au régime de Mouammar Kadhafi. Ils vivaient à Tripoli, Misrata et Benghazi. Ils ont été arrêtés après avoir communiqué sur Skype, Facebook ou utilisé une boîte mail Yahoo. À leur sujet, l'avocat et président d'honneur de la FIDH, Patrick Baudouin, avait indiqué qu'« elles avaient été arrêtées et torturées par le régime en place » et que « leur arrestation était directement liée à la surveillance par le système livré par Amesys ».

Par ailleurs, six autres Libyens, représentés par Me William Bourdon, se sont constitués partie civile et sont, eux aussi, disposés à témoigner devant la justice française. C'est le cas d'Osama Tabib. C'est la première fois que ce cadre, qui a travaillé dans le passé chez Schlumberger, à Tripoli, et qui possède aujourd'hui sa propre entreprise dans le secteur pétrolier, s'exprime. « J'ai été arrêté par les milices de Kadhafi le 9 mai 2011 et libéré le 24 août 2011, soit juste après la chute de Tripoli. J'ai notamment été détenu à la prison d'Abou Salim. J'ai été torturé. Pendant un interrogatoire, on m'a dit, après m'avoir frappé et insulté : "Nous connaissons tout sur vous.

1. www.justice.gouv.fr.

Parlez ou vous allez voir des choses que vous n'avez jamais vues." J'ai su que j'ai été arrêté à cause des communications que j'ai eues à partir de mon téléphone satellite Thuraya, car j'ai vu les documents où mes conversations étaient retranscrites mot pour mot. J'utilisais ce Thuraya pour appeler des gens de Benghazi, de Misrata et aussi à Dubaï pour échanger des informations sur la révolution en cours. Je n'ai pas été repéré à cause de mes e-mails, car mon compte a été piraté à plusieurs reprises, dès le début de la révolution, et j'ai très vite cessé de l'utiliser », témoigne Osama Tabib. Très ému, il ajoute que des amis qui faisaient partie de son groupe de rebelles ont perdu la vie pendant la guerre.

Plus 4,7 % pour le chiffre d'affaires d'Amesys

Pour être complet sur ce volet judiciaire, il faut souligner qu'au moment de l'annonce de l'ouverture de l'enquête judiciaire à son encontre, Amesys a protesté au travers d'un communiqué indiquant que l'entreprise « conteste très fermement l'accusation de complicité d'acte de torture dont elle est l'objet et souhaite rapidement pouvoir informer le magistrat instructeur de la réalité du dossier ». Quoi qu'il en soit, l'affaire est donc désormais entre les mains de la justice, ce qui n'a pas empêché Amesys de continuer à prospérer…

Le rapport du premier semestre 2012 du groupe Bull souligne « la bonne performance des sociétés Amesys dans leur ensemble, dont le chiffre d'affaires croît de 4,7 % sur le premier semestre et la marge contributive s'améliore de 4,0 points ».

Au final, la seule concession faite par Bull et son PDG Philippe Vannier aura été de mettre, en mars 2012, en vente les activités d'Amesys « relatives au logiciel Eagle ». Commentaire de Bull lors de l'annonce de cette cession : « Cette activité n'est pas stratégique pour le Groupe Bull, qui souhaite se concentrer sur son expertise en matière de systèmes critiques électroniques et en particulier sur les domaines concernant la protection des personnes et du territoire. L'activité cédée représente moins de 0,5 % du chiffre d'affaires du Groupe Bull. » Tout ça pour ça.

VI

Que sont-ils devenus ?

16

Protégés ou condamnés par la France

Amesys n'avait pas encore livré son matériel de guerre numérique à la Libye que, déjà, Nicolas Sarkozy s'était lassé du colonel Kadhafi. Comme on se lasse d'un jouet qui a trop servi ? « Objectivement, après la visite de Kadhafi à Paris, en décembre 2007, Nicolas a tout fait pour ne pas développer une relation de proximité avec lui. Il a pris ses distances très tôt. En tout cas, bien avant la révolution[1] », confie un conseiller de l'ancien président français.

Le Guide réagit mal à cette prise de distance imposée par celui qu'il croit être son ami et l'a relancé à de multiples reprises entre 2008 et 2010. « Il était chagrin d'être délaissé et trouvait que la France devait faire des gestes à son égard. À plusieurs reprises, il a envoyé des émissaires se plaindre auprès de Claude Guéant. Ces derniers lui laissaient entendre que, pour débloquer certains contrats, un geste d'affection à son endroit serait bienvenu », poursuit le conseiller qui n'a qu'un mot à la bouche pour qualifier le comportement du colonel Kadhafi : « gluant ».

À ce sentiment de dégoût, se sont ajoutés des « irritants » diplomatiques, que les comportements erratiques du Guide ont transformés en autant de motifs de rupture. Finalement, ce

1. Entretien avec l'auteur, le 15 novembre 2012.

mauvais karma a fini par engendrer un rejet total de Mouammar Kadhafi par Nicolas Sarkozy, et cela, dès 2008.

La rupture

Pour autant, le président n'en avait pas tout à fait fini avec le colonel. Il comptait bien l'utiliser une dernière fois encore, pour mener à bien un chantier qui lui tient alors à cœur : l'Union pour la Méditerranée (UPM), imaginée par son conseiller spécial, Henri Guaino.

Mais voilà. Pour mener à bien cet ambitieux projet, les Français doivent obtenir le soutien inconditionnel des chefs des États concernés, notamment ceux du Maghreb. Or les présidents algérien et tunisien, MM. Bouteflika et Ben Ali, traînent les pieds. Kadhafi est le chef d'État le mieux placé pour les convaincre d'adhérer au projet : il a un ascendant certain sur Zine el-Abidine Ben Ali et traite d'égal à égal avec le pouvoir bicéphale algérien, composé d'Abdelaziz Bouteflika et du patron de la sécurité militaire, le général Médiène. Et le Guide dépêchera en effet des émissaires auprès des Algériens et des Tunisiens avec un certain succès.

Dans le courant de l'année 2008, l'ambassadeur de l'UPM, Alain Le Roy, se rend en Libye pour remettre au colonel Kadhafi l'invitation de Nicolas Sarkozy à se rendre au sommet de l'Union pour la Méditerranée, prévu à Paris en juillet 2008. Mouammar Kadhafi fait alors sèchement savoir qu'il ne fera pas le déplacement.

L'argument invoqué est fondé, comme l'explique ce diplomate français : « Initialement, Nicolas Sarkozy lui avait vendu un projet d'UPM centré sur le Maghreb. Mais l'Allemagne, qui ne voulait pas payer sans être de la partie, a pesé de tout son poids pour que l'UPM soit élargie à l'Europe tout entière. D'une façon générale, c'est toute la technostructure européenne qui était hostile à la première mouture de l'Union. Pour cette raison, Mouammar Kadhafi a refusé d'y être associé. Son argument était logique : je suis le roi des rois d'Afrique. Donc, si toute l'Europe y va, toute l'Afrique aussi[1]. »

Face à ce refus, Nicolas Sarkozy préfère temporiser. Un signe que, déjà, le colonel Kadhafi n'est plus une pièce majeure sur son échiquier personnel et présidentiel. À l'époque, il faut le savoir, l'Élysée a bien d'autres caprices à gérer : notamment les colères du président égyptien, Hosni Moubarak, qui ne digère pas la venue, en invité vedette de surcroît, du Syrien Bachar el-Assad, et menace de faire un esclandre public… De l'aveu de ce conseiller élyséen, il faudra déployer des trésors de diplomatie pour apaiser le courroux du potentat égyptien.

« Puis en décembre 2008, il y a eu l'opération "Plomb durci" de l'armée israélienne à Gaza, où Nicolas Sarkozy s'est retrouvé en porte-à-faux avec les Libyens[2] », se souvient le diplomate français déjà cité. Et enfin, en juillet 2009, survient le clash et l'officialisation de la rupture entre Sarkozy et Kadhafi lors du sommet du G8 qui se tient à Aquila, en Italie.

Pour en comprendre les tenants et les aboutissants, un détour par la Suisse s'impose. Depuis 2008, la Suisse et la Libye traversent une épouvantable crise diplomatique causée par l'arrestation, en 2008, d'Hannibal Kadhafi, l'un des fils du Guide, qui avait tabassé des domestiques dans un palace genevois. C'est donc un Kadhafi très remonté contre les Suisses qui s'exprime à Aquila. Volontairement provocateur – à moins qu'il n'ait abusé de la cocaïne –, le Guide préconise ce jour-là

1. Entretien avec l'auteur, le 15 novembre 2012.
2. Entretien avec l'auteur, le 20 novembre 2012.

un « démantèlement » de la Suisse. Aux Allemands la partie germanophone, et aux Français la francophone ! « Là, ce n'était plus possible. Nicolas Sarkozy a choisi d'annuler une rencontre prévue avec Kadhafi. Il ne l'avait pas vu depuis longtemps et ne lui avait presque plus parlé », révèle le diplomate français.

Sarkozy mise désormais sur Bachar al-Assad

Désormais, peu importe le sort du colonel au président français. L'échec de l'avion Rafale et l'absence de contrats significatifs signés avec des entreprises françaises, en dépit de promesses à 10 milliards d'euros, auront aussi lourdement contribué à ce lâchage. Il ne pouvait en être autrement dans cette République sarkozyste qui avait érigé la diplomatie d'affaires en diplomatie tout court.

Entre-temps, Nicolas Sarkozy s'est trouvé un autre despote à courtiser et à réhabiliter : le président syrien Bachar el-Assad. Déjà, on s'en souvient, le duo composé de Claude Guéant et de Ziad Takieddine s'était reconstitué sur le dossier syrien. Comme à propos de la Libye en 2007, Nicolas Sarkozy ne ménage pas sa peine : entre 2008 et 2010, il reçoit deux fois Bachar el-Assad à Paris et se rend une fois à Damas. Les calculs sont vite faits. Iran, Liban, conflit israélo-palestinien... Les dossiers sur lesquels Nicolas Sarkozy est susceptible d'intervenir par le truchement de la Syrie sont autrement plus excitants que les perspectives offertes par Mouammar Kadhafi. De quoi (presque) rivaliser avec Barack Obama !

En définitive, plus que du dégoût et du mépris, plus que de la déception liée au non-aboutissement de certains contrats, Mouammar Kadhafi a d'abord été victime de l'opportunisme du président français.

Tant que le leader libyen lui a semblé utile, Nicolas Sarkozy s'est conduit comme un partenaire de choix avec lui. Mais à peine le vent du printemps arabe commença-t-il à souffler sur la Tunisie que le président français, qui aura soutenu mordicus le président Ben Ali jusqu'au bout, entreprit de monter dans le train des révolutions arabes en sacrifiant Kadhafi. Nicolas Sarkozy n'avait pas vu venir le renversement du Tunisien Ben Ali en poste depuis vingt-quatre ans ? Qu'importe, il se rattrapera en renversant Mouammar Kadhafi, au pouvoir depuis quarante-deux ans. Une guerre qui lui permettra, en outre, de conforter son alliance stratégique et financière avec le Qatar qui aura, lui aussi, activement participé à la guerre de Libye. L'incohérence majeure consistant à dérouler le tapis rouge à Mouammar Kadhafi en 2007 et à le renverser en 2011 aura été le cadet des soucis du président français.

Nicolas sarkozy s'offrira même le luxe de persévérer dans l'incohérence, par-delà la guerre de Libye. Et cela en traitant différemment les enfants du colonel ayant survécu au conflit, ainsi que les dignitaires kadhafistes, selon la nature des relations qu'ils avaient entretenues avec la France. Ou, plus précisément, selon le poids des secrets qu'ils étaient susceptibles de détenir...

Bachir Saleh, protégé de la République sarkozyste

Un homme mérite que l'on s'arrête sur son cas. Il s'agit de Bachir Saleh, l'ancien directeur de cabinet de Mouammar Kadhafi et, surtout, l'heureux responsable d'un fonds d'investissement libyen doté de 8 milliards d'euros, le Libya Africa Investment Portfolio (LAP).

La trace de ce parfait francophone se perd dans le ciel français le 3 mai 2012, à 20 h 12. À cette heure précise, un avion biréacteur décolle de Paris. Direction : un pays africain. Bachir Saleh vient de quitter précipitamment la France. Comme l'ont révélé les *Inrockuptibles*[1], au terme d'une enquête fournie, le désormais fugitif a rencontré deux heures plus tôt son ami Alexandre Djouhri et le directeur de la DCRI, Bernard Squarcini, au Champ-de-Mars, à Paris. Il est plus que temps de partir.

La veille, *Paris Match*[2] a publié des photos de l'ancien directeur de cabinet de Kadhafi se promenant dans les beaux quartiers de la capitale. « Vous voyez bien que je ne suis pas en fuite », déclare même l'homme au journaliste de l'hebdomadaire, François de Labarre.

Pourtant, Bachir Saleh fait l'objet d'une notice rouge d'Interpol (avis de recherche international), pour fraude, depuis mars 2012. Ce document signifie que la Libye demande formellement aux 190 pays membres d'Interpol qu'ils procèdent à l'arrestation et à l'extradition de Bachir Saleh si celui-ci se trouvait sur leur sol.

Une fois la présence de Saleh en France attestée, il devient politiquement et diplomatiquement compliqué pour Paris de ne pas réagir. Nous sommes alors entre les deux tours de l'élection présidentielle de 2012, et Mediapart vient de publier son fameux document sur le financement de la campagne présidentielle de Nicolas Sarkozy de 2007. Bachir Saleh, qui en a aussitôt contesté l'authenticité, tout comme Nicolas Sarkozy, est présenté, on s'en souvient, comme le destinataire du document.

Le président sait qu'il ne peut plus commettre le moindre

1. Michel Despratx et Geoffrey Le Guilcher, « L'embarrassant monsieur Saleh », *Les Inrockuptibles*, 19 septembre 2012.

2. François de Labarre, « Exclusif : la drôle de fuite de Bachir Saleh », www.parismatch.com, 2 mai 2012.

faux pas sur le dossier libyen. Le jour même de la parution des photos dans *Paris Match*, il déclare sur RMC que « si M. Saleh est recherché par Interpol, il sera livré à Interpol ».

À ce moment précis, l'ancien secrétaire particulier de Kadhafi tergiverse : fuir ou rester en France ? Il détient tellement de secrets, notamment financiers, qu'il aurait sans doute les moyens de s'imposer. Les différents avocats parisiens qu'il consulte dans l'urgence le mettent cependant en garde et le conduisent à changer d'avis : son arrestation est imminente, c'est une question d'heures.

L'un de ses avocats en 2012, Marcel Ceccaldi, en témoigne : « Le mercredi 2 mai 2012 au matin, Bachir Saleh était dans mon cabinet, assis devant moi, exactement là où vous êtes assise. Il m'a demandé : "Qu'est-ce que je fais ?" Je lui ai répondu : "Si vous restez, vous êtes arrêté. Autant réserver une chambre à la prison de la Santé tout de suite[1] !" » En clair : il faut partir, et vite !

La suite du témoignage de Me Ceccaldi montre néanmoins que la situation de Bachir Saleh est tout sauf désespérée. Aussi encombrant soit-il devenu, il peut encore compter sur la protection de l'appareil d'État français et, en particulier, sur Bernard Squarcini, le patron de la DCRI : « Bachir Saleh a de quoi faire sauter la République plusieurs fois, tonne Marcel Ceccaldi. D'ailleurs, lorsqu'il était dans mon cabinet, Bernard Squarcini a téléphoné... » Pour lui demander de convaincre Bachir Saleh de renoncer à son exil doré en France ? Pas de réponse. « Mais je peux vous dire que, bien avant cette journée décisive, lorsque la notice rouge d'Interpol est tombée, j'étais à Tunis et j'ai téléphoné à Squarcini pour lui dire que cette notice était une bêtise. Et il m'a répondu : "Ce n'est pas un

1. Entretien avec Marcel Ceccaldi, le 1er octobre 2012.

problème." » Ce « pas un problème » en dit long sur le niveau de protection dont aura profité Saleh pendant son séjour en France, où il aura vécu entre divers palaces parisiens et sa luxueuse maison de Prévessin-Moëns, dans le pays de Gex, à dix minutes de l'aéroport de Genève.

Arrivé dans l'Hexagone à la fin de l'année 2011, Bachir Saleh avait bénéficié, grâce à Claude Guéant, d'un visa pour « regroupement familial ». Son épouse libanaise, Kafa Kachour, avait en effet été naturalisée française en 2008 grâce à un appui direct de l'Élysée, ce qui avait permis de réduire la durée de cette procédure complexe à… trois mois. Un record ! Depuis, Kafa Kachour s'était illustrée dans les rubriques « Faits divers » des gazettes : en mai 2013, elle avait été condamnée par la cour d'appel de Lyon à deux ans de prison, dont un avec sursis, et 150 000 euros d'amende. Pour esclavage domestique dans la belle maison de Prévessin-Moëns…

L'Élysée aura plusieurs fois sauvé la mise à Bachir Saleh

Au moment de son départ définitif de Libye, dans le courant du dernier trimestre 2011, Bachir Saleh avait déjà pu compter sur l'Élysée. Voici ce qu'en dit Marcel Ceccaldi : « Mon client a quitté la Libye normalement via la frontière avec la Tunisie. Il venait d'être relâché après avoir été arrêté du côté de Zenten et mis au frais pendant deux mois. Pendant ce temps, il a pu rencontrer le président du CNT, qui l'a laissé partir. En Tunisie, l'ambassadeur de France, Boris Boillon, lui a délivré un visa pour la France. » Il va de soi que Paris a pese de tout son poids sur le CNT pour que l'ancien secrétaire particulier de Kadhafi recouvre la liberté. Selon *Le Canard enchaîné*,

Alexandre Djouhri aurait en outre mis un jet à la disposition de Bachir Saleh pour qu'il puisse rejoindre la France en toute discrétion.

Bien que marginalisé au sein du pouvoir libyen par Kadhafi et ses fils avant la guerre de 2011, Bachir Saleh sera resté, au plus fort du conflit, une courroie de transmission entre Paris et Tripoli. Du point de vue français, en tout cas. Ainsi, le 2 juillet 2011, Nicolas Sarkozy reçoit Saleh pour lui transmettre un message ferme : ou bien Kadhafi met fin aux combats et s'exile dans un pays qui ne le transférera pas à la Cour pénale internationale, ou bien il ne survivra pas à la guerre[1].

Puis, le 15 août 2011, à quelques jours à peine de la chute de Tripoli, Bachir Saleh rencontre Dominique de Villepin à l'hôtel Radisson de Djerba, en Tunisie. Selon le magazine *M du Monde*[2], Dominique de Villepin aurait été porteur d'un dernier message de Nicolas Sarkozy : si Kadhafi ne s'en va pas maintenant, il finira comme Saddam Hussein. Plus surprenant, Alexandre Djouhri, vieil ami de Dominique de Villepin et de Bachir Saleh, était également présent au Radisson de Djerba. A-t-il été question d'argent lors de cette réunion ? Mystère.

Juillet 2012 : Aïcha Kadhafi se rend incognito à Paris

Aïcha Kadhafi, la seule fille connue du Guide, a, quant à elle, bénéficié d'une certaine permissivité française plus que d'une véritable protection. Avec toutefois une bien étonnante

1. Voir le film d'Antoine Vitkine, *Kadhafi, mort ou vif*, diffusé en mai 2012 sur France 5.

2. Émeline Cazi et Arianne Chemin, « Un businessman nommé Villepin », *M le magazine du Monde*, 12 janvier 2013.

particularité : bien que visée, elle aussi, par une notice rouge d'Interpol, elle s'est rendue au minimum deux fois à Paris, en juillet 2011 et en juillet 2012, sous les présidences de Nicolas Sarkozy et… de François Hollande.

Selon ce consultant français, qui a su tisser des relations privilégiées avec les nouvelles autorités de Tripoli, « en 2012, Aïcha Kadhafi est descendue à l'hôtel George V pendant deux ou trois jours. Mais son séjour s'est mal passé[1] ».

En effet, des Libyens hostiles au régime de Kadhafi, et résidant en France, ont eu vent de sa venue. « L'ambassade d'Algérie a alors pris les devants et l'a rapatriée en catastrophe dans un avion spécial », poursuit le consultant français. À cette époque, Aïcha Kadhafi était censée vivre recluse en Algérie, où elle s'était réfugiée en 2011 avec sa mère Safia et ses frères Hannibal et Mohamed.

L'information de sa venue à Paris est confirmée par le réseau kadhafiste de Franck et de Tahar : « À ceci près qu'Aïcha est venue en France pour des questions personnelles d'argent qui ne sont pas liées à des financements politiques », ajoute Franck. Ce qui laisse entendre qu'Aïcha (et sa mère) gèrent aujourd'hui tout ou partie des avoirs de la famille Kadhafi. Des avoirs censés être gelés dans plusieurs pays européens, si tant est qu'il soit possible de distinguer les finances personnelles de la famille et l'argent de l'État.

Trois mois plus tard, en octobre 2012, une délégation française de sept personnes, composée notamment d'universitaires et d'avocats défendant le régime de Kadhafi, devait se rendre à Alger pour rencontrer la fille du Guide. La visite sera annulée à la dernière minute par l'entourage libyen d'Aïcha : son cercle rapproché avait découvert qu'un malotru comptait saisir cette

1. Entretien avec l'auteur, le 22 janvier 2013.

occasion pour lui demander 100 000 euros, en rémunération d'un service rendu dans le passé !

Puis, en novembre 2012, une avocate libyenne du nom de Fatema Mohammed Abolniran, présidente de l'association Rilud, qui milite pour que les Libyens en exil, dont nombre de partisans de l'ancien régime, soient autorisés à participer aux élections, a passé dix jours en Algérie au côté d'Aïcha Kadhafi.

C'est ensuite que la trace de la fille du colonel se perd. Elle ne resurgit qu'en mars 2013, lorsque le ministre libyen des Affaires étrangères lève le voile sur la dernière destination d'Aïcha : le sultanat d'Oman. Elle n'y serait toutefois restée que peu de temps et serait revenue en Algérie d'où elle voyage. Ainsi, à l'été 2013, Aïcha Kadhafi se serait rendue en Afrique du Sud.

Saadi Kadhafi sauvé par Nicolas Sarkozy ?

Un autre enfant du colonel Kadhafi a bénéficié de la mansuétude française : Saadi Kadhafi. Celui-là même qui avait demandé 10 % sur la vente du Rafale ! « On colle un peu rapidement à Saadi l'image d'un amateur. Il n'est pas idiot, loin de là. C'est quelqu'un qui sait prendre du recul et est doté d'un solide sens de l'humour. C'est le fils préféré de sa mère, qui l'adore. Il la fait beaucoup rire. Il faisait aussi rire son père, qui en avait assez qu'on le critique. Un jour, je lui ai dit que son fils était intelligent et là, là, le Guide a fait un grand sourire comme un père qui est fier de son fils[1] », proteste, encore ému de la scène, un Français, ami de la famille Kadhafi, qui était au côté de Saadi au moment de la chute de Tripoli, en août 2011.

1. Entretien avec l'auteur, le 15 janvier 2013.

Très peu de personnes le savent, mais l'Élysée aurait donné son feu vert pour que Saadi Kadhafi puisse quitter la Libye sans être arrêté. Pourquoi cette faveur ? Réponse du Français : « Il fallait bien donner quelque chose à la famille après tout ce qui était arrivé. La réponse a été oui pour Saadi et non pour Seïf el-Islam. »

Qui a peur de Seïf el-Islam ?

Selon la version officielle, qui repose essentiellement sur des déclarations de révolutionnaires, Seïf el-Islam Kadhafi aurait été capturé le 19 novembre 2011 par des rebelles de Zenten, qui se situe à 170 kilomètres au sud-ouest de la capitale. La vérité est bien différente de cette fable sciemment véhiculée par les rebelles.

Voici la véritable histoire de l'arrestation de Seïf el-Islam Kadhafi et de sa tentative d'assassinat par… la France. En fait, le fils Kadhafi a été arrêté dans la région de Béni Walid, qui se trouve à 180 kilomètres au sud-est de Tripoli, où il se cachait avec son escorte armée. Il avait passé un certain temps dans la maison de l'un de ses gardes du corps, située à Béni Walid même, mais avait dû fuir après que l'habitation eut été bombardée de façon (très) ciblée. Ce sont Tahar, l'ancien responsable des Comités révolutionnaires, et le Français Franck, qui fournissent les informations sur les derniers jours de Seïf el-Islam avant son arrestation. Un de ses gardes sera d'ailleurs grièvement blessé lors de l'attaque et y perdra une jambe avant de se faire soigner en Allemagne.

Seïf el-Islam sera toutefois capturé par une tribu lors de sa fuite. Là encore, rien ne s'est passé comme prévu, par les Français notamment. Il faut en effet savoir que, dans le plus grand des secrets, la France avait fait une croix sur Seïf el-Islam. Le dauphin du colonel Kadhafi ne devait pas survivre à la guerre. Et, au vu de l'implication de Nicolas Sarkozy dans la chute du régime libyen, il est impensable que le président français, chef des armées, n'ait pas suivi la traque de Seïf en temps réel.

Mais revenons à la capture de Seïf el-Islam. Selon une source française, un commando français, avec un appui qatari, est alors arrivé sur les lieux de l'arrestation pour éliminer le fils Kadhafi. S'agissait-il d'un commando des Forces spéciales ou d'un commando du service Action de la DGSE ? Mystère. Mais, surprise, on l'a dit, Seïf el-Islam est sauvé *in extremis* par un commando d'un autre pays qui l'exfiltre de la zone. Franck et Tahar, qui, rappelons-le, connaît très bien certains des enfants du colonel Kadhafi, rapportent la suite de l'histoire. Le commando étranger était, on le sait, composé de Russes. L'implication militaire de la Russie aux côtés des Kadhafi est un secret de polichinelle. Selon Franck et Tahar, ce sont ensuite les Algériens – eux aussi soutenaient Kadhafi – qui ont négocié avec les rebelles de leur livrer Seïf el-Islam afin de le protéger ou, à tout le moins, qu'il ne soit livré ni aux Français ni aux Qataris. Zenten, où il se trouve toujours… Ils affirment également que trois militaires français auraient été tués lors de cette opération [1].

De son côté, le colonel Burkhard, conseiller communication du chef d'état-major des armées, déclare : « Nous ne commentons pas les opérations spéciales [2]. » Le gradé ne confirme donc pas, ni n'infirme, l'information sur la tentative d'élimination de Seïf el-Islam.

Depuis, ce dernier est l'enjeu d'une bataille entre les nouvelles

1. Cette information m'est parvenue le 29 juillet 2013.
2. Conversation téléphonique avec le colonel Burkhard, le 24 juin 2013.

autorités libyennes et la Cour pénale internationale (CPI) pour sa mise en jugement. Le fils Kadhafi est en effet visé par un mandat d'arrêt de la CPI pour « crimes contre l'humanité ». Dès le début des combats, le jeune homme avait tombé son beau costume de réformateur pour celui de chef de guerre, qui promettait, en février 2011 à la télévision, « des rivières de sang en Libye ».

Pour Tripoli, qui refuse fermement de livrer le prisonnier à La Haye, siège de la CPI, la Libye est parfaitement en mesure de juger Seïf el-Islam et de lui garantir un procès juste et équitable. Mais les avocats nommés par la CPI pour représenter le fils Kadhafi ne partagent pas cet avis. Pas du tout, même. En octobre 2012, l'une de ses avocates, Melinda Taylor, déclarait : « Soyons clairs : s'il est condamné [en Libye], M. Kadhafi sera pendu. »

Le conflit entre la CPI et Tripoli atteint son apogée au printemps 2012, lorsque Melinda Taylor et trois autres membres d'une délégation de la CPI venue rendre visite à Seïf el-Islam à Zenten y sont détenus vingt-trois jours durant. Melinda Taylor est accusée d'avoir voulu remettre au fils Kadhafi une « lettre codée » de son ancien bras droit, Mohamed Ismaïl…

Après avoir suscité de nombreuses et légitimes inquiétudes, les conditions de détention de Seïf semblent être devenues acceptables. Surveillé en permanence par dix hommes, ce qui est peu au regard de la « valeur » du prisonnier, il est correctement traité.

Contrairement à ce qu'ont longtemps prétendu les autorités de Tripoli, qui accusent la tribu de Zenten de ne pas vouloir leur remettre le prisonnier, le jeune homme a été amené au minimum une fois, en 2012, à Tripoli. Le consultant français cité plus haut raconte que, lors d'un voyage en Libye en 2012, il a acquis la certitude que Seïf el-Islam se trouvait à Tripoli.

« Je me souviens que le CNT avait créé un Comité des sages chargé de rédiger une nouvelle Constitution, qui serait ensuite soumise à un référendum. J'ai assisté à l'une de ses réunions qui se tenait dans une caserne à Tripoli. Les gens présents m'ont dit et assuré qu'en dessous il y avait Seïf el-Islam. Cette histoire de Zenten est partiellement fausse. Il est en réalité aux mains du pouvoir central », affirme-t-il. De son côté, Franck m'a, lui aussi, confirmé la présence temporaire de Seïf el-Islam à Tripoli.

La capture d'Abdallah Senoussi

Un autre membre de la famille de Mouammar Kadhafi est également emprisonné en Libye. Lui non plus n'aura pas bénéficié de la moindre aide française. Il s'agit du redoutable beau-frère du Guide, Abdallah Senoussi, qui dirigeait les renseignements militaires et avait été condamné à la perpétuité en France pour l'attentat contre le DC10 d'UTA. Une vieille connaissance, on l'a dit, de Nicolas Sarkozy, Claude Guéant et Ziad Takieddine.

La Libye souhaite juger ce prisonnier hors norme, notamment en raison de son implication dans le massacre de la prison d'Abou Salim en 1996, où 1 200 prisonniers avaient été tués. L'homme est également recherché par la Cour pénale internationale pour « crimes contre l'humanité » pendant la guerre de 2011.

Alors que de nombreuses questions sur la date exacte et les conditions de son arrestation et de sa détention étaient posées à intervalle régulier, des réponses partielles ont pu être apportées le 15 avril 2013. Ce jour-là, pour la première fois, des observateurs neutres et étrangers, membres de l'ONG Human

Rights Watch, ont rencontré Abdallah Senoussi, détenu à la prison d'Al-Hadbha, à Tripoli. L'entretien s'est déroulé en tête à tête dans le bureau du directeur de l'établissement pénitentiaire et a duré trente minutes.

Abdallah Senoussi a déclaré être traité de façon « raisonnable ». Il s'est en revanche plaint de ne pas pouvoir se faire assister d'un avocat, de ne pas être autorisé à recevoir de visites de sa famille à l'exception d'une visite de sa fille Anoud, elle aussi détenue en Libye, de ne pas connaître les charges retenues contre lui, excepté celles de la CPI (dont il a pris connaissance à la télévision pendant sa cavale). Et, enfin, de ne jamais pouvoir sortir de sa cellule, ne serait-ce que pour faire de l'exercice physique.

Cela ne figure pas dans le rapport de Human Rights Watch, mais Anoud, qui n'a pas encore 20 ans, a été arrêtée en Libye au début du mois d'octobre 2012. Selon sa sœur Sara, réfugiée au Caire avec sa mère et les autres enfants du couple Senoussi, elle serait rentrée en Libye sur un coup de tête pour essayer de voir son père. Ses conditions de détention font l'objet de versions contradictoires. Sara Senoussi a déclaré que sa sœur avait été violée devant son père pour l'obliger à parler, mais, après une visite en Libye, l'un des conseils de la famille estimait que, si elle avait bel et bien été battue, rien n'était sûr concernant le viol.

L'entretien mené par Human Rights Watch a également permis de faire un sort à différentes versions, pour le moins hasardeuses, de l'arrestation d'Abdallah Senoussi. L'ancien bras droit de Kadhafi a ainsi expliqué avoir été arrêté au Maroc dans le courant du mois de mars 2012, et détenu là-bas pendant douze jours avant d'être placé dans un avion en partance pour la Mauritanie, où il a été arrêté dès son arrivée, le 17 mars 2012.

Human Rights Watch ne le précise pas dans son rapport, mais, pendant sa courte détention au Maroc, Abdallah Senoussi a été longuement interrogé par les services de renseignement du royaume.

Une fois arrivé en Mauritanie, il a été détenu dans une académie militaire, puis dans une villa à Nouakchott, la capitale. Senoussi raconte qu'en Mauritanie, il a été interrogé par des agents saoudiens, libanais et américains. Ces derniers, selon Senoussi, appartenaient au FBI et ont eu accès à lui à deux reprises.

Toujours selon le récit d'Abdallah Senoussi, il a été extradé en Libye le 5 septembre 2012 et, depuis cette date, est demeuré à la prison d'Al-Hadhba, à Tripoli. Human Rights Watch a pu visiter ce qui a été présenté comme sa cellule et en fait la description suivante : elle mesure trois mètres sur quatre, possède une petite fenêtre en hauteur, une mini-salle de bains avec wc, douche et lavabo, un matelas au sol avec couverture et oreiller. L'ONG précise même que des sacs en plastique étaient accrochés aux murs. À l'intérieur : des vêtements sales et de la nourriture.

Combien de temps Abdallah Senoussi restera-t-il dans cette cellule ? La date de son procès demeure inconnue, de même que les charges retenues contre lui. Le système judiciaire libyen n'a pas les moyens de mener à bien un procès de cette envergure mais, pour des raisons politiques, les autorités de Tripoli refusent de livrer Senoussi à la Cour pénale internationale. Un procès objectif de cet ancien haut responsable permettrait pourtant à la Libye de commencer à refermer l'ère Kadhafi.

17

Le cas Baghdadi al-Mahmoudi

La vie de Baghdadi al-Mahmoudi a basculé le 24 juin 2012. Ce jour-là, la Tunisie, où il était emprisonné depuis septembre 2011 après avoir fui Tripoli, l'a livré à la Libye. Comme une marchandise embarrassante dont on se déleste. Depuis, les ténèbres se sont abattues sur celui qui fut le dernier Premier ministre du colonel Kadhafi.

L'on retiendra de son histoire qu'il ne fallait surtout pas se fier à l'air penaud et à la physionomie plutôt avenante de ce petit moustachu tout en rondeurs. Baghdadi al-Mahmoudi était un dur parmi les durs. Ainsi, lorsque Seïf el-Islam Kadhafi se sentira pousser des ailes réformatrices, al-Mahmoudi déploiera des trésors de ruse pour l'empêcher de dépoussiérer la Grande Jamahiriya de papa. Et s'il ne s'est jamais fait remarquer pour ses frasques personnelles, il n'a pas hésité, à l'occasion, à se conduire en tyran. L'anecdote qui suit est racontée par l'un de ses avocats tunisiens; elle remonte à 2005. « Un procureur général a considéré que Baghdadi al-Mahmoudi s'était approprié des meubles appartenant à l'État et s'est rendu sous bonne escorte à son domicile pour vérifier ce qu'il en était. Mahmoudi a perdu le contrôle de soi, s'est emparé de l'arme d'un des gardes et a menacé le procureur avec ! » D'après cet avocat, ce coup de sang lui vaudrait aujourd'hui d'être poursuivi en Libye, où il est toujours emprisonné.

Des avocats trop nombreux et des versions bien discordantes

Selon un autre de ses conseils tunisiens, Mabrouk Kourchid, la justice libyenne reprocherait également à son client des menaces de viol, ou d'avoir ordonné des viols. « Mais il n'y a pas de preuves formelles à son encontre », affirme-t-il. On l'accuserait enfin d'avoir porté atteinte à la sécurité de l'État. Une notion floue et fourre-tout bien pratique pour les autorités libyennes, qui multiplient les reports du procès de l'ex-Premier ministre sans jamais indiquer précisément les charges retenues contre lui. Ce qui traduit la confusion qui règne autour du dossier de Baghdadi al-Mahmoudi.

Les nouvelles autorités de Tripoli ne sont pas les seules responsables de cette confusion. Les trop nombreux avocats tunisiens de l'ex-Premier ministre – on en a dénombré jusqu'à une dizaine ! – y ont également leur part. Lorsqu'en 2012 Baghdadi al-Mahmoudi bataillait ferme devant les tribunaux tunisiens pour éviter d'être extradé en Libye, ses avocats abreuvaient les médias de versions contradictoires sur le financement de la campagne présidentielle de Nicolas Sarkozy en 2007.

Par exemple, l'un de ces conseils, Slim Ben Othman, affirme que Baghdadi lui a dit les yeux dans les yeux avoir supervisé une remise d'argent à des Français en Suisse. « Tout s'est fait dans un hôtel de Genève. Baghdadi al-Mahmoudi m'a dit que de l'argent avait été retiré en liquide dans une banque et remis à une délégation française de plus de quatre personnes. Il m'a aussi dit qu'il y avait tellement d'argent qu'un Français avait dû s'asseoir sur la valise pour faire entrer les billets », assure le plus sérieusement du monde Slim Ben Othman. Pourtant, l'avocat ne se souvient ni de la somme engagée ni des prénoms des Français présents à Genève, que lui aurait pourtant communiqués Baghdadi al-Mahmoudi lui-même ! Difficile de croire à cette version des faits, que d'autres avocats tunisiens remettent d'ailleurs eux-mêmes en cause… Ce qui n'empêche pas de penser qu'au vu des fonctions qu'occupait Baghdadi al-Mahmoudi à l'époque, il détienne de précieuses informations sur l'affaire.

Le président Marzouki humilié par son Premier ministre

Cet imbroglio s'explique certainement par le fait que Baghdadi al-Mahmoudi, alors en dépression profonde, était prêt à tout pour éviter les geôles libyennes. Cependant, il n'y échappera pas, et aura été le facteur déterminant d'une crise politique majeure en Tunisie. C'est que le président de la République tunisienne, Moncef Marzouki, ancien militant des droits de l'homme et physiquement révulsé par l'emploi de la torture, a pris fait et cause pour Baghdadi al-Mahmoudi. Ce qui n'aura pas empêché le Premier ministre islamiste, Hamadi Jebali, de se prononcer en faveur de son extradition, et de renvoyer al-Mahmoudi chez lui sans en référer au président. Plusieurs mois après les faits, la colère de Moncef Marzouki est toujours aussi vive.

Ce 19 novembre 2012, le président tunisien est simplement vêtu d'un pantalon gris et d'une chemise bleue. Il ne porte pas de cravate. Il est chaleureux et accessible. Il vient de recevoir brièvement la ministre française déléguée à la francophonie, Yamina Benguigui, ce qui ne semble guère l'avoir épuisé.

Depuis le départ de la délégation française et du tourbillon d'officiers de sécurité qui l'escortaient, le calme est retombé sur le palais présidentiel. Situés sur les hauteurs de Carthage, ses salons aux larges baies vitrées offrent une vue imprenable et magnifique sur la Méditerranée. Dans l'un d'eux, un couvert a été dressé pour deux personnes. En toute simplicité.

Moncef Marzouki va droit au but. « L'affaire Baghdadi al-Mahmoudi ? J'ai hérité de ce cadeau empoisonné dès mon arrivée à la présidence. J'ai été à deux doigts de démissionner. J'ai déclaré à la télévision que Baghdadi al-Mahmoudi ne serait pas livré. Le Premier ministre a déclaré le contraire. À la télévision lui aussi ! » Et il a obtenu gain de cause, dans des conditions qui mériteraient d'être éclaircies.

Toute honte bue, c'est en ces termes que Moncef Marzouki raconte sa version des faits : « En juin 2012, je suis parti en inspection dans l'extrême sud tunisien. Dans le C-130 qui me transportait, il n'y avait pas de couverture téléphonique. À 16 heures, mes conseillers m'ont informé que Baghdadi al-Mahmoudi avait été livré. Par la suite, j'ai su qu'il avait en réalité été livré dès 9 heures ou 10 heures du matin. C'était donc prémédité. J'ai écrit ma lettre de démission dans le C-130 qui me ramenait. J'étais décidé à partir. Mon avion a atterri sur une base militaire et l'on m'a confirmé que l'armée n'était pas impliquée, contrairement à ce qui m'avait été suggéré dans un premier temps. Le ministre de la Défense m'a raconté qu'il avait demandé si le président était au courant de l'extradition de Baghdadi al-Mahmoudi, et que le Premier ministre lui avait répondu oui. Mes conseillers m'ont dit que c'était un piège pour me faire démissionner. »

Si, jusque dans les rangs présidentiels, certains pensent que Moncef Marzouki avait été informé de l'extradition d'al-Mahmoudi et aurait tacitement donné son accord, le président, lui, le nie.

Quand le président Ben Ali était un agent de Kadhafi

Tout au long de cette affaire, les relations entre la Tunisie et la Libye se sont considérablement tendues. C'est que Tripoli affiche sans relâche sa détermination à mettre la main sur son ressortissant. « Je ne pouvais pas. Humainement, je ne pouvais pas. En Libye, il n'y avait ni institutions stables ni justice indépendante. Contrairement à la Tunisie, il n'y a pas, non plus, de moratoire sur la peine de mort. » S'il s'est bien gardé de s'exprimer en ces termes avec les Libyens, Moncef Marzouki ne donne alors évidemment pas cher de la vie de Baghdadi al-Mahmoudi s'il venait à être extradé vers son pays.

Les observateurs avisés ne manqueront pas de relever que les relations entre la Libye et la Tunisie ne sont décidément plus ce qu'elles étaient du temps du colonel Kadhafi et du président Ben Ali : un long fleuve (presque) tranquille. Très peu d'observateurs le savent, mais un secret d'État unissait ces deux dictateurs. « Ben Ali était un agent libyen [1] », assène Ahmed Bennour qui, dans les années soixante-dix et quatre-vingt, était l'un des hommes les mieux renseignés de Tunisie. Et pour cause : il a été successivement secrétaire d'État à la Défense nationale, puis secrétaire d'État à l'Intérieur (1980-1984) du président Bourguiba.

Les soupçons de la « trahison » de Ben Ali commencent à poindre dès 1974. L'époque est alors dominée par un projet fou, auquel le président Bourguiba mettra fin : il s'agissait de réunir les deux pays, la Libye et la Tunisie. « Kadhafi y croyait et a proposé des noms pour gérer la nouvelle entité. Et surprise,

1. Entretien avec Ahmed Bennour, le 16 novembre 2012.

il a proposé celui de Ben Ali pour le renseignement militaire. Comment Kadhafi avait-il bien pu le connaître ? Ben Ali n'était alors qu'un discret colonel dans un service de renseignement tunisien », poursuit Ahmed Bennour.

Pour faire la lumière sur cette question, une enquête est diligentée au sein de l'armée et Ben Ali est préventivement exilé, comme attaché militaire au Maroc. Il ne reviendra à Tunis qu'en 1977... comme directeur général de la Sûreté nationale.

Pendant ce temps, Kadhafi, qui ne digérait pas le retrait du président Bourguiba du traité d'union entre la Libye et la Tunisie, mûrissait sa vengeance : la création d'un Front révolutionnaire de libération de la Tunisie, chargé de déstabiliser la Tunisie par la violence.

En janvier 1980, un commando d'une vingtaine d'hommes pénètre en Tunisie et mène plusieurs attaques meurtrières dans la ville de Gafsa, où se trouve alors le président Bourguiba. Des membres du commando sont capturés et passent aux aveux : c'est le colonel Kadhafi qui a organisé cette action terroriste !

Rafik Chelly a été un témoin privilégié de cette période trouble. Il dirigeait alors la sécurité de la présidence de la République. « Nous avons découvert qu'avant les attaques, notre représentant à Damas, en Syrie, avait été prévenu de leur imminence par un membre du commando : "Attention, une opération est en cours en Tunisie." L'information a été transmise à Ben Ali, qui était directeur général de la Sûreté nationale, mais il l'a gardée pour lui. Rebelote à la veille de l'opération. L'ambassade de Tunisie à Tripoli est prévenue. Un télex est aussitôt envoyé aux Affaires étrangères et à la Sûreté nationale mais, là encore, rien n'a été fait[1]. »

1. Entretien avec Rafik Chelly, le 23 novembre 2012.

Pour la seconde fois en quelques années, Zine el-Abidine Ben Ali est soupçonné de haute trahison envers son pays, la Tunisie. La sanction est immédiate : en 1980, il est de nouveau exilé, comme ambassadeur en Pologne, cette fois…

Ce n'est que des années plus tard, après la prise du pouvoir de Ben Ali en 1987, que Rafik Chelly acquerra la certitude absolue que celui-ci était bien un agent de Kadhafi. « Après 1987, Kadhafi a convoqué deux responsables du Front révolutionnaire de libération de la Tunisie, dont son chef, Betibi. Il leur a demandé de rentrer en Tunisie et de cesser leurs activités contre le régime tunisien maintenant que Bourguiba était parti. Il leur a dit : "Vous pouvez rentrer maintenant. Il y a un nouveau président, Ben Ali. C'est une ancienne connaissance. Il nous informe depuis les années soixante-dix par l'intermédiaire du commandant libyen Khouildi Lahmidi", qui était un membre du Conseil de commandement de la révolution, créé par Kadhafi juste après sa prise du pouvoir. C'est Betibi en personne qui me l'a raconté », révèle Rafik Chelly.

200 millions de dollars pour faire taire al-Mahmoudi ?

On ne s'étonnera pas qu'au moment de l'affaire Baghdadi al-Mahmoudi, autrement dit après la mort de Kadhafi et le renversement de Ben Ali, les relations soient devenues nettement moins fluides entre la Libye et la Tunisie. Pour contraindre le président Marzouki à lever son véto, Tripoli n'hésite pas à souffler le chaud et le froid.

Le chaud d'abord, en proposant un accord : Baghdadi al-Mahmoudi contre des aides financières et du pétrole à un prix préférentiel. C'est que passé l'euphorie de la révolution qui a chassé le président Ben Ali, force est de constater que l'économie tunisienne est en panne sèche. Le froid ensuite. Le 2 janvier 2012, le président Marzouki entame une visite officielle en Libye. C'est son premier déplacement à l'étranger. Un acte symbolique. Las ! Il est apostrophé en pleine rue, à Benghazi, par des jeunes qui exigent le retour au pays de l'ancien Premier ministre. La réponse fuse, cinglante : « On ne vous le rendra pas ! » La suite est connue.

Pour autant, Moncef Marzouki ne lâchera pas l'affaire, tentant même un dernier baroud d'honneur. « Quand Baghdadi a été livré, j'ai envoyé un message aux Libyens leur disant qu'il ne fallait pas toucher à cet homme car je pourrais très mal réagir. Il semblerait qu'il n'ait pas été touché. »

Au vu de la confusion qui règne en Libye aujourd'hui, et de la piètre situation dans laquelle s'y trouvent les droits de l'homme, toutes les inquiétudes sont permises quant au traitement réservé à Baghdadi al-Mahmoudi. Mais, comme souvent avec les anciens caciques du régime de Kadhafi emprisonnés, il est difficile de faire la part entre les manipulations, les craintes des proches et les conditions réelles dans lesquelles vivent ces détenus bien particuliers.

L'avocat tunisien de Baghdadi al-Mahmoudi, Me Kourchid, tire régulièrement la sonnette d'alarme. À la fin du mois de février 2013, il déclarait que l'ancien Premier ministre se trouvait « dans un état critique en raison des tortures qu'il a subies ». De son côté, la mission de l'ONU en Libye (UNSMIL) a pu rendre visite au détenu dans sa prison de Tripoli. Le 28 février 2013, le communiqué suivant était publié : « Al-Baghdadi al-Mahmoudi est apparu dans un état physique et psychologique correct. [...] Il a déclaré qu'il est bien traité, et bien qu'il souffre de divers problèmes de santé, il dispose d'un accès adéquat aux soins médicaux. » Et la mission de l'ONU de préciser que M. Mahmoudi a indiqué être « représenté par une équipe composée d'avocats libyens et a nié avoir des avocats non libyens dans son équipe de défense »…

L'ancien Premier ministre de Mouammar Kadhafi ne s'est plus jamais exprimé sur ce qu'il saurait du financement de la campagne électorale 2007 de Nicolas Sarkozy. Le 22 novembre 2012, soit cinq mois après que la Tunisie eut livré son prisonnier, Tripoli a décidé d'octroyer une aide de 200 millions de dollars à la Tunisie. Beaucoup y ont vu le prix à payer pour récupérer Baghdadi al-Mahmoudi. Si tel est le cas, c'était donc d'abord le prix à payer pour le faire taire.

18

Les derniers jours d'un dictateur

L'image est figée dans les mémoires. Un visage ruisselant de sang qui n'a d'humain que l'apparence. L'œil droit fermé, une joue retroussée, telle une babine, par un coup de genou. L'œil gauche figé dans la douleur et la peur. Le colonel Mouammar Kadhafi est en train d'être lynché par des miliciens rebelles de Misrata. Mais il est toujours vivant. Il décédera peu après dans des conditions restées obscures.

Nous sommes le 20 octobre 2011. Son corps lavé, étrangement lisse pour un homme de 70 ans, est exposé le lendemain à la foule. On peut distinguer deux impacts de balle, situés sur le côté et à la tête. Est-il mort de ses blessures ? A-t-il été achevé, comme sa dépouille invite à le penser ? Si oui, par qui ? Par un agent français, comme le bruit en a couru, alimenté en sous-main par le MI6 britannique ? Un islamiste a-t-il voulu abréger les souffrances du dictateur ? Un rebelle ivre de vengeance l'a-t-il exécuté ? Un milicien de Benghazi, refusant que les bandes rivales de Misrata n'emportent le prisonnier, s'en est-il chargé ? Un soldat qatari, peut-être ? On ne le sait pas. On ne le saura sans doute jamais.

Mais au moins, les dernières semaines, les dernières heures de Mouammar Kadhafi sont-elles connues grâce à l'ONG américaine Human Rights Watch (HRW). En octobre 2012, celle-ci publiait le fruit de ses investigations dans un rapport intitulé « Mort d'un dictateur. Vengeance sanglante à Syrte[1] ». Le travail accompli est remarquable de précision et, surtout, il est objectif. Il est fondé sur les propos des derniers fidèles de Kadhafi qui en ont réchappé. Des propos recueillis rapidement après les événements.

Parmi ce dernier carré de fidèles, Mansour Dhao, le chef de la sécurité du Guide, aura été à son côté jusqu'au bout. « Human Rights Watch et le *New York Times* l'ont localisé dans un lieu de détention à Misrata, deux jours après la bataille au cours de laquelle Kadhafi est mort, et ont été autorisés à l'interviewer longtemps, dans un cadre privé[2]. » Autant que faire se peut, les chercheurs de Human Rights Watch ont ensuite vérifié, croisé le récit de Mansour Dhao avec ceux d'autres personnes présentes sur les lieux, avec des vidéos aussi, saisies sur le terrain peu de temps après le lynchage.

Pour toutes ces raisons, le récit de la fin de Mouammar Kadhafi qui suit est essentiellement le fruit du travail de Human Rights Watch.

Direction : Syrte

Mouammar Kadhafi et son dernier cercle de fidèles se sont cachés à Tripoli jusqu'au 28 août 2011. Passé cette date, la situation n'était plus tenable. La capitale était irrémédiablement tombée entre les mains des rebelles. Décision fut donc prise de fuir. Direction : Syrte.

Ce choix ne laisse rien au hasard. C'est là qu'est né Mouammar Kadhafi, et, dit-on, là qu'il voulait finir en martyr.

1. Le rapport (en anglais) est téléchargeable : http://www.hrw.org/reports/2012/10/16/death-dictator-0.

2. *Ibid.*

C'est également à Syrte que combat son fils, Moatassim. À la tête de son unité, lourdement armée, ce dernier va tenter de protéger son père jusqu'à ce que mort s'en suive.

Quelques fidèles se joignent au Guide pour ce dernier voyage. Parmi eux, Mansour Dhao, son aide de camp, mais aussi le responsable de sa garde privée, Ezzedin al-Hannshiri, son chauffeur, Hamad Massoud, et plusieurs gardes dont le nombre est inconnu.

Abdallah Senoussi les retrouvera brièvement, avant de piquer vers le sud, vers Sebha, pour annoncer à son épouse que leur fils Mohammed est mort. Khamis Kadhafi, l'autre fils, celui qui dirige la 32e Brigade[1], est tué le 29 août 2011, alors qu'il essayait de fuir la capitale. Un raid de l'OTAN sur son convoi, semble-t-il.

Dans un premier temps, Mouammar Kadhafi et ses derniers fidèles se cachent tant bien que mal dans des immeubles et des appartements du centre de Syrte. Les tirs de mortiers, de plus en plus rapprochés, contraignent le petit groupe à s'éloigner bientôt vers la périphérie.

Ils s'établissent alors dans le District numéro deux, un faubourg situé à l'ouest de Syrte, où ils vivent au milieu de membres de la tribu des Warfalla, en théorie acquise à Kadhafi. Mais rien n'y fait. L'eau, la nourriture, les médicaments viennent à manquer. Pour se nourrir, les fugitifs volent les réserves de nourriture qu'ils trouvent dans les maisons désertées. « La vie était très dure. On mangeait juste des pâtes, du riz. On n'avait même pas de pain », témoigne Mansour Dhao[2].

1. Au sujet de la 32e Brigade de Khamis Kadhafi, des documents émanant des bureaux d'Abdallah Senoussi, les services secrets, ont été retrouvés. Certains mentionnent un groupe de hauts responsables du renseignement français, dont quelques-uns ont la Légion d'honneur, qui voulaient assister Khamis Kadhafi à recycler ses forces.

2. Human Rights Watch, « Mort d'un dictateur ».

Un Thuraya comme dernier lien avec le monde

Moatassim Kadhafi veille sur eux depuis le toit d'une maison voisine, où des snipers ont été positionnés. Il combat aussi et dirige les forces loyalistes. Les habitants l'appellent « Che Guevara » à cause de ses cheveux longs et de sa barbe[1]. Ce fils, que l'on savait cruel, se révèle un combattant féroce, qui, dans la guerre, frappe par son calme et son apparente absence de peur.

Dans la villa où se sont retranchés Mouammar Kadhafi et ses fidèles, l'heure est à l'abattement. Coupés du monde, ils souffrent. « Il n'y avait pas de communication, pas de télévision, rien. Pas de *news*. Tout juste si on pouvait utiliser le Thuraya (un téléphone satellite) pour avoir quelques infos d'al-Rai, de Russia Today, de la BBC ou de France 24. Je veux dire qu'on pouvait appeler des gens qui regardaient ces chaînes de télévision[2] », témoigne Mansour Dhao.

On ne sait pas quel usage Kadhafi a fait de son téléphone satellite, ni si ce dernier l'a trahi auprès des grandes oreilles de l'OTAN. Les relevés téléphoniques, qu'ont pu consulter deux journalistes du *Monde*[3], montrent en tout cas que Kadhafi l'a utilisé à plusieurs reprises pour appeler des numéros libyens et recevoir des coups de fil en provenance de Syrie et du Liban. « Il a téléphoné quelquefois à la radio locale de Syrte pour avoir des informations sur ce qui se passait avant qu'elle ne soit bombardée par l'OTAN. Il nous disait de tenir bon », témoigne cet universitaire libyen engagé aux côtés des kadhafistes, et aujourd'hui réfugié à Paris.

1. Christophe Ayad et Benjamin Barthe, « Les derniers jours de Kadhafi », *Le Monde*, 22 octobre 2012.

2. Human Rights Watch, « Mort d'un dictateur », *op. cit.*

3. « Les derniers jours de Kadhafi », art. cit.

En vérité, Kadhafi perd pied. Il passe son temps à prier et à lire le Coran. « On allait le voir, on s'asseyait avec lui pendant une heure et quelque pour lui parler, et il demandait : "Pourquoi est-ce qu'il n'y a pas d'électricité ? Pourquoi il n'y a pas d'eau ?" » se souvient Mansour Dhao. Son aide de camp n'ose pas le dire clairement, mais le Guide radote alors comme un vieillard perdu.

Et puis il y a ces fréquents déménagements, tous les quatre à cinq jours, pour éviter d'être repérés par les milices ou les forces de l'OTAN. Tantôt dans des maisons désertées, tantôt dans des maisons habitées. Chaque déplacement s'effectue dans une ou deux voitures banalisées qui multiplient les allers et retours jusqu'à ce que tout le monde soit évacué. Le danger est partout. « On était souvent frappés par les révolutionnaires [...] dans les maisons où nous nous trouvions, par des tirs de mortiers et des roquettes. Des impacts directs. [...] Trois gardes ont été blessés, mais il n'y avait pas de docteur », relate encore Mansour Dhao.

Quitter Syrte à bord d'un convoi de blessés et de civils

Après la mi-octobre 2011, Moatassim Kadhafi décide que la situation ne peut plus durer. Syrte est assiégé par les rebelles. Et depuis le 17 octobre, il se murmure à l'état-major de la rébellion que Kadhafi se cache dans le district numéro deux de Syrte[1]. Moatassim décide d'évacuer son père. Son plan est le suivant : le cacher dans un convoi de blessés et de civils qui doit quitter la ville.

1. *Ibid.*

Moatassim rassemble alors environ 250 personnes, dont beaucoup de blessés, à côté d'un hôpital de fortune. Il décide de partir au petit matin, entre 3 h 30 et 4 heures, le 20 octobre 2011. Mais le chargement des blessés retarde le départ. Le convoi n'est prêt à s'ébranler qu'à 8 heures du matin ! Adieu effet de surprise, obscurité protectrice… Les miliciens rebelles ont repris leurs positions de tir et les cinquante pickups lourdement armés du convoi n'ont aucune chance de passer inaperçus. Trop de drones, trop d'avions sillonnent le ciel de Syrte.

Selon *Le Monde*, qui apporte quelques éléments complémentaires au récit de Human Rights Watch, le convoi de Mouammar Kadhafi est alors repéré par un drone français. Quelques secondes plus tard, un drone américain tire un missile qui oblige le cortège à quitter la route, où il fonçait plein sud. L'attaque peut commencer.

Grâce à un échange d'e-mails avec un officiel de l'OTAN, Human Rights Watch est en mesure d'affirmer que deux bombes à guidée laser de 250 kilos chacune sont tirées sur le convoi, provoquant un massacre. Le choc est si violent que les airbags du véhicule de Mouammar Kadhafi, qui n'a pas été touché, explosent.

Le lendemain, le 21 octobre 2011, une équipe de l'ONG comptera sur les lieux de l'attaque 53 corps et 14 véhicules détruits. Seule l'OTAN serait en mesure de dire si c'est un avion français ou américain qui a tiré.

Les occupants du convoi qui ont survécu se dispersent rapidement. Mouammar Kadhafi et ses derniers fidèles trouvent refuge dans une maison en construction (et abandonnée) où ils sont pris pour cible par les milices de Misrata.

La suite, c'est Younis Abou Bakr Younis, l'un des fils d'Abou Bakr Younis, le ministre de la Défense de Kadhafi, qui la raconte. Il était présent, tout comme son père. « Les gens ont essayé de se mettre à l'abri dans deux bâtisses voisines. On a vu Moatassim blessé. Il était à l'avant du convoi lorsqu'il a été touché. À l'entrée du compound, il y avait une maison de gardiens, et on a trouvé Mouammar là, portant un casque et un gilet pare-balles. Il avait un pistolet dans sa poche et tenait une arme automatique. Mansour Dhao est venu et a pris mon père et Mouammar dans l'autre maison. On est restés là pendant quelques minutes. Mansour est sorti puis est revenu pour dire que tous les véhicules étaient détruits. Alors la villa a été prise pour cible, et on est sortis de là en courant. Il y avait beaucoup de blocs de ciment qui servaient pour des constructions et on s'est cachés parmi eux[1]. »

« Je vais te trouver une sortie »

Moatassim Kadhafi prend alors la décision d'ouvrir une brèche avec huit à douze combattants pour s'échapper. En partant, il dit à son père : « Je vais essayer de te trouver une sortie. » Human Rights Watch écrit dans son rapport : « Comme son père, Moatassim a été capturé vivant mais était mort quelques heures plus tard, dans des circonstances laissant fortement suggérer qu'il a été exécuté par des hommes d'une milice de Misrata. »

Pendant que Moatassim tente de se frayer un passage, Kadhafi et ses hommes restent cachés derrière les blocs de ciment. Le piège va se refermer sous l'effet d'une initiative malheureuse de

1. Human Rights Watch, « Mort d'un dictateur », *op. cit.*

Mansour Dhao. Celui-ci suggère, en effet, aux fuyards de courir jusqu'à une canalisation située sous une route, à cent mètres de là. L'idée est d'emprunter ce petit tunnel pour rejoindre des habitations situées de l'autre côté de la route. Erreur fatale ! Mansour Dhao ne se doute-t-il pas que des miliciens surexcités les traquent partout comme des chiens fous ?

Mouammar Kadhafi, Mansour Dhao, Abou Bakr Younis, les deux fils de Younis et six ou sept gardes du corps courent à découvert, s'engouffrent dans la canalisation, rampent... Trop tard, ils sont repérés.

S'ensuit une bataille, la dernière. Un garde du corps de Kadhafi jette plusieurs grenades pour se défendre, mais l'une rebondit contre un mur et atterrit entre Mouammar et Abou Bakr Younis. « Le garde a essayé d'attraper la grenade et de la relancer, mais elle a explosé et il a perdu une partie de son bras. [...] Mouammar Kadhafi a été blessé par la grenade, sur le côté gauche de sa tête. J'ai couru vers mon père, mais il ne m'a pas répondu quand je lui ai demandé s'il était ok. [...] Le garde était mort », raconte Younis Abou Bakr Younis.

Mouammar Kadhafi est capturé, vivant.

« Allah Akbar ! », « Misrata » !

Alors qu'il est extrait du tunnel pour être ramené sur la route, des vidéos montrent un homme le sodomisant à l'aide de ce qui s'apparente à une baïonnette. La blessure saigne instantanément. Le dictateur, un vieillard hagard en fait, est frappé, poussé, lynché aux cris de « Allah Akbar ! » et de « Misrata ! ».

Sur des vidéos obtenues par Human Rights Watch, on voit un Kadhafi dénudé et inconscient hissé dans une ambulance. Autour, les miliciens semblent excités par l'odeur du sang. Est-il déjà mort ? Seule certitude pour Human Rights Watch, plus de deux heures plus tard, lorsqu'il arrive à Misrata, Mouammar Kadhafi est décédé. Les premières images de son corps supplicié circulent.

Les dépouilles de Mouammar Kadhafi, Moatassim Kadhafi et Abou Bakr Younis seront ultérieurement inhumées dans un lieu tenu secret, dans le désert, pour éviter que leurs sépultures ne deviennent un lieu de pèlerinage.

La mort atroce de Mouammar Kadhafi met fin à quarante-deux ans d'une dictature sans partage. Elle met aussi un terme brutal à quarante-deux ans d'une France-Libye fondée sur la corruption et l'affairisme. Dans le sang.

POST-SCRIPTUM

La dynamique de la vérité

Qu'est devenue la Libye après la mort du colonel Kadhafi ? Deux ans à peine après la chute de l'ancien régime, la Libye est plongée dans un chaos qui déstabilise maintenant toute la région. Et force est bien de constater que cette guerre de « libération » est un échec.

Certes, Mouammar Kadhafi était un vrai dictateur. Pour autant, la démocratie, au nom de laquelle se sont engagés les « libérateurs » occidentaux en 2011, n'a pas pris racine en Libye après sa mort. Les hommes du CNT, chargés d'incarner la « nouvelle » Libye, ont été sélectionnés à la va-vite, en fonction de leur compatibilité idéologique avec l'Occident et non pour leur légitimité auprès des Libyens. Erreur fatale. Tribale et musulmane, la Libye n'est pas l'Europe. Impossible, dans ces conditions, d'y imposer notre modèle démocratique.

Nettoyage ethnique dans le Sud

Que reste-t-il des beaux idéaux que la guerre était censée propager ? Pas grand-chose. Les droits de l'homme sont bafoués au quotidien, et les grandes ONG tirent la sonnette d'alarme à coups de rapports plus alarmistes les uns que les autres. Loin d'avoir reculé, la torture est monnaie courante aujourd'hui en Libye.

Plus grave : une entreprise de nettoyage ethnique (le mot n'est pas trop fort) est en cours dans le sud du pays, où des populations à la peau noire, souvent issues de l'ethnie touboue, sont persécutées. Dans un livre récemment paru [1], le consultant Samuel Laurent, qui a sillonné la Libye en 2012 et 2013 pour le compte d'entreprises chinoises en quête d'investissements, s'est rendu dans le Grand Sud. Là où les Occidentaux ne mettent plus les pieds sous peine d'être enlevés. Il a ramené de son périple un carnet de voyage terrifiant dans des zones de non-droit où les Toubous, cantonnés dans des ghettos, sont régulièrement massacrés par des tribus arabes. En cause, le contrôle des routes de la drogue et de tous les trafics qui remontent vers la côte – direction l'Europe.

Mais pas seulement. Déjà exacerbé sous Kadhafi, le racisme anti-noir a tourné à la chasse à l'homme dans tout le pays. Les dirigeants et les médias occidentaux ont contribué à alimenter ce racisme en véhiculant, sans la vérifier, la légende des mercenaires africains recrutés par Kadhafi pour massacrer les populations qui se soulevaient. Combien d'hommes et de femmes ont payé de leur vie cette ignoble propagande ?

Impossible de taire, aussi, le triste sort réservé aux habitants de Tawargha. À la mi-août 2011, des révolutionnaires venus de Misrata ont attaqué cette ville dont ils pensaient que les habitants, la plupart noirs de peau, soutenaient Kadhafi. Depuis, ce sont 42 000 déplacés qui vivent dispersés dans des camps en Libye. Leurs conditions de vie sont épouvantables. Récemment, leur chef a annoncé qu'il voulait à tout prix rentrer à la maison avec son peuple : il en a été finalement dissuadé par

1. Samuel Laurent, *Sahelistan*, Paris, Seuil, 2013.

les autorités centrales de Tripoli ainsi que par des responsables religieux. C'est que les forces de l'ordre de l'après-Kadhafi ne sont pas en mesure de protéger ces milliers d'hommes, de femmes et d'enfants. Un aveu d'impuissance.

De cette absence d'État de droit, découle logiquement une situation sécuritaire exécrable – et qui empire chaque jour un peu plus. Le Quai d'Orsay ne s'y trompe pas d'ailleurs, lorsqu'il mentionne, sur son site internet, rubrique « Conseils aux voyageurs », qu'« après l'attentat terroriste ayant visé l'ambassade de France à Tripoli le 23 avril 2013, les menaces proférées par le groupe jihadiste AQMI le 7 mai, et en raison des tensions sécuritaires liées à la crise politique en cours, il convient d'ajourner tout déplacement non indispensable en Libye jusqu'à nouvel ordre ».

La chute du régime de Mouammar Kadhafi, en vertu de l'arbitraire et de l'absence de libertés qui le caractérisaient, a laissé libre cours à de violentes forces centrifuges qui engendrent maintenant le chaos sécuritaire.

Les faits sont éloquents. C'est ainsi que le 26 juin 2013, alors que j'achevais la rédaction de ce livre, les événements suivants se sont produits en Libye : à Tripoli, au moins cinq personnes ont été tuées et près d'une centaine blessées à l'occasion d'affrontements armés entre la milice de Zenten (à majorité berbère) et celle de Zaouia (à majorité arabe et islamiste) en vue du contrôle d'une concession pétrolière ; trois voitures piégées ont explosé dans la ville de Sebha (sud) ; un haut gradé de l'armée a été assassiné dans la ville de Benghazi. Et que les choses soient claires : il s'agit d'une journée comme les autres. Ni la police, ni l'armée, ni personne n'est plus en mesure d'endiguer ce flot de violence, dont les civils sont les premières victimes.

Les brigades, entre mafia et djihad

Sur le terrain, les milices et les brigades font régner leur loi. Une loi d'inspiration mafieuse ou religieuse, souvent les deux à la fois. Jadis révolutionnaires, ces brigades disposent d'importants stocks d'armes et tiennent certaines rues ou certains quartiers par la peur, quand ce ne sont pas des villes entières. Elles refusent d'autant plus de désarmer que, dans un pays où l'économie est en berne, le racket des populations et des entrepreneurs est souvent l'activité la plus lucrative.

Phénomène totalement inconnu du temps de Kadhafi, qui traquait sans pitié les islamistes, la plupart de ces brigades professent un islam pur et dur, et c'est ainsi que la charia serait aujourd'hui appliquée dans la ville de Misrata et dans plusieurs quartiers de Tripoli. Certaines brigades vont plus loin encore et prônent ouvertement le djihad avec en ligne de mire l'Occident.

Plusieurs de ces groupuscules travaillent de surcroît en étroite coopération avec les hommes d'AQMI, qui règnent en maître dans le Grand Sud libyen, et sont en passe, semble-t-il, de réussir leur implantation sur la côte. Autrement dit, aux portes de l'Europe. Une réalité qui arrache ce cri du cœur à cette Libyenne en exil : « Mon pays est devenu la maman d'al-Qaïda ! »

Tel est d'ailleurs le principal enseignement du livre de Samuel Laurent : l'auteur y révèle non seulement qu'AQMI achète des armements aux brigades qui en disposent en quantité, mais, en outre, que ces brigades aident AQMI à remonter du désert vers la côte les marchandises de contrebande, à commencer par la cocaïne et l'héroïne.

L'un des interlocuteurs de l'intrépide consultant n'en fait d'ailleurs aucun mystère quand il décrit la stratégie de Mokhtar Belmokhtar qui a quitté AQMI en 2012 pour créer son propre mouvement terroriste, « Les Signataires par le sang ». « Il rêve d'un accès direct à la Méditerranée pour ses marchandises ! Cigarettes, drogue, immigrants clandestins, contrefaçons, mais également terroristes en partance pour l'Europe… Avant la révolution, il devait contourner la Libye. Kadhafi ne laissait pas passer grand-chose. Les trafiquants lui semblaient trop étroitement liés aux mouvements islamistes, ses ennemis jurés, pour qu'il accepte de pactiser avec eux. Or, aujourd'hui, pour Mokhtar Belmokhtar, ce problème n'existe plus. Il peut faire rouler ses camions à travers le désert, en monnayant un droit de passage auprès des Ouled Slimane ou des Zouayis. Avec l'argent qu'il gagne, dépenser quelques millions en pots-de-vin ne lui pose aucun problème[1]. »

Les kadhafistes n'ont pas déposé les armes

Comme si cela ne suffisait pas aux malheurs de la Libye, les kadhafistes n'ont pas tous désarmé, loin s'en faut. Des villes seraient même restées fidèles au drapeau vert de feu la Jamahiriya du colonel Kadhafi : Béni Walid, Koufra[2], Syrte, une grande partie de Benghazi, mais aussi le quartier Abou Salim de Tripoli. « Par exemple, en avril 2012, il y a eu de violents affrontements à Koufra, dans le Sud. Si ces combats ont été présentés comme une guerre ethnique et tribale entre des Toubous et la tribu des Zwais par les médias occidentaux, la réalité était autrement plus complexe », explique Franck, le Français en contact avec les kadhafistes qui s'est exprimé à

1. *Ibid.*, p. 118-119.
2. À Koufra, des vidéos montrent des révolutionnaires en train de faire manger l'ancien drapeau vert libyen à des Noirs qu'ils soupçonnent d'être kadhafistes.

plusieurs reprises dans ce livre. « En fait, Koufra est resté un bastion kadhafiste, et certaines tribus, notamment touboues, ont refusé de faire allégeance au CNT. Les locaux du CNT ont alors été saccagés et l'ancien drapeau vert de la Libye levé, avec des chefs de tribus qui l'ont salué. Résultat, des milices de Tripoli, Benghazi et de Misrata sont alors descendues à Koufra pour écraser ces rebelles, et d'anciens militaires de Kadhafi se sont rendus à Koufra pour porter main-forte aux tribus restées fidèles à Kadhafi[1]. »

Les kadhafistes ne s'en cachent pas. Au travers des attaques perpétrées sur l'ensemble du territoire, ils cherchent à installer un climat d'insécurité en Libye. Leurs cibles de prédilection sont souvent des postes de police, des casernes de l'armée, les installations pétrolières ou gazières. Mais ils ne négligent pas pour autant les objectifs étrangers, semble-t-il, à l'exclusion notoire des intérêts russes et chinois, deux pays qui ont longtemps soutenu le colonel Kadhafi…

Il est d'ailleurs intéressant de relever que les victimes des attaques de cette « résistance verte » expliquent souvent qu'ils n'ont pas réussi à identifier leurs assaillants, que ceux-ci leur étaient inconnus, alors qu'en Europe on incrimine systématiquement les islamistes les plus radicaux sans envisager d'autres hypothèses. Il faut dire que les kadhafistes ne revendiquent jamais leurs attaques. Ils se caractérisent même par l'absence de centre donneur d'ordres ou de coordination centralisée, même si leur « siège » se trouve au Niger où se sont réfugiés des militaires de haut rang. On sait toutefois que l'on compte dans leurs rangs de nombreux membres des « comités populaires et révolutionnaires » jadis instaurés par Kadhafi, autrement dit des hommes inspirés par une idéologie forte.

1. Entretien avec l'auteur, le 23 juin 2013.

« Ils misent sur le pourrissement de la situation qui sert leur cause puisqu'il les fait apparaître comme les garants d'un ordre à rétablir par le biais de négociations entre les tribus, ce qu'a fait le colonel Kadhafi pendant quarante-deux ans », analyse Franck. On assiste également à de sanglants règlements de comptes qui visent des gradés ou des fonctionnaires qui ont retourné leur veste pendant la révolution. Selon des informations en provenance des rangs kadhafistes, c'est ce qui est arrivé le 26 juin 2013 à cet officier des renseignements dont la voiture a explosé à Benghazi.

Vers un gouvernement kadhafiste en exil ?

D'après Franck et différents kadhafistes, un projet de « gouvernement en exil » serait à l'étude. Invraisemblable pour qui pense que les kadhafistes ont disparu avec la chute de l'ancien régime, mais pourtant vrai.

« Deux difficultés restent toutefois à surmonter : le fait que plusieurs anciens dignitaires soient visés par une notice rouge d'Interpol, ce qui les empêche de voyager librement, et le choix d'un pays ami qui accueillerait ce gouvernement en exil. » D'ores et déjà, un pays membre du Conseil de sécurité de l'ONU aurait fait savoir qu'il reconnaîtrait ce gouvernement en exil s'il venait à voir le jour.

Quant au programme de cette éventuelle future organisation, selon Franck, il pourrait dans un premier temps porter sur l'abrogation des lois interdisant aux fonctionnaires de l'ancienne Jamahiriya (soit 2,5 millions de personnes) de se présenter aux élections ; l'organisation d'élections réellement démocratiques, qui permettraient aux 1,5 million d'exilés libyens, dont beaucoup de partisans de l'ancien régime, de voter ; et, bien sûr, le rétablissement de la sécurité par le « nettoyage » des milices.

Claude Guéant rattrapé par la Libye ?

La chronique des acteurs français de l'épopée franco-libyenne sous Nicolas Sarkozy et Mouammar Kadhafi est également bien agitée depuis quelques mois.

Celle de Claude Guéant, l'ancien secrétaire général de l'Élysée, en particulier. Le 30 avril 2013, *Le Canard enchaîné* a révélé les découvertes qu'ont faites les magistrats qui perquisitionnaient le domicile de l'ancien préfet reconverti en avocat. Comme l'explique l'hebdomadaire, ils « cherchaient à savoir si l'ex-secrétaire général de l'Élysée a joué un rôle dans l'éventuel financement occulte par la Libye de la campagne présidentielle de 2007 [1] ». Outre « la trace de nombreux et conséquents paiements de factures en liquide », les magistrats ont surtout trouvé, dans les relevés bancaires de Claude Guéant, la trace de 500 000 euros provenant d'un compte étranger. Toujours selon le *Canard*, pour se justifier, Guéant jure que « tout cela n'a rien à voir avec la Libye » ; qu'« il s'agit d'affaires strictement privées ». Il explique avoir cédé pour cette somme, en 2008, « à un confrère avocat », deux tableaux du XVIIe siècle. Si les factures payées en liquide pourraient s'expliquer par le fait que Claude Guéant a touché des primes en liquide – 10 000 euros par mois de 2002 à 2004 –, lorsqu'il dirigeait le cabinet du ministre de l'Intérieur de l'époque, autrement dit Nicolas Sarkozy, l'affaire de la vente des deux tableaux demeure plus énigmatique.

1. Didier Hassoux et Dominique Simonnot, « Guéant pris la main dans un pot de peinture », *Le Canard enchaîné*, 30 avril 2013.

Dans les jours qui ont suivi ces révélations, il s'est avéré que les 500 000 euros reçus par Guéant provenaient d'un compte ouvert en Malaisie. Si Claude Guéant, qui n'accorde plus d'interviews, prétend que cette affaire n'est en rien liée à la Libye, on se souviendra – sans qu'à ce jour un lien soit effectivement établi avec les affaires libyennes – que deux proches d'Alexandre Djouhri (lui-même proche de Claude Guéant), en l'occurrence MM. Aref Mohamed Aref et Wahib Nacer, travaillent ensemble en direction de la Malaisie depuis Djibouti. Gageons que les juges ne manqueront pas de vérifier si l'avocat malaisien, à qui Claude Guéant a vendu ses deux tableaux – et dont le nom n'a pas (encore) été mentionné dans la presse –, est lié ou non à MM. Aref, Nacer ou Djouhri.

On peut rappeler aussi que la Malaisie n'était pas une terre inconnue pour le clan Kadhafi. C'est ainsi, par exemple, qu'en janvier 2006, Seïf el-Islam avait effectué une visite de quatre jours afin de tenter de développer les échanges commerciaux entre Tripoli et Kuala Lumpur. Il y était invité par le numéro deux malaisien de l'époque, Najib Razak, devenu depuis Premier ministre.

Mouammar Kadhafi lui-même s'est rendu très discrètement dans cette partie de l'Asie du Sud-Est. Dans le courant de l'année 2010, le colonel a ainsi effectué une escale privée de moins de quarante-huit heures à Singapour, pays frontalier de la Malaisie. Sur place, deux banques singapouriennes – Citibank Singapour et DBS Singapour – ont été contactées afin de lui ouvrir un compte. Toutes deux ont refusé. Le colonel est-il finalement parvenu à ses fins dans la cité-État ou bien a-t-il préféré se rabattre sur la Malaisie, nettement moins regardante ? Nul ne le sait.

Dans un tout autre registre, une vieille connaissance de Claude Guéant, Ziad Takieddine, dort en prison depuis le

31 mai 2013. L'homme d'affaires a été placé en détention provisoire pour avoir tenté de se procurer un « vrai-faux » passeport diplomatique de République dominicaine, moyennant 200 000 dollars. Il est en outre soupçonné d'avoir voulu s'enfuir à l'étranger. Ses avocats crient au scandale et affirment que leur client a été victime d'une escroquerie au sujet du passeport.

C'est en détention que Ziad Takieddine a craqué et est passé aux aveux concernant… le volet financier de l'affaire de Karachi. Le 20 juin 2013, il a ainsi reconnu devant les juges avoir participé au financement occulte de la campagne présidentielle de 1995 d'Édouard Balladur en versant des commissions occultes provenant de contrats d'armement avec l'Arabie Saoudite et le Pakistan. Au total, l'homme d'affaires a déclaré avoir remis 6 millions de francs (1,22 million d'euros) à Thierry Gaubert, sur instigation de Nicolas Bazire. Gaubert et Bazire, dont les avocats nient fermement les accusations de Ziad Takieddine, sont deux proches de Nicolas Sarkozy.

Quand Thierry Gaubert rencontrait un émissaire de Kadhafi en pleine guerre

Si Ziad Takieddine n'a, semble-t-il, pas parlé de la Libye devant les juges, le nom de Thierry Gaubert est apparu de façon surprenante au cours de l'enquête que j'ai menée pour écrire ce livre. C'était au sujet de la guerre de Libye de 2011. Ce récit émane d'un témoin de nationalité libyenne – qui, en 2011, travaillait au côté de Mouammar Kadhafi en personne. Certains industriels de l'armement et hommes politiques français peuvent en attester.

À l'approche de la chute de Tripoli, à l'été 2011, le colonel l'aurait envoyé à Paris afin de tenter de trouver une issue au conflit. Un acte désespéré, car il était déjà bien trop tard.

Cet émissaire très spécial, qui aurait logé dans un palace parisien où de nombreux Libyens avaient pour habitude de descendre, aurait enchaîné rencontres et contacts. Un ami français lui aurait même proposé de lui « amener quelqu'un qui connaît bien Sarkozy », et rendez-vous aurait été pris aussitôt au Fouquet's.

Nous sommes au tout début du mois de juillet 2011. Ce « proche » de Nicolas Sarkozy aurait été, à en croire l'émissaire, Thierry Gaubert. Assertion étonnante, d'un certain point de vue, quand on sait que cet ancien collaborateur de Nicolas Sarkozy à la mairie de Neuilly et au ministère du Budget avait été éloigné du cœur de la Sarkozie par Cécilia à la suite d'une brouille. Mais il était resté proche d'amis de l'ancien président, comme Brice Hortefeux par exemple. Au début des années 2000, Thierry Gaubert était également proche de Ziad Takieddine et ne ménageait pas sa peine pour lui présenter du beau monde. De cela encore, plusieurs personnalités appartenant aux milieux d'affaires français peuvent témoigner.

La discussion du Fouquet's aurait pris une tournure à laquelle l'émissaire de Kadhafi ne s'attendait pas. « Il a très mal parlé du Guide, s'est montré très fier de la guerre de Nicolas Sarkozy. Il m'a ensuite dit que l'on pouvait trouver une solution. Il m'a demandé un projet de Constitution pour la Libye. » Ce projet sera rédigé en quarante-huit heures par des membres du régime qui se trouveraient aujourd'hui au Caire. Puis la conversation aurait glissé vers des considérations financières. « Thierry Gaubert a alors laissé l'intermédiaire parler d'argent, mais il est resté avec nous à table. L'intermédiaire a demandé un milliard de dollars pour mettre fin à la guerre[1]. » Une sorte de négociation aurait alors débuté, et le prix serait tombé à 500 millions. L'intermédiaire aurait demandé que l'argent transite par le Tchad ou le Niger[2]. L'émissaire de Kadhafi est flou sur ce point, mais l'aplomb de ses interlocuteurs l'a vraiment stupéfié.

Toujours à l'en croire, il rentre alors à Tripoli et restitue sa conversation du Fouquet's à Mouammar Kadhafi… qui pique une crise de colère. « La Libye n'est pas à vendre ! » aurait-il hurlé. « Je suis donc revenu à Paris, où j'ai de nouveau rencontré Thierry Gaubert à deux reprises. Le 19 juillet 2011, il m'a fixé rendez-vous dans un petit café du XVIIIe arrondissement de Paris ; et quelques jours plus tard dans le lobby d'un petit hôtel du même arrondissement. Je lui ai remis le projet de Constitution que nous avions préparé. Il m'a dit qu'il allait voyager sur un bateau pendant quatre jours, et que là il aurait des contacts avec des proches de Nicolas Sarkozy – sans me donner leurs noms. Mais quand je lui ai dit que Kadhafi refusait de payer, la conversation s'est arrêtée net. Je ne l'ai plus jamais revu et n'ai plus jamais entendu parler de lui. » Contacté sur son téléphone portable, Thierry Gaubert nie formellement cette version des faits, affirme ne jamais avoir rencontré d'émissaire de Kadhafi et parle d'« élucubrations ».

Encore sous le choc de cet épisode parisien survenu au moment même où l'OTAN bombardait lourdement son pays, cet émissaire a longtemps hésité mais se dit aujourd'hui prêt à témoigner devant la justice française.

1. Entretien avec l'auteur, le 18 décembre 2012.
2. Entretien avec l'auteur, le 2 juillet 2013.

Quand Bachir Saleh proteste contre un article du *Monde*

Dans un tout autre registre, l'avocat Marcel Ceccaldi, qui aime à se présenter comme le conseil de plusieurs anciens dignitaires libyens aujourd'hui réfugiés aux quatre coins du monde, a déclaré en juin 2013 au *Monde*[1] que Bachir Saleh et trois autres Libyens (Abdallah Mansour, Abdelhafid Massoud et Sabri Shadi) seraient disposés à venir témoigner devant la justice française sur ce qu'ils savent du financement libyen de la campagne de 2007 de Nicolas Sarkozy et des relations franco-libyennes. Or, si Mansour, Massoud et Sabri Shadi n'étaient pas dans le secret des dieux au sujet du financement, il en va tout autrement de Bachir Saleh, on l'a vu. Problème : par l'intermédiaire d'un membre de sa famille, l'ancien secrétaire particulier du colonel Kadhafi[2] fait savoir qu'il n'a aucunement l'intention d'aller décrire par le menu, devant les juges français, la nature de ses relations avec la Sarkozie. Pour le moment en tout cas. Pis, il se dit même « outragé » par les propos tenus par Me Ceccaldi dans *Le Monde* – et affirme ne pas avoir été prévenu de son initiative !

Bachir Saleh campera-t-il éternellement sur ses positions, même lorsque le président sud-africain, Jacob Zuma, quittera le pouvoir ? L'avenir le dira. Prudent, il tente néanmoins de renouer le contact avec ses anciens amis kadhafistes et multiplierait les coups de fils depuis le début du mois de mai 2013. Avec un succès mitigé : plusieurs d'entre eux le soupçonnent de « trahison » envers le colonel Kadhafi et refuseraient de lui parler.

1. Gérard Davet et Fabrice Lhomme, « Karachi : M. Takieddine reconnaît avoir financé la campagne de M. Balladur », *Le Monde*, 26 juin 2013.
2. Bachir Saleh vit aujourd'hui en Afrique du Sud.

Également mise à l'index sous le même soupçon de « trahison », Mabrouka Chérif, l'ancienne âme damnée du colonel Kadhafi, qui aimait tant séjourner au Fouquet's, tenterait également de reprendre langue avec ses anciens collègues. Elle est actuellement réfugiée en Algérie mais rentrerait régulièrement en Libye grâce à l'appui d'un parent qui occupe un poste de surveillance le long de la frontière. Autant que Bachir Saleh, Mabrouka connaît les secrets les mieux gardés de la France-Libye. Son témoignage devant la justice française constituerait indéniablement une immense avancée.

À n'en pas douter, dans les semaines et les mois à venir, d'anciens dignitaires libyens apporteront un éclairage capital sur les différents épisodes qui ont marqué toute cette histoire.

Table

RÉALISATION : PAO ÉDITIONS DU SEUIL
IMPRESSION : CPI FIRMIN-DIDOT AU MESNIL-SUR-L'ESTRÉE (EURE)
DÉPÔT LÉGAL : SEPTEMBRE 2013. N° 110262 (118833)
IMPRIMÉ EN FRANCE